6.5
千歳くんは
ちとせ
のなか
Chitose k
ramune
naka.6.5
夢
[hiromu]
イラスト／raemz
JN019271

女子旅

「もう！
せっかく市場まで来てるのに！」

ちゃんと燃えろよ、私のハート。

美咲先生
［みさき・せんせい］

contents

千歳朔［ちとせ・さく］
学内トップカーストに君臨するリア充。
元野球部。

柊夕湖［ひいらぎ・ゆうこ］
天然姫オーラのリア充美少女。
テニス部所属。

内田優空［うちだ・ゆあ］
努力型の後天的リア充。吹奏楽部所属。

青海陽［あおみ・はる］
小柄な元気少女。バスケ部所属。

七瀬悠月［ななせ・ゆづき］
夕湖と男子人気を二分する美少女。
バスケ部所属。

西野明日風［にしの・あすか］
言動の読めない不思議な先輩。
本好き。

浅野海人［あさの・かいと］
体育会系リア充。
男子バスケ部のエース。

水篠和希［みずしの・かずき］
理知的なイケメン。
サッカー部の司令塔。

山崎健太［やまざき・けんた］
元・引きこもりのオタク少年。

上村亜十夢［うえむら・あとむ］
実はツンデレ説のあるひねくれ男。
中学時代は野球部。

綾瀬なずな［あやせ・なずな］
あけすけな物言いのギャル。
亜十夢とよくつるんでいる。

岩波蔵之介［いわなみ・くらのすけ］
朔たちの担任教師。適当＆放任主義。

Ramune
Chitose kun ha ramune bin no naka
千歳くんはラムネ瓶のなか
6.5
裕夢［hiromu］
イラスト／raemz

一章

八月の夜に結んだ十年前のゆびきりげんまん

鏡よ鏡、リップに濡(ぬ)れた唇で唱えてみる。

まだ無垢(むく)で幼い少女だった頃、祈るように夢見るようにそう繰り返していたことがあった。

ありがちだけど、いつか私を連れ出してくれる白馬の王子様を思い描きながら。

夏の終わりの朝には、どこかそういう淡い記憶の上澄みみたいな静謐(せいひつ)さが漂っている。

私は姿見に映った下着だけの自分を、まるで他人のようにまじまじと眺めた。

鍛えた筋肉の上に女性らしいやわらかさをまとった太ももやヒップ、めりはりのあるウエストのくびれ、我ながらきれいな形をしたお椀(わん)型の胸。

透け感のあるマドンナブルーのブラとショーツが、カーテンの隙間(すきま)から射し込むさわやかな陽光にどこか艶(なま)めかしく浮かび上がっている。


鏡よ鏡。

そう問いかけていた少女の面影はもうどこにもない。


私は白雪姫って柄じゃないな、と自嘲(じちょう)する。

だいたい、魔法の鏡を持っていたのは性悪なお妃(きさき)様のほう。

自分の美しさを自覚していて、他人より劣っていることが許せない。

小さいときは悪者にしか見えなかったのに、いまはちょっとだけ親近感を覚えてしまうのだから不思議なものだ。

　でも、と夜のうちに用意していた服へと着替えながら思う。

　もしも私があのお妃様だったなら。

　白雪姫に毒りんごを食べさせたりなんてしない。

　そんなのは渡したらもう取り返せない、物語のヒロインへの片道切符だ。

　だから彼女にとっておきのドレスを着せてあげる。

　きれいにメイクを施して、必要なら社交場での作法だって教えてあげる。

　そうしてお城の舞踏会に招いて堂々と王子様に尋ねるの。


　――この世でいちばん美しいのは誰？


　なんて、やっぱり、どう考えてみたところで。

　そういうかわいげのない女が幸せになったって、誰もめでたしめでたしと手を叩かないから。

　王子様に見初められるスノーホワイトには、なれないんだろうな。

＊

みんなで八月最後の夏祭りに行った次の日の夜。

部屋でストレッチをしていたらスマホの着信音が鳴り響いた。

ディスプレイを見ると、柊(ひいらぎ)夕湖(ゆうこ)の名前が表示されている。

あんなことがあった直後だ。

なにか千歳(ちとせ)やうっちーにかかわる話でもあるのだろうかと、反射的に身構える。

私自身も、まだ気持ちの整理ができていなかった。

幾通りのもしもが心のなかに切々と降り積もって、いったん落ち葉拾いだとか雪かきでもしないとすぐには歩き出せそうもない。

季節を先取りしすぎだな、と少し可笑(おか)しくなる。

そうして恐るおそる電話に出ると、

『悠月(ゆづき)、金沢行かない!?』


開口一番、想像とはぜんぜん違う言葉が耳に飛び込んできた。

「へ……？」

もっと深刻な話かと思っていたので、つい間の抜けた反応になってしまう。

『ほら言ってたじゃん？　いっしょにお買い物行きたいね、って』

「ああ……！」

ようやく理解が追いつく。

確かに夕湖とはそんな約束をしていたっけ。

にしても、と私は苦笑した。

わざとらしく、からかうような口調で言う。

「立ち直り早くない？」

『立ち直るために行くんだよ？』

さも当然のように夕湖が答えた。

『新しいお洋服買って、新しいコスメ買って、新しい私になるの』

あはっ、と思わず私は吹き出してしまった。

なにそれ、って言いたいところだけど、気持ちはよくわかる。

小学校の頃からバスケをやってきて、こういうときには「カツ丼を食べる！」とか「運動して発散！」みたいなタイプばっかりだったから、普通の女の子っぽくて新鮮だ。

まったく、これだから天然もののお姫様は。

ありったけの想いを告げて、届かなくて、叶わなくて、それでもまた健気(けなげ)に前を向いて。

……ほんのちょっとだけ、嫉妬(しっと)しちゃいそうだよ。

私は自分自身に言い聞かせるように答える。

「やりますか、雪かき」

『え!?　悠月のとこ雪降ってるの!?』

「そんなわけあるか」

それからしばらく雑談を交わし、日時と待ち合わせ場所を決めて電話を切った。

＊

──数日後、午前九時半。

私は福井駅にあるみどりの窓口近くの椅子に腰かけていた。

学生が夏休み中とはいえ、平日の通勤時間帯を過ぎた構内はけっこう閑散としている。

夕湖と約束していたのは五十分だから、まだけっこう時間に余裕があった。

これはもう、性分みたいなものだ。

いつか千歳にも話したことがあったけど、私は人を待たせることが好きじゃない。友達同士で考えすぎなのはわかっていても、その時点でひとつ貸しを作っちゃう気がするというか、いつでも他人の時間や労力を奪うことに無自覚ではいたくないと思っている。

つくづくかわいげがないな、と短くため息を吐いた。

『まったく、隙のない女はモテないらしいぞ』

確かあいつもそう言ってたっけ。

まだお互い心を開く前にかわした単なる軽口だったはずなのに、こうやって時間差でぶすりと刺さるのは勘弁してほしい。

私もたまには「ごめーん、待った⁉」なんて小走りで登場してみようかな。

そんなことを考えながら、しばらくぼんやりと行き交う人々を眺めていたら、

「すみませーん、ここ座っても……」

ふありと、ガーリーな香水の匂いが鼻孔をくすぐった。

「って、うげっ」

私が反応するよりも早く、声をかけてきた相手が続ける。

ようやくそちらに目を向けると、

「なんで七瀬がいんの」

同じクラスの綾瀬なずなが嫌そうに顔をしかめていた。

「そういう綾瀬こそ……」

ひとまず答えながら、どうぞ、と手のひらで隣を示す。

ベンチならともかく一人掛け用の椅子が二脚並んでいるだけなので、ご丁寧にわざわざ断り

を入れるほどのことでもないのに、と少し意外に思う。

普通に考えたら会釈のひとつでもすれば充分すぎるぐらいだ。

綾瀬は他の場所に空いている椅子をちらりと見たあとで、しばらく迷ってから、どこか諦めたようにぽすんと座った。

私がストーカーに悩まされていたとき、勘違いで犯人扱いしてしまったことを思いだす。翌日にちゃんと謝ったつもりだけど、あれ以来、面と向かって話すような機会はなかった。千歳の練習や試合で顔を合わせたときも、なんとなく互いの存在を意識しないようにしていたというか、自然に振る舞おうとして逆にぎこちなかったというか……。

べつに避けてるつもりはなかったのにな、と気づかれないように苦笑する。

先に突っかかってきたのが綾瀬だとしても、こっちはこっちで悪いことをした自覚があるし、かといって仲直りしようって切り出せるほど仲が良かったわけでもないから、私にしては珍しく曖昧な状態のまま放置してしまっていた。

沈黙を嫌ったのか、ぽつりと綾瀬が先に口を開く。

「こっちは友達と待ち合わせ」

「そか、私も。綾瀬はどこ行くの？」

私が尋ねると、

「なずな」

ぶっきらぼうな、それでいて照れ隠しみたいなつぶやきがこぼれた。

「なずなでいい。綾瀬と七瀬じゃややこしいでしょ」

思いもよらぬ申し出に、つい緩みそうな口許へ手を当てながら答える。

「なら、私も悠月でいいよ」

「当然。こっちだけ名字で呼び続けたら感じ悪いじゃん」

「……なにそれ、急にかわいいかよ」

「うっさいし」

言いながら、なずながようやくこっちを見た。

白を基調として襟や裾、手首に黒のラインがあしらわれたモノトーンのへそ見せロンTに同じく黒のミニスカート。デザインに統一感があるからセットアップかもしれない。

ポシェットも黒でまとめているけど、ロゴやショルダーストラップのゴールドがちょっとした差し色になっている。

よく似合ってるな、と素直に思った。

てか、となずなが続ける。

「これってそういうことだよね」

「だろうね」

「まじか」

いくら福井が狭いとはいえ、同じクラスの人間がたまたま同じ日の同じ時間に同じ場所で待ち合わせをしている、なんて可能性はさすがに低いだろう。

となれば、答え合わせをするまでもなく……。

「悠月（ゆづき）ー、なずなー、やっほー！
ごめーん、待った!?」

まあ、こういうことだ。

声のほうを見ると、夕湖（ゆうこ）がうれしそうに手を振りながら小走りで駆け寄ってきている。

「あんたね」

なずなが呆（あき）れたような声を出して立ち上がった。

不思議そうな顔をしている夕湖の肩をぶす、ぶすと指先でつつきながら言う。

「悠月が来るなら来るって伝えておけし。おかげでめっちゃ気まずかったじゃん」

「え、なんで？」

「いろいろあったの、こっちには」

その言葉が過去形だったことに、私は少しだけほっとする。

夕湖はきょとんとした顔で口を開いた。

「でもいつのまにか悠月呼びになってるよ？」

「いやそういうとこだけ聡いな」

　悪気はもちろんとして、これを機会に仲よくなってもらおうとか、そういう下心なんてまるでないんだろうな、と微笑ましくなる。

　なずなと険悪な雰囲気になってたところは見ていたはずなのに、ちゃんと謝ったから一件落着、なんて思っているんだろう。

　だから今回のこともきっと、私に声をかけたあとで向こうからも買い物に誘われたから、「せっかくだしいっしょに行こう」って感じだったに違いない。

　夕湖がこっちを見て口を開く。

「悠月もなんかごめんね。ちゃんと誘っていいか聞けばよかった」

「ううん、全然。その服かわいいね」

　私は軽く首を左右に振りながら話題を変えた。

　夕湖の服装はミントグリーンのブラウスにゆったりとしたオフホワイトのリネンパンツ。珍しくシンプルめなスタイルだけど、よく見ると背中が水着かと思うぐらいがっつり開いていて、真ん中で結ばれたリボンがワンポイントになっている。これだけ肌を見せてもなぜか下品な雰囲気にならないのは本当に羨ましい。

「ほんと？　悠月もそれだけでかっこよく決まるのさすが！」

「さんきゅ」

とは言っても、私はデニムのショートパンツに黒のキャミソール、薄手の白シャツをタックインしただけ。服を買うときはこのぐらいあっさりした格好のほうが試着のとき楽だし、鏡でさっと合わせてもイメージを摑(つか)みやすい。

「ねーねー、切符ってそこで買うの!?」

みどりの窓口を指さしながら夕湖(ゆうこ)が言う。

「うーん、いまちょっと並んでるタイミングみたいだから券売機にしよっか。私がまとめてみんなの分買うよ」

「隣でやり方見ててもいい？」

「いいけど、そんな面白いもんじゃないよ」

私はふたりからお金を預かって券売機で切符を買う。

石川県の和倉温泉から大阪間を運行する特急サンダーバードの自由席でだいたい片道二千五百円、時間は五十分ぐらいだ。往復五千円はけっこう痛い出費だから、ひとりだと時間がかかる代わりにほぼ半額ですむ普通列車の北陸本線でのんびり行くことも多い。今日は相談した結果、夏休み最後の小旅行だしと奮発することに決めた。

全員分の切符を買ってふたりに渡すと、夕湖が物珍しそうにそれを眺める。

前に『悠月(ゆづき)ってひとりで電車乗れるの?!』って聞かれたときはからかったけど、福井は基本的に車社会だから、小さい頃から市内に住んでると自分で電車やバスに乗ったことがないって人もさほど珍しくはない。

　そんなことを考えていると、

「そうだ、お蕎麦食べていこうよ！　朔が好きなんだって！」

　満足したのか切符を財布にしまった夕湖が言った。

　駅の構内には立ち食いの「今庄そば」があって、さっきから出汁のいい香りがあたりを漂っている。県外に出ている人なんかだと、電車から降りてこの匂いを嗅ぐと福井に帰ってきたとしみじみ実感するらしい。

　なずなが少し不満げに答える。

「えー、せっかく金沢行くのに。ここなら放課後でも来れるじゃん」

「それもそっかぁ。なずな今度付き合ってよ？」

「あーはいはい」

「じゃあ、お菓子とかジュースだけ買っておこ！」

　夕湖がるんるんと構内のコンビニに向けて歩き出した。

　なずなは一度こちらに視線を向け、大げさに肩をすくめてあとに続く。

　ふたりの背中を見送りながら、私はそっと胸のあたりに手をやった。

　ちりちりと、締めつけられるような感覚がある。

動揺が表情に出なくてよかった。

気持ちを落ち着けるためにゆっくりと息を吸い、吐く。

正直なところ、そんなふうにあっさりと、夕湖（ゆうこ）の口から千歳（ちとせ）の名前が出てくるとは思っていなかった。

あの日うっちーと三人でお祭りに戻ってきたから、なんらかの落としどころを見つけたってことは間違いない。

様子を見ていた限り、どちらかが千歳と付き合うことになったわけでもないだろう。

だけどこのあいだ電話をしたときも、なにがあったのかを聞くことはできなかった。

ともに一歩踏み出した夕湖とうっちー。

きっとその気持ちを真正面から受け止めた千歳。

私が土足で踏み入る権利なんてどこにもない。

それでもひとつだけ、確かなことがあるとすれば。

千歳に告白を断られたあとは連絡もとれないほど落ち込んでいた夕湖が、いまはこんなふうに私を誘って買い物に出かけようとしている。

まだなにも終わっていない。

……ううん、ともすれば。

ここからやっと始まるのかもしれない。

私はシャツをきつく握りしめる。
このひりつくような痛みはどこからくるんだろう。
先を越されてしまった悔しさ？
いつか自分にも同じ結果が待ってるかもしれないという恐怖？
前向きに立ち直ろうとしている夕湖への同情？

それとも。

——片道切符を手にしたお姫様への嫉妬？

やっぱり私は、性悪なお妃様だ。
うつむきがちにこつんと地面を蹴ると、サンダルから覗くつま先のネイルが、なぜだかひどく安っぽく見えた。

＊

サンダーバードの自由席はそれなりに余裕があって、私たちは横並びに座った。座席を回転させて向かい合わせになってもよかったけど、それほど長い移動時間でもないし、三人で四人分の場所を占領してしまうのは少し気が引ける。

左の窓側がなずな、その隣が私、通路を挟んで夕湖（ゆうこ）。

そっち（夕湖の席）でいいよって伝えたのに、「声大きいから大丈夫！」とわかるようなわからないような理由で遠慮されてしまった。

そうして電車が走り始めるとすぐ、夕湖がお手洗いに立つ。コンビニでああでもないこうでもないと悩んでいたせいで、乗車前に時間の余裕がなかったからだと思う。

車窓には広々とした田んぼが流れていた。

市街地からほんの少し離れただけなのに、やっぱり福井だなと実感する。

高校生がわざわざ隣の県まで洋服を買いに行くって、他の地域の人たちが聞いたらけっこう驚くのかな。生意気、とか思われたりして。

そりゃ私たちだって、地元で事足りるならこんなふうに遠出したりしないし、なにも金沢にしか出店していない特別なセレクトショップを求めてるわけでもない。

だけど福井には、他県の人だったらイオンにでも行けば当たり前のように並んでいるお店でさえ見当たらないってことがほとんどだ。

ファッション雑誌なんかを眺めていても、かわいいなって思ったアイテムや使ってみたいコスメはたいてい金沢まで出向かないと手に入らなかったりする。

通販だと余計な送料がかかるし、やっぱり服やアクセサリーは現物を見てから決めたい。

そんなことを考えていると、

「悠月って、進学先とか決めてんの？」

隣に座っていたなずなが唐突に言った。

「うーん、どうだろ。県外志望ではあるかな」

「だよね、福井なんもないし」

もしかしたら、車窓を眺めながら似たようなことを考えていたのかもしれない。

どこかつまらなそうになずなが続けた。

「バスケは？」

「え……？」

「大学でも続けんの？」

そういえば、教室でやりあったときに上村がフォローしていたっけ。

『こいつも中学のときバスケやっててさ。七瀬のプレーの大ファンだったんだとさ。うちで強豪と試合すること知ったら、絶対に見たいって』

あのときは頭のなかがぐちゃぐちゃでうまく呑み込めなかったけど、思い返してみると少しこそばゆい。

でも、だからといって。

なずなこそどうして高校で続けなかったの？

なんて、聞き返すのは卑怯(ひきょう)な気がした。

即答できない自分の中途半端さを、相手に押しつけてるみたいで。

「んと、まだそこまで考えてないかな」

「……そっか、そういうもんだよね」

バスケは大好きだし、胸張って本気で向き合ってると断言できる。

芦高を倒してインターハイで頂点を目指すという意志に、誓いに、嘘(うそ)はひとつもない。

だけどそれは多分、たまたま最初に出会ったのがバスケだったから。

昔から、手を抜くということが嫌いだった。

たとえば運動会やマラソン大会があればこっそり練習していたし、授業はちゃんと聞いて、宿題やテスト勉強も真面目(まじめ)にこなす。友達とのささやかなゲームでも、カラオケでも、最近でいえば料理とか、それこそファッションだって同じだ。

目の前に課題とか目標があったら攻略を目指すし、勝負事には負けたくない。上達、向上の余地があるものは自然と練習や研究を重ねてしまう。

もしもバスケより前にバレーボールに出会っていたらバレーボールで、陸上なら陸上、音楽なら音楽で、おんなじように上を目指していたはずだ。

だからときどき、わからなくなる。

小学校からずっと情熱を捧げてきたバスケは、生涯を賭けるべき私にとってのたったひとつなんだろうか。

ふと、相棒の顔を思いだす。

ウミ(陽)は私が呑気(のんき)に買い物へ繰り出してる今日も、愚直にバスケと向き合ってるはずだ。

多分、この先もずっと、そうやって生きていくんだろう。


――なんでもできるから、なんにもできない。


結局、私はまだ薄い闇(やみ)のなかにいるんだな。

せめて、あの日みたいに月のきれいな夜ならいいのに。

「私、なんか余計なこと聞いた？」

気づくと、なずなが少し不安げにこちらを見ていた。

「いや、ごめん。ちょっと考えごとしちゃってた」

「ならいいんだけど……」

私は小さく首を横に振る。

いまこんなことに囚(とら)われていても仕方がない。

せっかく金沢まで行くんだ。

今日は思いっきり遊んで、ここ最近の鬱屈(うっくつ)とした気分を晴らそう。

そういえば、となずなが言った。

「あんときは絡んでごめん」

思いがけない言葉に、一瞬きょとんとしてから口を開く。

「お互いさまだよ」

「悠月(ゆづき)はちゃんと謝ったでしょ。これでやっとお互いさま」

「……ツンデレ？」

「亜十夢(あとむ)といっしょにすんなし！」

私たちは顔を見合わせて、ようやくふたりでぷっと吹き出した。

*

すぐお隣の県だというのに、金沢駅はさっきまでいた福井駅とは比べものにならないぐらいの人であふれかえっていた。社会人や学生はもちろん、平日でも大きなキャリーケースを引いた旅行客があちこちを行き交っている。

金沢に来るのはすっかり慣れっこだけど、いまだに「やっぱり違うよなぁ」と新鮮な驚きを覚えてしまう。

ちなみに藤志高からだと、金沢大学に進学する人が毎年かなり多い。

気持ちはわかるな、と思う。

帰ろうと思えばすぐ帰れるけど、福井よりはずっと都会。

でもどこか同じ北陸の空気が流れていて、東京とか大阪ほど身構えなくてもいい。

そういう絶妙な距離感が、県外に出てみたいけどあんまり都会すぎるところは気後れする、という人たちにとってちょうどいいんだと思う。

「ねーねー、先にお昼食べちゃわない!?」

改札を出たところで夕湖が言った。

「いまからお買い物始めると中途半端なところでご飯挟まなきゃいけないし、ピークはどこも混みそうだからさ」

時刻は十一時を回ったところだ。

昼食には少し早いけど、夕湖の言うことにも一理あると思って口を開く。

「私は朝食べてないしそれでもいいけど……」

なずなもそれに続いた。

「私も食べてないから、じつはちょっとお腹すいてきてた。悠月さ、ちょいちょい来るんだよね？　どこか美味しいお店とかおしゃれなカフェとか……」

「ゴーゴーカレー!!」


夕湖が目をきらきらさせながら、わんぱくな声を上げる。

「私、ゴーゴーカレー食べてみたいっ！」

「「ええ……」」

その言葉に、思わず私となずなの声が重なった。

ゴーゴーカレーはご当地のＢ級グルメ「金沢カレー」を提供している有名なチェーン店だ。

もちろん私も食べたことがあるし、美味しいことも知っている。

けど、なんというか……。

反応に困っていると、

「わざわざ金沢まで服買いに来るオシャレ女子三人で行くとこじゃなくない？」

なずなが私の気持ちを代弁するように言った。

金沢カレーというのは、どろっとした濃いルーの上にカツが乗っていて、さらに上からソースがかけられているという、けっこうがっつり系の食べ物だ。そのせいか、だいたいキャベツの千切りがいっしょに盛られている。

正直に言うと、私もひとりで買い物に来たときはさっとチェーン店で済ませてしまうことが多い。あくまで目的は洋服だし、余計なお金や時間を使いたくないからだ。

でも今日は夕湖といっしょだからと思って、少し小洒落たお店の下調べをしてきていた。

これは含むところのない本心として、あんなことのあとだから美味しいものを食べて少しでも元気になったらいいな、って。

えー、と夕湖が不服そうな声を上げる。

「なずなお腹すいてるんでしょ？　カロリーとれるよ！」

「発想が運動部の男子かよ」

「キャベツもついてるから健康的！」

「いやそういう問題じゃないし」

まあいいや、となずなが諦めたように苦笑した。

「悠月は？　大丈夫？」

私もくすくすとそれに応じる。

「白シャツに飛ばさないようにしないと」

「ほんとそれ」

ぶっちゃけ、こういう展開は陽で慣れている。

私が取り繕ってるせいもあって周囲からは誤解されがちだけど、ラーメンとかカレーとかカツ丼は普通に好きだ。ひとりで牛丼のチェーン店に入ることもあるし、夕湖が食べたいって言うなら文句はない。

それに……。

いつか譲れなくなる前に、譲れるものぐらいは譲ってあげたいと思う。

あなたのためじゃなく、私のために。

今日のためじゃなく、きっと訪れる瞬間のために。

たとえ、身勝手で傲慢な自己満足の押しつけだとしても。

夕湖がうれしそうに私たちの手をとった。

「やったー、行こいこ！」

そうして三人繋がって歩くこの瞬間が――。

どうにもくすぐったくて、きっといつまでも忘れないなと思った。

＊

金沢駅にあるショッピングモール「あんと」のゴーゴーカレーで、なずなはロースカツカレーの小を、私はチキンカツカレーの小を、そして夕湖はマンハッタンカレーというロースカツに加えてゆで卵とウインナーとエビフライが乗った超がっつりメニューを注文してキャベツのおかわりまでしていた。

横で見ていた私たちが若干引いてたことは言うまでもない。

お店を出ると、夕湖が満足そうに口を開く。

「めっちゃ美味しかった！　また来たいなー」

それを見ていたなずながぼそっと耳打ちしてくる。

「あんだけ食べてあのスタイル納得いかんくない？」

「わかる」

「私、部活辞めてからめっちゃ体型維持に気を遣ってるんだけど」

「あー私もバスケやらなくなったらやばいなぁ」

なんて会話をだらだらと交わしながら、駅のすぐ近くにあるファッションビル「金沢フォーラス」を目指す。

金沢に来ると私もだいたい最初に立ち寄る場所だ。ここだけで満足してしまうこともわりと多いし、時間に余裕があれば香林坊のあたりまで足を伸ばす、というのがお決まりのパターンになっている。

館内に入ると、私たちはまずフロアガイドの前に立った。

ロクシタン、サボン、シュウ ウエムラ、ナノ・ユニバース、ユナイテッドアローズ……。

ざっと一階に目を通しただけでも、名前は雑誌なんかでよく見かけるけど福井にはない、というお店ばかりだ。

夕湖がどこか楽しそうに口を開く。

「悠月はなんか目的のお店ある？」

「そうだなぁ、普通に秋服は欲しいよね。あと下着」

なずなが手を上げてそれに続く。

「はいはい私も下着！　いつ千歳くんに見られてもいいように」

「「見せんなし」」

思わず私と夕湖の声が重なった。

なずながしてやったりという顔で意味ありげに口の端を上げる。

しまった、夕湖はいつものことだけど唐突すぎていっしょに釣られてしまった。

「ふーん？」

私は誤魔化すように言う。

「元カレがたちの悪い女に狙われてるみたいだったのでつい」

「悠月に言われたくないから！　てかあれ、ふりでしょ？」

当然のことながら、私からなずなに細かな事情は説明していない。

夕湖のほうに目をやると、ぶんぶんと首を横に振っている。

なずなが呆れたように続けた。

「いやそれぐらいあんたら見てればわかるし」

無理して隠すようなことでもないか、と私は肯定の意味を込めて苦笑する。

なずなが悪いやつじゃないってことはもうわかった。

というか、朝からの些細なやりとりを通じて、意外とまわりのことを見て気を遣うタイプなんだな、と思っている。

私は冗談のつもりで言葉を返す。

「そっちは？　千歳のことどこまで本気なわけ？」

「……んー、八割」

「思ったより高いな」

あはっ、となずながいたずらっぽく笑って続ける。

「だって普通にかっこいいじゃん。普通に好きになってもよくない？」

「まあ、ね……」

「夕湖も悠月も他の子たちも。千歳くんのまわりってレベル高すぎだけど、みんな激重感情ぶつけてきそうだし。振り回されるのに疲れて、最後は意外と私みたいな気楽に付き合える相手選んだりして」

「うっ……」

「だってあんたら、たかが高校生の恋愛で将来のこととか考えだしそうじゃん？」

「ぐっ……」

激重感情、というなにげないひと言がぼすっとみぞおちのあたりに入った。

ふと目をやると、夕湖もどこか気まずそうに頰をかいている。

私のキャラ的にというか学校での立ち回り的にというか、あんまり友達からこういう言葉を向けられる機会はない。

だからこそ新鮮で、ちょっとだけうれしかった。

最近、夕湖が仲よくしている理由もなんとなく理解できる。

なずなが呆れたように目を細めた。

「いや刺さりすぎだから。めんどくさいし、べつにあんたらと真っ向からやり合う気なんてないよ。まあ、千歳くんのほうから私を選んでくれるっていうなら余裕で友情ぶん投げて付き合うけどね」

その明け透けなもの言いが心地よくて、私は大げさに肩をすくめてみせた。

それにしても、と考えてみる。

……千歳となずな、か。

あり得ないか？　いやわりとあるな。

だってあいつと似てるはずの私が、いままさになずなのことを悪くないって思ってる。

肩肘張らずに過ごせるって意味では陽も近いけど、あの子はいつでも太陽みたいなエネルギーを放ってるから。隣にいる自分も頑張らなきゃ、みたいな気持ちにさせられる。

なずなはなんというか、自然体なんだ。

自分のポジティブな感情もネガティブな感情も、友達や男の子に対する想いも、変に足し引きせずそのまま受け入れてる感じ。

だからこっちも必要以上に気取ったり謙遜（けんそん）したりせず、等身大の自分でいられる。

……なんて、千歳が同じように感じてもおかしくないぞ。

だったら私は、と思う。

あの人にとって、どういう存在になりたいんだろう。

自分といるとき、どんな彼でいてほしいんだろう。

「冗談はさておき」

仕切り直すようになずなが言う。

「とりあえず、片っ端から回っていこっか？」

私と夕湖は顔を見合わせて、「だね」と頷（うなず）いた。

＊

三人で買い物をしているうちに、なんとなくそれぞれのファッションの傾向みたいなものが摑めてきた。

夕湖は完全にオールラウンダー。ガーリーにフェミニン、大人っぽいコーデからセクシー系までなんでも挑戦してみるって感じだ。

なずなはわりとモノトーンをベースに格好いい雰囲気でまとめながらも、スカートの短さやへそ見せでちょっと小悪魔っぽいスパイスを利かせてる。

あんまり自覚はなかったけど、そう考えてみると私は圧倒的にボーイッシュなアイテムを選ぶことが多いんだな、と少し驚いた。

ちなみに、下着だと趣向が変わるのもまた面白い。

夕湖は意外に保守的というかオーソドックスなブラやショーツを選び、柄や色のバリエーションを揃えてるみたいだ。なずなはフリルやリボンがあしらわれたかわいいデザインを選び、
私はいわゆる紐パンや透け感がある色っぽいタイプを好む。

なんだか人間の表と裏を表してるみたいだな、とあてどなく思う。

恐いもの知らずでどんなところにでも飛び込んでいけるように見えるのに、じつは誠実で憶病な本音を抱えている夕湖。ときどき言葉がきついし大胆で挑発的な性格に思えても、女の子らしいかわいらしさや優しさを秘めているなずな。

そしてさばさばとクールなふりして、内側に女を隠している私。

……なんて、ね。

とくにこれといった目的もなく入ったショップで洋服を眺めていると、

「悠月ってさ、あんまり女の子っぽい服装しないよね？　ワンピースとかスカートとか」

まるで私の考えていたことを見透かしたみたいに夕湖が言った。

「うーん、ことさら意識してるつもりはなかったんだけど」

ただ、そうなった理由には心当たりがある。

自分で分析するとかなり恥ずかしい感じだけど、簡単に言ってしまえば封印みたいなものだ。

小さい頃から容姿が優れていることに自覚的で、それが原因となる同性や異性の妬み嫉みをなるべく躱そうとしてきた。だけど思惑とは裏腹に身体はどんどん女らしく成長していって、そのたびに避けなきゃいけない面倒ごとが増えていく。

……だから、せめて。

身にまとうもので無意識のうちに中和しようとしていた、ってことなんだろう。

誰が聞いたって厭みだし夕湖には伝えられないけど、放っておいても人目を引いてしまうから、できるだけ女の匂いみたいなものを消したかったんだと思う。

そうだ、と夕湖が手を叩いた。

「このお店にあるもので私がコーディネートしてみてもいい？　最終的に買うか買わないかは悠月に任せるから！」

「ちょっと照れるな……」

「大丈夫、自信あるし！」

近くにいたなずなも調子を合わせる。

「いいじゃん、夕湖の目ってけっこう信頼できるよ」

じゃあ、と私は頬をかいた。

「お願いしてみようかな？」

「かーしこまりー！」

ずいずいと私の手を引く夕湖の温もりを感じながら。

女友達とこんなふうに買い物してみたかったことを、いまさらふと思いだした。


——そうして私は、夕湖がチョイスしたアイテムを持って試着室に入る。

「出てくるまで鏡見ちゃ駄目だよー！」

「はいはい、かしこまり」

外からかけられる声に応えながら、私はシャツとショートパンツを脱ぐ。

いつもの習慣でうっかり鏡を振り返りそうになったけど、たったいま注意されたばかりだったことを思いだして苦笑した。

夕湖が渡してくれた服やアクセサリーをあらためて確認する。

……たしかに、これは自分じゃなかなか選ばないな。

さっと着替えを終え、サンダルを履いて更衣室を出ると、

「うっわ、どっちもさすが」

なずなが驚いた様子で口に手を当てた。

どっちも、ってのは夕湖のセレクトとそれを着た私、って意味だろう。

その素直な反応に少しだけほっとする。

夕湖がにんまりしながら近づいてきた。

「仕上げするから、ちょっと待ってね」

言いながら、手際よく私の髪をまとめていく。

「はい完成、っと。自分で鏡見てみて」

「うん、さんきゅ」

いくら鏡を見ていないとはいえ、当然ながらなにを身に着けているかはわかっている。

なんとなくの完成図を想像しながら振り返り、

「え……？」

私は思わず言葉を失った。

夕湖が選んでくれたのは、シルクみたいに生地がなめらかなワインレッドのワンショルダー。へそ出しというほどではないけど丈が短く、うっすらとウエストの肌色が覗いている。左の腰から垂れ下がった長いリボンが特徴的な黒のロングスカートには太もものあたりまでスリットが入っていて、ともすればさっきまで履いていたショートパンツよりも大胆に脚を見せていた。アンクルストラップのサンダルはトップスと色味を合わせたエナメルのワインレッド。ゴールドのブレスレットとイヤリングがちらちらと照明を反射している。

うそ、とためらいがちに小さく指先を動かす。

当然のように、目の前にいる自分もそれに倣う。

これは、七瀬悠月だ。

疑いようもなく、さらけ出されている。

ごくりとつばを飲み、目を伏せ、だけど、と祈るように顔を上げて。

何度見ても、私と向かい合っているのはくらくらと匂い立つような妖しい女だった。

ああ、そうか。

こんなのはもう、意地悪なお妃様ですらない。

——鏡の中に毒りんごを隠している魔女だ。

ひとつ、確信したことがある。

身だしなみや自分の魅せ方には人一倍気を遣っていたはずの私が、ボーイッシュなアイテムばかり選ぶことにわりと無自覚だった、その理由。


――私(鏡)の中に隠した女(毒りんご)を食べさせたい相手が、どこにもいなかったから。


だけど、出会ってしまった。

なにを捧げても、撃ち落としたい男(ひと)に。

なにを賭けても、叶えたい恋に。

思い返してみれば。

かつては私も生まれ持った容姿に翻弄(ほんろう)される白雪姫だった。

少なくとも、その資格は手の中にあって、りんごの形はしていなかったはずなのに。

お妃(きさき)様も、魔女も、きっと。


「すっごい似合ってるよ、悠月(ゆづき)！　海外セレブみたい！」

夕湖(ゆうこ)が無邪気に私の手を握る。

「むかつくけど写真撮っとこ」

なずながスマホのカメラをこちらに向けた。

「ふふ、ありがとう」

ふたりの声をどこか遠くに聞きながら、私は艶(あで)やかに微笑(ほほえ)んでみせる。

鏡よ鏡、と心のなかで唱えながら。

*

なんだかんだと三時間ほどかけて金沢フォーラスを回り終え、私たちはそれぞれ両手にたっぷりのショップバッグを提げていた。

夕湖がふにゃりと顔を崩しながら言う。

「やばい買いすぎたー」

なずなもため息交じりで続く。

「完全にそれ。夕湖も悠月もいい感じのやつばっか勧めてくるから」

「自己責任じこせきにん」

なんて、かく言う私もけっきょく夕湖に選んでもらったコーデを丸々購入してしまったから、とっくに予算オーバーだ。当分は節約しないと。

「そうだ、せっかくだからちょっと観光していかない!?」

カフェで休憩したあと、いったん駅のほうに向かって先頭を歩いていた夕湖が振り返った。

時刻は十五時を回ったところ。真っ直ぐ帰るには少し早いけど、かといってさすがに誰もこれ以上買い物する気はないだろう。

なずながうんざりしたように口を開く。

「べつにいいけど、荷物預けてからにしようよ。さすがにこれ持って歩くの無理」

私も苦笑しながら答える。

「同感」

私たちの反応を見た夕湖がきらんと目を光らせた。

「もちろん！　それからちょっと提案があるんだけど……！」


——数十分後。

コインロッカーに荷物を預けた私たち三人は、さっきまでの私服とは異なる和の装いで、駅前を歩いていた。

『せっかくだから、着物レンタルしてみない⁉』

そう切り出したのは夕湖だ。

兼六園やひがし茶屋街、長町武家屋敷通りをはじめとした古き良き趣の街並みが残る金沢では、観光客に向けた着物のレンタルショップが充実している。

お祭りの日でもないのに、そこかしこで下駄の音が響いているのはそのせいだ。

私も金沢へ来るたびに見かけて、密かな憧れを抱いていた。花火大会の夜に夕湖がそんな話をしていたことも覚えてるけど、と申し訳なく思いながら言葉を返す。

『ごめん、正直あんまお金に余裕ないかも……』

それになずなが続いた。

『私もちょっときびしめー』

レンタルとはいえ、安く見積もってもひとり数千円はかかるだろう。

今回は特急も使ったし、お財布事情を考えると贅沢かな、と思う。

あまり乗り気じゃない私たちを見ながら、ふふん、と夕湖が得意げに言った。

『大丈夫！　お母さんが「みんなで着物借りておいで」って三人分のお金くれたから‼』

思わずなずなと顔を見合わせてから口を開く。

『いや、さすがにそれは申し訳ないよ』

自分の両親ならともかく、面と向かってごあいさつしたことさえない夕湖のお母さんに負担してもらうのはいくらなんでも気が引ける。

なずなも同じ考えみたいで、だよねと苦笑いを浮かべていた。

『言いたいことはめっちゃわかるよ！　立場が逆だったら私もおんなじ気持ちになると思うし』

でもね、と夕湖が続ける。

『なんかうちのお母さんちょっと変わってて、こういうとき遠慮すると逆に哀しい顔するんだ。写真送ってよって超楽しみにしてたし、付き合ってくれない？』

『ほんとに……？』

『ほんとに絶対！　これ借りないで帰ったら、「えー悠月ちゃんとなずなちゃんの着物姿見たかったのにー」ってぶーぶー絡まれるやつ』

ぷっと、思わず私となずなは同時に吹き出してしまった。

その口調がまんま夕湖みたいだったからだ。

『じゃあ、お言葉に甘えちゃいますか……？』

躊躇いがちになずなが頷き、私たちは着物のレンタルショップへ向かった。

……そんなやりとりを経て、私たちは駅前でバスを待っている。

お店には「夏着物で街歩き」というおあつらえむきのプランがあったので、それぞれに好みの一枚を選ばせてもらった。

せっかく三人並んで歩くからと、柄はレトロモダン系で統一。

夕湖が選んだのは松葉色の矢羽根縞に気持ちばかりの差し色が入った大人っぽい模様。そこにカンカン帽を借りて遊び心を出しているのがらしいと思う。

なずなは黄色と朱色の大きな朝顔、そして紺色の葉が一面に敷き詰められたぱっと華やかな柄だ。こちらも帯締めやかんざしをワンポイントにしていた。

私は不規則に並んだ鮮やかな天色、菜の花色、白色の幅広な縦縞が目を引くレトロモダンらしい一枚。梅紫に染まったフキの葉がちょっとした差し色になっている。

それから夏の陽射し対策で和傘を一本。

さすがに三人揃って差していると絵面がうるさいし邪魔だから、交代で使おうということになった。

バスの時刻を確認していた夕湖が、苦笑しながらこちらを見る。

「夏着物って言っても、さすがにちょっと暑いね」

なずながそれに続いた。

「悠月の言うとおり冷えピタ買っておいてよかったー」

「でしょ？」

私はへへんと得意げに胸を張る。

「夏祭りで浴衣着るときとかも、脇の下とか太ももの付け根とか冷やすだけでけっこう効果あるから、覚えておくといいよ」

そうこうしているうちに、「城下まち金沢周遊バス」が到着した。

スマホで調べたところ、主要な観光スポットを巡回しているらしく、とりあえずこれに乗っておけば迷うことはなさそうだ。

目的地は金沢を代表する名所のひとつであるひがし茶屋街。

その名のとおり江戸時代に加賀藩公認の茶屋街だった区域で、出格子と石畳が続く風情ある街並みは、当時の面影を色濃くいまに残している。

金沢で着物をレンタルする人の大半はきっと同じところを目指すんじゃないだろうか。

そうして乗り込んだバスの車内は、観光客めいた人と地元の人が混在していた。

着物姿は私たち三人だけだ。

座席にはまだちらほらと空きがあるけれど……。

夕湖、なずなに目で合図して、背もたれで着崩れしないよう吊り革を摑んだ。

離れたところに座っている高校生らしい女の子たちがこっちを見ながらなにかを話していて、その表情から察するに好意的な内容だとは思うけど、ちょっと気恥ずかしくなる。

私はそんなに旅行経験が豊富ってわけじゃない。

でも、慣れない場所に来たときは、こうやって電車やバスに乗るとその土地の空気に触れられるような気がする。

金沢は福井よりも少しだけ凛と粒が立っている感じ。

流れのせっかちなところと微睡（まどろ）んでいるところが入り交じっている川みたいだ。

ふと、隣に立つ夕湖を見た。

生真面目（きまじめ）なアナウンスとともに走り始めたバスの車窓をぼんやりと眺めている。

あの夕暮れに染まった教室が、あの夏祭りの線香花火が……。

まるで破り捨てた日記帳の一ページだったように、なにひとつ変わることなく振る舞っていた女の子。

だけどその眼差しには、確かな愁（うれ）いと移ろいが揺らめいていた。

きれい、と思わず吐息を漏らす。

途端。

言いようのない焦燥感がこみ上げてきて、それでも目を離すことができなくて。

――ただただ、彼女の横顔に見惚（みと）れていた。

いつのまにか、私の知ってる夕湖(ゆうこ)はいなくなってしまったんだな。

色めく景色、色めく衣、色めく夏。

そして色めいた、誰(た)そ彼(かれ)。

目を背(そむ)けた先で向き合うあなたに、私はそっと微笑(ほほえ)みかけた。

*

「ちょっとだけ寄り道してもいい？」

ひがし茶屋街の最寄りだという橋場町で降りると、夕湖が言った。

私となずなが頷(うなず)き、バス停のすぐ隣を流れる川沿いを歩き始める。

道はもうこのあたりから石畳になっていて、ほんのりと情緒が漂っていた。

「気持ちいいねー」

そよりと吹く風に、片手でカンカン帽を押さえながら夕湖が言う。

私の隣を歩くなずながそれに続いた。

「まだ暑いっちゃ暑いんだけど、こういう川沿いとか日陰とかが涼しく思えるの、季節の変わり目なんだなーって感じ」

からん、ころん、とおしゃべりする石畳の上で、木漏れ日がくすくすと笑ってる。

私は差していた和傘をなずなのほうに傾けながら口を開く。

「……十七歳の夏、か」

通り過ぎてしまった、と思う。

夕湖も、うっちーも、陽(はる)も、それから千歳(ちとせ)も。

きっと一生忘れることのないひとときを、この夏に置いてきたはずだ。

左手に見える公園のベンチでは、文庫本を手にしたおばあさんが、こっくり、とっくり舟を漕(こ)いでいる。

たとえばあんなふうに。

いつか遠い八月の暮れ、ふと夢に見るような結び目を。

だけど、私は……。

「この夏を終わらせようよ」

しゃらんと、揺れる髪飾りみたいに夕湖が言う。

「ふたりに聞いてほしいんだ。

これまでのこと、これからのこと」

そうして河川敷のほうへと遠ざかる背中に、私はただ付いていくことしかできなかった。

――手頃な場所に三人並んで腰かけると、夕湖(ゆうこ)はゆっくりと、八月に織り込んだ糸を辿(たど)るように言葉を紡いだ。

茜(あかね)射す教室を飛び出してからのこと。

ひとりで哀しみに暮れていた時間のこと。

本当はひとりじゃなかったこと。

やさしいお母さんのこと。

友達の男の子のこと。

親友の女の子のこと。

そしてあの夏祭りの夜のこと。

すべてを話し終えた夕湖は、物語に栞(しおり)を挟むみたいに言った。

「なずなは相談に乗ってくれてたし、悠月(ゆづき)には、どうしてだろう……。私の口から伝えなきゃいけないような気がしたから」

そっか、海人(かいと)も……。

なぜだか真っ先に浮かんできた感想がそれだった。

多分、いろんな情報で頭が混乱していて、唯一すっと入ってきたのが「あいつも忘れない夏を送ったんだな」だったんだと思う。

海人の好きな人が夕湖だということには、けっこう早いうちから気づいていた。

その想いをおどけた笑顔の下に押し殺そうとしていることにも。

だから海人が千歳を殴ったのには驚いたけど、怒った理由のほうはすぐにわかった。

やるじゃん、と私は小さく微笑む。

今度、部活のあとにでも陽といっしょになにか奢ってあげよう。

なんて、束の間の現実逃避から私を引き戻すように、ひっく、ひっく、とかすかにすすり泣くような声が響いた。

短く鼻をすすってから、なずなが口を開く。

「……ごめん、夕湖」

三人の真ん中に座っていた夕湖がくすっと笑う。

「どうしてなずなが謝るの？」

「どうして、って」

なずなはうつむきがちに言葉を続けた。

「無責任に焚きつけちゃったなって。『好きって言えないさよならより、好きって言えたさよならのほうがまだよくない？』とかさ。だから、その、私のせいで……」

そっか、ふたりのあいだにそんな会話があったんだ。

ううん、と夕湖は穏やかに目を細めた。


「きっかけをくれたのはなずな、決断したのは私。

この夏に、なにひとつ後悔は残してないよ。

さよならにするつもりも、ない」


だからもう泣かないで、となずなの背中をさする。

気を抜くと、私まで涙がこぼれてしまいそうだった。

夕湖が、うっちーが、千歳が……。

その三角形が、あまりにも美しくて。

誰の心にも触れられていなかった自分が、あまりにも惨めで。

この夕陽みたいにやさしい女の子は、きっと私たちの恋まで守ろうとしてくれていたのに。

でも、となずなが怖ずおず切り出した。

「夕湖は、本当にそれでいいの？」

「それでって……？」

「その、内田が言ってることはわかる、千歳くんの答えも普通に理解できる。なんなら当たり前のことだし、ちゃんと迷って、悩んで、言葉にしてくれただけですごい誠実だと思う」

うん、と夕湖が短く頷いて先を促した。

「でもさ、見方を変えれば残酷な先延ばしじゃん。もしかしたらこの先」

なずなは一度言葉を句切って、ほんの一瞬、顔をこちらに向けた。

夕湖越しに私と目があって、そのまま気まずそうな表情で慌てて逸らし、

「っ、ごめん……」

ぼそっと小さなつぶやきが転がってくる。

視線の意味は聞かなくてもわかった。

『もしかしたらこの先、千歳くんが悠月と付き合っちゃう可能性だってあるんだよ』

きっと、そういう類いの言葉を呑み込んだんだと思う。

もちろん相手はうっちーかもしれない、陽かもしれない、西野先輩かもしれない。

それ以外の誰か、って可能性も当然のようにあるだろう。

「全部わかってるよ、ちゃんと」

どこまでも澄み切った声で夕湖が続けた。

「朔は私に待っててほしいなんて言わなかった。

告白を断った事実も、なかったことにはしたくないって。

だから先延ばしにされたわけじゃない。

私の恋は、この夏に一度終わったんだ」


『この夏を終わらせようよ』


不意に、先ほどの言葉が蘇ってくる。

そうか、これが夕湖なりのけじめなんだ。

また次の季節に、向かうための。

ありがとうとか、ごめんとか、頑張ったねとか……。

他にも伝えなきゃいけないことがたくさんある気がするのに、いまはまだ上手くまとまらないから、ひとつだけ。

私は隣に座る大切な友達へ問いかける。

「これから、どうするの？」

夕湖はこちらを見て、まるで眠るようにやすらかな笑みをたたえた。

「――彼を、想うよ」

ああ、やっぱり。
ひと夏を超えて、夕湖は私よりも早く、少しだけ大人になってしまった。
悔しいな、とまだ青いままの空を仰いだ。
たとえば私が鏡なら、あなたが夕暮れの湖なら。
映し出すあの人は、どちらのほうが美しく在れるんだろう。
ほろり、夕湖がもたれかかってくる。
私はそのたおやかな髪に、そっと指を通した。
辿るように、頼るように、手折るように。
どうか、と願う。

――どうか、この純白に染みをつけるのが、私の足跡じゃありませんように。

＊

ひとりで綾なす片想いが、いつかふたりで綾なす恋になればいい。

あやとりみたいに時間をかけてきれいな模様（かたち）を紡いできた私の願いは、あっさり端っこが千切れてしゅるしゅると一本の糸に戻ってしまった。

また結び直して輪っかを作って、指にかけて、それから……。

またどこかで、千切れちゃうのかな。

最後の線香花火が落ちるように、たとえば恋の終わりにも目印があったなら。

夏を見送って秋を迎え入れるように、また違う誰かを好きになれるのかな。

私、柊夕湖は、隣に座っている悠月（ゆづき）の手に自分の手をそっと重ねる。

精一杯、強がってみせた。

友達のためじゃなく、自分自身のために。

本当は「朔（さく）」って名前を口にすることさえ恐かった。

もう私にはそんなふうに彼を呼ぶ資格がないんじゃないかって。

わきまえて身を引かなきゃいけないいんじゃないかって。

この期に及んで、まだ相手のやさしさにつけ込むずるい女の子なんじゃないかって。

何度も、何度も、自問して同じ場所にたどり着く。


――あの日、あの夕暮れ、私は確かにひとつの恋を失くしてしまったんだ。


大切な親友は、終わらせる必要なんてないと言ってくれた。

大好きな人は、私も心のなかにいると伝えてくれた。

まだなにひとつ途切れていない。

ここからもう一度始めるんだ。

届いてる、響いてる、繋がってる。

それでも、

――受け入れてもらえなかったという事実だけは、どうしても消えてくれない。


眠れない夜、繰り返し前向きな言葉で自分を励まそうとしたところで。

私は、疑いようもなく、朔にふられてしまったんだ。

少なくともいまの彼にとって、他のなにを差し置いてでも求めてもらえる女の子じゃなかった。迷いや葛藤を振り切ってでも、あるいは抱えたままでもいいから、いっしょにいたいと思ってもらえるだけの相手じゃなかった。

……そんなの、告白する前からわかりきってたはずなのに。

どうしても考えてしまうんだ。

私は重ねていた手をすがるようにぎゅっと握りしめる。

たとえばあのとき告白したのが悠月だったら？

それがうっちーなら、陽なら、西野先輩なら。

やさしい朔のことだから、おんなじように悩んで、苦しんで、自分の気持ちと真剣に向き合ったことは間違いないと思う、だけど……。

告白したのがもし私じゃない誰かだったとき。


その先に出した答えが、違ってた可能性もあるんじゃないかって。

あの教室で心を決めて、手をとってもらえた可能性もあるんじゃないかって。


……わかってる、起こってもいないもしもに囚われたって仕方がないことは。

でもそれと同時に、彼の近くにいる女の子のなかで、私だけが明確なごめんなさいを突きつけられた現実は揺るがない。

みんなにはまだ、関係を育む時間も気持ちを伝える権利も手のなかにある。

じゃあ、私は……？

まるでひとりだけ取り残されて、ぽつんと眠りについてしまったみたいだ。

理屈のうえではちゃんと理解している。

足りなかった分を埋められるように、もっと時間をかけてあの人の心に寄り添えるようになればいい。

振り向いてもらえるまで何度だってアプローチすればいい。

だから新しいお洋服買って、新しいコスメ買って、新しい私になって。

「夕湖（ゆうこ）……？」

ふと気づくと、悠月が心配そうにこちらを見ていた。

「えへへー、そろそろ行こっか」

私は何事もなかったように、握りしめていた手を離して立ち上がる。

――彼を、想うよ

いまの私には、それぐらいしか許されていないから。

＊

河川敷沿いにある公園の脇を抜けても目的地まで行けるみたいだったけど、なんとなくショートカットしたらその分だけ楽しさも目減りしちゃうような気がして、私は悠月となずなと並んで一度バス停のほうへ戻った。

ちょうど他の観光客らしい人たちがいたので道沿いにあとを付いていき、ひがし茶屋街の名前がついた交差点のところを曲がる。

べつに正しい道順とかがあるわけじゃないんだろうけど、すぐにぽつぽつと小洒落たお店が目に入ってきたので、やっぱりこっちから来てよかったなと思う。

そのまましばらく歩いていると、

「ねえ、あれやんない!?」

なずなが私の着物をちょいちょいと引っ張った。

指さすほうに目をやると、「恋みくじ」と書かれた透明な箱が店先に置かれている。

中には色とりどりの柄や模様が華やかな、筒状に巻かれた小さい紙が入っていた。

「ちょっと！　さっきの話のあとでひどくない?!」

思わずつっこむと、なずながいたずらっぽく笑う。

「だからこそ、でしょ？　どうせ諦(あきら)める気もないんだろうから」

「それはそうだけど……」

「んじゃ、一番乗りーっ」

私の反応を待たず、そのままさっさと百円入れておみくじを引く。

カラフルな包みを剝(は)がし、くるくると紙を広げた。

「っし、大吉きたーーー」

私と悠月も隣から覗(のぞ)き込む。

おみくじの上のほうに、先生が黒板を指すときに使う棒みたいなのを手にした、三角眼鏡(めがね)にスーツ姿の女性が描かれていた。

『いまのあなたには熱意と努力が必要みたいね。なんとなくいい出会いを待っているだけじゃいつまで経ってもそのままよ』

「いやうっさいし!!」


読み終わったなずなが叫んだ。

私と悠月は顔を見合わせて思わずくふっと吹き出す。

なずながぷりぷり続けた。

「大吉だよ？　なんかもうちょっと気分上がる内容でもよくない!?」

私はもう一度おみくじを見て言う。

「ほら、でも他にもなんか書いてあるよ」

下のほうに描かれたキューピットのイラストに吹き出しがついている。

『誰かを愛して失った人は、誰も愛せなかった人よりも美しい』

「知らんわ夕湖に言えし!!!!!!」

「ちょっと?!」

けっこうぐさっとくる言葉だ。

でも、なずなのこういうところが好きだな、と思う。

あっさりネタにしてもらったことで、少しだけ気が軽くなった。

「じゃあ、次は私ね」

笑いをかみ殺しながら悠月がおみくじを引いた。

「残念、中吉」

今度は私となずながそれを覗き込む。

『いつまでも幸せだったころの思い出にしがみつくのはやめなさい。昔の男にとってあなたはもう過去なのよ』

「……ほう？」

「悠月おみくじ握りつぶしちゃ駄目だよっ!?」

慌てて言うと、隣でなずながけらけら笑っている。

「だってさ、元カレさんのことは早く忘れたら？」

悠月はひくひくと口の端を上げながらそれに答えた。

「まあ待って、こっちでもキューピットがなんか言ってるから」

もう一度広げられたおみくじをみんなで見る。

『告白は一発逆転の賭けじゃなくてただの確認作業』

「夕湖なんだよなぁ」

「悠月までっ?!」


ひどい、と私は大げさに顔をしかめてみせた。

悠月は察しがいいから、なずなの言葉に対する反応を見て便乗してくれたんだと思う。

「もういい、自分で引くもん」

私はぷんと頬をふくらませながらおみくじを手に取る。

ぺりぺりと包みを剝がし、

「……小吉かぁ」

出てきた文字にがっくりと肩を落とした。

なずながうれしそうに覗き込んでくる。

「大吉と中吉であれだからね。小吉やばいんじゃない？」

悠月がそれに続く。

「まあまあ、なに書かれててもあんまり気にしないことだよ」

「読む前から悪いことって決めないで?!」

言いながらも、いまの私ならこんなもんだよね、とゆっくりおみくじを最後まで広げた。

『よく考えて行動よ。自分のこと、相手のこと、まわりのこと。思いやりをもって行動すれば必ずその恋は成就するわ』


「「納得いかん」」

「なんでッ!?」


なずながむすっとした声で言う。

「小吉のくせして一番それっぽいこと書いてあるし」

「くせしてって！」

悠月も呆れたように笑った。

「ま、わりとあるあるだよね。意外と大吉のほうが『油断するなよ』みたいなこと書かれてるのって。それで？」

下のイラストに目をやると、私のは杖を持った神様みたいなおじいちゃんが描かれている。穏やかな表情は悠月たちのキューピットに比べてちょっとコミカルちっくというか、どことなく愛嬌のあるタッチだ。

『あのとき失敗したからうまくやれるんじゃよ』

「「「…………」」」


ぶはっと、我慢しきれなくなって私たちはいっせいにお腹を抱えた。

なずなが目許を拭いながら言う。

「なにこれ、夕湖狙い撃ち？」

つぼに入ったみたいで、悠月も苦しそうに肩で息をしている。

「じゃよ、って。なんで夕湖のだけナゾのおじいちゃん現れてるの？」

「てか冷静に考えたら毎回出てくるこのやたら上から目線な女も誰だし」

「もう！　ふたりとも笑いすぎ！」

きゃっきゃとはしゃぎながら、私はそっとおみくじを巾着にしまう。

あのとき失敗したからこそ。

いつかそんなふうに思える日がきますようにと、こっそり願をかけながら。

＊

そのまましばらく進むと、ちょっとした広場のように開けた場所へ出た。

格子のある建物が並び、いかにも昔の茶屋街という感じの雰囲気だ。

交代で和傘を差していたなずなが口を開く。

「ねー、なんか冷たいものでも食べない？」

悠月が手でぱたぱたと顔を仰ぎながら続いた。

「確かに、ちょっと休憩しよっか」

「さんせー！」

私も迷わずそう答える。

川沿いで座っていたときはそうでもなかったけど、こうして歩き始めてみるとやっぱりまだちょっと暑い。

まわりにはちょうどスイーツを出していそうなお店が何軒かあった。

私はそのうちのひとつを指さして言う。

「見てみて、金箔（きんぱく）ソフトクリームだって！」

歴史とか地理とか苦手だけど、あちこちで推されているから多分このあたりは金箔が有名なんだと思う。普通のソフトクリームの上に金色のアルミホイルみたいなのが張りついてて、けっこう強烈なビジュアルだ。

お店の前では数人が順番待ちをしている。

若干引き気味の悠月が口を開く。

「あ、味が想像できない……」

なずなもあんまり乗り気じゃないみたいだ。

「写真映えはしそうだけど、めっちゃ口の中に張りつきそうじゃない？　てかいい加減もうちょっと女子旅っぽいもの食べたいしー」

「そうかなー？　私、ご当地ソフトとか挑戦しがちなんだよね」

まあ、お昼はゴーゴーカレーに付き合ってもらったし、今度お母さんと来るときまでお預けかな。あの人もノリでこういうの頼むタイプだし。

そんなことを考えていると、なずながくるりと振り返った。

「あっちのお店は⁉　もなかアイスみたいなのあるけど」

悠月が苦笑しながらそれに反応する。

「もなかも口の中に張りつきそうでは？」

「……まあね」

ひとまず私たちはお店の前に掲げられていたメニューを見た。

なんでもジェラート&和スイーツというのが売りみたいで、金沢抹茶や棒茶、塩や醤油を使ったちょっと珍しいメニューなんかもある。

「いいじゃん！　ご当地素材使ってるから旅先っぽいし！」

私が言うと、ふたりとも顔を見合わせて同意するようにうなずく。

なずながにひっと意地悪な笑みを浮かべた。

「よかったね夕湖、ここにも金箔のやつあるよ」

「……うぅ」

確かにメニューの一番上に「黄金アイスもなか」というのがあった。

でも他に美味しそうなジェラートがたくさん並んでるのに、あえてこれをチョイスするかと聞かれたらさすがにちょっと迷う。しかも、値段がほぼ倍ぐらいだ。

「や、やっぱ私も普通のやつで」

降参したように言うと、ふたりがくつくつ笑った。

私は金沢味噌&クリームチーズを、悠月は竹炭&ブロンテピスタチオを、なずなは大野醤油&焦がしキャラメルのジェラートをそれぞれに注文する。

どれもけっこう挑戦的なフレーバーだと思うけど、最初にあっさりと悠月(ゆづき)が決めた。

そうなると普通のお茶系とかいちごミルクみたいに無難なやつを注文するのは負けた気がして、私もなずなも和っぽい組み合わせを選んでみた。

カップやコーンにも変更できると言われたのに、結局はみんなもなか。

私たちはジェラートを受けとり店の外に出る。

あらためて見ると、カスタネットみたいにぱかっと開いたもなかの皮のあいだにぽてっと丸いジェラートが挟まっていて、編み笠(かさ)をかぶった雪だるまみたいだ。

スマホで写真を撮ってから、まずはいっしょについてきた木のスプーンでジェラートだけを食べてみた。

口に含むとすぐに感じるのは濃厚なクリームチーズ。でもしばらく舌の上で味わっていると、その奥からほのかな味噌の香りと塩っ気が顔を覗(のぞ)かせる。

「うわ、めっちゃ美味(おい)しい！」

思わず声を上げると、ちょうど外に出てきた店員さんがこっちを向いて「ありがとうございます」と笑顔を見せた。それがちょっと気まずくて、えへへと軽く頭を下げる。

隣に目をやると、悠月もなずなも自分のジェラートを食べてふむふむって感じで満足げな表情を浮かべていた。

そういえば、うちのお母さんがときどきおつまみにしてる米又(よねまた)のクリームチーズの味噌漬をひと口もらったときも、意外な相性のよさにびっくりしたっけ。もしかしたら、選ぶとき無意識にあの味を思いだしてたのかもしれない。

　次はハンバーガーを食べるみたいに上下の皮を持つ。

　ジェラートがけっこう大きくてかぶりつけるか心配だったけど、想像以上にやわらかいのか、少し力を入れるとぎゅーっと押し潰されていい感じの厚さになった。

　そのままはむっと食べたら、ぱりぱりしたもなかの皮となめらかなジェラートの食感が絶妙に混じり合って、飽きずに何個でもいけちゃいそうだ。

「そういえばさっきから思ってたんだけど言ってもいい？」

　自分のを半分ぐらい食べたなずなが唐突に言う。

「カップル多すぎん？」

「「ほんとそれ」」

　間髪入れずに私と悠月の声が重なった。

　なずながわざとらしく眉間にしわを寄せる。

「あっちでもこっちでも目についてイラっとするんですけど」

「「わかる」」

　金沢フォーラスや駅前ではそれほど感じなかったのに、ひがし茶屋街に来てからは明らかにカップルを見かける頻度が増えた。

地元の人たちやビジネスマンより観光客が多いからだと思う。

「着物デート、憧れるなぁ……」

私はなにげなくそうつぶやいた。

自分たちと同じようにレンタルしているんだろう。

ふたりで和装して仲よさそうに歩いてるカップルと何度もすれ違った。

なかには袴で揃えてる人たちもいて、ああいうのもいいな、とついつい目で追ってしまう。

ぼんやり外を眺めていると、意外なことに悠月が反応した。

「うん、お祭りに浴衣で行くのともまたちょっと趣が違うよね」

私はつい声が大きくなる。

「そうそう！　なんだろう、非日常感？　でもそれはお祭りもおんなじか」

少しだけ考え込んでから悠月が口を開いた。

「旅先、っていうのがいいんじゃない？」

「旅先……？」

そう問い返すと、言葉が続く。

「ほら、この夏もそうだったけど、お祭りはわりとクラスの子とか部活のメンバーでも行くじゃん？　だけど旅先で、それも男女ふたりきりであんなふうに歩くのは、友達同士ってこともなくはないんだろうけど基本的に彼氏彼女の特権でしょ？　着物だとそれがわかりやすく可視化されるから」

行き交う人を見つめる悠月の表情は、なんだか儚げだった。

そっか、と妙に納得してしまう。

確かに私は着物そのものというよりも、あんなふうに知らない土地を新鮮な気持ちで歩く時間を、関係性を羨ましく思っているのかもしれない。

ちょうど、目の前を和装した一組のカップルが通り過ぎていく。

私たちより大人びていて、だけどほんのり残る初々しい雰囲気は、大学一年生とか二年生ぐらいだろうか。

男の子が耳元でなにかをささやき、女の子は確認するように自分の着物を見たあとではにかみながら頰を赤らめている。

なんて伝えたのかな。

よく似合ってる、とてもきれいだよ、すっごくかわいいね。

私がはりきっておしゃれしたときは朔も褒めてくれるけど、彼女として彼氏からそういう言葉をもらうのって、やっぱりぜんぜん違うんだろうな。

ほんの少し想像してみただけで、きゅんと飛び跳ねたくなるような甘酸っぱさと同時に、自分はそうなれなかったんだと泣きたくなるような切なさがこみ上げてくる。

朔とふたりで旅行先を決めて、いろんな計画を立てて、そして……。

女の子は、どうしてあの着物に決めたのかな。

彼氏の好きそうな色や柄をそわそわと思い浮かべながら？

それとも、お互いに着て欲しい一枚を選んだ？

このあと時間の許す限りいろんなところを巡って、素敵なディナーを食べて、夜はいっしょに泊まったり、するのかな。

「いいなぁ……」

もう一度、小さく私はつぶやいた。

これまでだって朔に「デート行こう」って誘ってきたし、とくだん否定されたりはしなかったけど、結局は友達と遊びに行くことをそういう名前で呼んでいただけだ。

「旅行、か……」

私のひとり言が聞こえたのか、悠月がぽつりと漏らした。

「はじめての相手には、なれなかったな」

そうして過ぎた日を思いだしているように、そっと目を伏せる。

どういう意味をもってこぼれ落ちた台詞なのかはわからなかった。

もしかしたらあの人について、なにか私の知らないことを知っているのかもしれない。

だけど、そこには他人がうかつに触れちゃいけない悠月の大切な時間が流れているような気がして、問い返しかけた言葉をそっと呑み込む。

はじめての相手、と心のなかで繰り返した。

どうして私たちは、告白して恋人同士になりたいだなんて思うんだろう。

友達同士のままだって、充分に幸せな時間を過ごせているはずなのに。

自分だけを見ていてほしい、他の子たちの誘惑から遠ざけたい、そういうの含めて相手の時間や愛情を独り占めしたい、堂々と手を繋いでキスをして、それから……。

なんて、人それぞれいろんな理由があるだろうけど、そのうちのひとつはきっと「大好きな人のはじめてになりたい」なんじゃないかと思う。


叶うなら、はじめて好きになった女の子が私であってほしい。

はじめての恋人が私であってほしい。

はじめてデートをするのが私であってほしい。

はじめて手を繋ぐのも、はじめてキスをするのも、はじめて夜を過ごすのも。


――ううん、もっとささやかなことでもいいの。

はじめて自分でプリントする写真にうつっているのが、私だったらいいな。

はじめて大げんかする女の子が、私だったらいいな。

はじめて風邪をうつすのが、私だったらいいな。
はじめて耳かきしてあげる相手が、はじめて髪を乾かしてあげる相手が、いつかはじめてお酒を飲む相手が。

――私だったら、いいのにな。

だから、友達のその先を願ってしまうのかもしれない。
他の誰かを思いださないはじめての瞬間、できるだけあなたの隣にいたいから。
いつかふとした瞬間に思いだすのが、私であってほしいから。
り、り、りん。
短く三回、どこかで風鈴の音が響いた。
いつのまにかジェラートが少し溶け出していて、包み紙がほのかに濡れている。
慌てて残りを口に含むと、もなかの皮もしょんぼりと柔らかくなっていた。
ふと、悠月がどこか穏やかな眼差しをこちらに向けていることに気づく。
「ねえ、夕湖?」

どうしてだろう、その声には。

まるで私とおんなじ感傷に浸っていたような余韻があった。


「千歳にお土産買っていこっか」

……みんなに、じゃなくて、千歳に。


ときどき、悠月と朔はそっくりだと思うことがある。

自覚的に格好つけて、強情で、見栄っ張りで、そのくせ呆れるぐらいに温かい。

だから私はつい、彼と話しているときのように、言葉の裏に隠された真意を探し当ててみたくなる。素直じゃないけど、誰かを傷つける嘘もつかない人たちだから。

本当はそう言いだしたくて言いだせなかった私の、背中を押してくれたのかな。

それとも、遠回しに自分の気持ちを伝えてくれたのかな。

なぜだか謝られているように聞こえたんだ。


ごめんね、だけど引く気もないよって。

もしそうだとしたら、やっぱり。
あなたはやさしい女の子だと思う。
ありのままの私を鏡に映しながら、心まで透かしてくれるから。

「うん！　買う!!」

悠月越しに見るあの人は。
この瞳に住みついている面影より、もっとずっと美しいのかもしれない。
ふと、ふたりが偽物の恋人同士を演じていたときの記憶が浮かんでくる。
目の前にいる彼女は、いくつのはじめてをもらったんだろう。

＊

それから私たちは、目についたところに片っ端から飛び込んだ。
ソフトクリーム以外にも金箔を使ったいろんな商品が並んでいるお店。
金沢にゆかりがある作家のクラフトやアクセサリーを集めているお店。
変わった手ぬぐいやお箸を扱っているお店。

器、和菓子、お麩にお茶……。

悠月がふう、と呆れたようにつぶやいた。

「意外とややこしいな、あの男」

「ほんとそれー！」

私も思わずぶんぶんと頷く。

お土産って、誕生日プレゼントとかを選ぶのとはまた違う難しさがある。

高価なものはお返ししなきゃとか気を遣わせちゃうし、だからといって、せっかくあげたのに使ってもらえなかったり食べてもらえなかったりするのは寂しいし。

からからと石畳を歩きながら悠月が続ける。

「甘いものはあんまり食べない。お箸とかお皿はいまのが使えなくなってからとか言って大事にしまっておきそう。あったかいお茶は、そのへんに放置してあるのをうっちーが見つけてご飯作ったときとかに淹れそうだから釈然としない」

「最後のめっちゃありそう！　そしてなんかいや！」

それを聞いてたなずなが付き合いきれないとばかりに言う。

「あんたらお土産ぐらいで考えすぎじゃない？」

私はぶうと口を尖らせて答える。

「なずなに恋する女の子の気持ちはわかんないもん」

「はぁ？　なら私も千歳くんにお土産買うし」

「亜十夢くんに買えばいいじゃん」

「絶対にいや」

「えー、いつもいっしょにいるのに」

「めんどくさい男は好みじゃないの」

「朔も超めんどくさいよ？」

「あんたね……」

　そうこう言っているうちに、また新しいお店が見えてきた。「一日中、綺麗でいたいと願う、忙しい現代女性のためのお店」と書かれた看板が出ている。

　中を覗き込みながら悠月が言う。

「へえ、あぶらとり紙専門店だって」

　看板に添えられていた手書きの案内によると、あぶらとり紙はもともと金箔作りで生まれた副産物らしい。

　だからこんなところに専門店があるんだ、と納得した。

　そうして足を踏み入れた店内は、あぶらとり紙という言葉からはちょっと想像できないぐらいポップでおしゃれな空間だった。

　色とりどりのパッケージが壁一面を覆い尽くしている。

なずながぐるりとあたりを見回して口を開く。

「すご、これ全部あぶらとり紙なの？　夕湖ふだん使ってる？」

「うーん、下地である程度防げるからあんまり。中学生のときとかは鞄に入れてたけどね」

悠月も近くにあった商品を手に取って眺めた。

「懐かしい、私もメイクしてなかった頃は部活のあととかに使ってたなぁ。すぐに汗拭きシートのほうがメインになっちゃったけどね」

そうだ、と私は手を叩く。

「せっかくだから、みんなひとつずつ買わない？」

なずなが軽くうなずく。

「デザインかわいいのあるし、記念にいいかもね」

タオルハンカチで軽く首筋を拭いながら悠月がぼそっとつぶやいた。

「なんならいまこそ必要かもしれない」

「「たしかに」」

店の入り口付近に並んでいるのはセット売りだったので、私たちは奥にあるばら売りのコーナーへと向かった。

カラフルなパッケージには金沢に関連したものが描かれているみたいで、私は加賀水引細工の柄を、悠月は金沢和傘、なずなは加賀手まりを選んだ。

とくに示し合わせたわけでもないのに、自然と分かれるのがちょっと面白い。

服を見てたときも、絶妙にそれぞれの好みが違うんだよね。

そうしてお会計をしようとしたところでふと、私はひとつのパッケージを手にとり、

「……ねえちょっと！　私、朔のお土産これにする!!」


ひと目で気に入って悠月たちに見せた。

そこに描かれていたのは、加賀鳶と書かれた法被を着て、ちょっと歌舞伎っぽいお化粧をした三人の男性だ。多分、昔の火消しみたいな職業なんだろう。

みんなきりっと顔を作って、手鏡を見ながらぽんぽんとあぶらとり紙を使っている絵がなんとも間抜けでかわいらしい。

「なにこれ、うける！」

なずなが声を上げる。

「『戦う漢は身だしなみやぞ』って」

パッケージに書かれている文言だ。

「でしょでしょ、なんかこの絶妙なナルシスト感が朔っぽくない？」

「わかる。このふんってすました目と、くいって気障な口許の感じがぽい」

自分から切り出しといてなんだけどひどい言われようだ。

私は苦笑しながら裏面を見る。

どうやらこっちは方言シリーズみたいで、金沢弁の会話が載っていた。

『おいやお前、がぁんこ顔てかっとっぞ（※ねぇ君、めっちゃ顔テカってるよ）』

『うそやろ？　これから人に会わんなんがに!?（※本当に？　これから人に会わなきゃいけないのに）』

『箔一（はくいち）のあぶらとり紙つここっちゃ。顔洗ったかとおもぉほど、さらさらんなるぞ（※箔一のあぶらとり紙使ってみたら？　顔洗ったかと思うほどさらさらになるよ）』

『ほんとや。がんこさらさらやー（※ほんとだ。とてもさらさらだ！）』

隣でいっしょにそれを読んでいた悠月が「へぇ」と感心したような声を出した。

「すぐお隣の県なのにぜんぜん違うんだね」

「ほんとそれ。ねぇねぇ悠月、福井弁バージョンで再現してみてよ」

よくうっちーといっしょに方言トークしてたことを思いだして頼んでみる。

悠月はこほん、と咳払い（せきばら）をしてから口を開いた。

「のうのう、おめえひっでもんに顔てかってもてるざ」

「うそやろ？　これから人に会わんとあかんのやけど!?」

「箔一（はくいち）のあぶらとり紙使ってみねま。顔洗ったんかとおもうほどさらさらんなるで」

「ほんとやの。ひっでもんにさらさらんなっつんた」


口調や表情を変えながら身振り手振りをつけて福井弁で話す美少女の図に、私たちは思いっきり吹いた。

なずながひくひくと肩を揺らしながら言う。

「やば、クオリティー高っ」

私もそれに続く。

「悠月（ゆづき）って田舎のおばあちゃんぐらいしか使わないような方言知ってるもんね」

「まさに田舎のおばあちゃんがこってこての人だったんだよ。小さい頃とか本気でなに言ってるのかわからなかったし」

それはそうと、と悠月が少しだけ真面目（まじめ）な顔で私を見る。

「いいの？」

なにを聞かれているのかはすぐにわかった。
朔へのお土産がこれで本当にいいのか、ってことだろう。
どう見てもネタに走ったチョイスなのは明らかだ。
友達ならともかく、好きな人に渡すお土産としては正解じゃないかもしれない。
だけど、私は……。

「いいんだ、このぐらいのほうが」

あぶらとり紙をそっと胸に抱く。

「一からまた、紡いでいくの」

そっか、と悠月はやさしく目を細め、それ以上はなにも言わなかった。
私はもう一度手にしていたパッケージを見る。
なんだこれ、って呆れ顔で笑ってくれたらな。
いまはただ、そういうのでいい。

*

あぶらとり紙のお店を出たところに神社があったので、せっかくだからと私たちは交代でお参りしていくことにした。

立て看板の説明によると、境内に生えている立派な二本の松はそれぞれ別名を女松と男松といって、良縁の象徴と考えられているらしい。


『――まだ、もう少しだけ、手を繋いでいられますように』


私は大切な人たちの顔を思い浮かべながら願う。

神社では決意表明したほうがいいって話も聞いたことがあるけど、いまの自分にはこれが精一杯だった。

しばらくして、入れ替わりでお参りした悠月が鳥居のところまで戻ってくる。

その顔はどこか凛々しく、まとう空気は神楽で舞う巫女さんのように楚々と澄んでいた。

ふと目が合うと、悠月はやさしく目尻を下げて微笑む。

しんしんと、静謐にそよぐ風が黒髪を淡くなびかせた。

……きっと、この女の子は。

誰かに祈るのではなく自分に誓ってきたんだな、と思う。

朔も神社に来たら同じことをするんだろう。

なぜだか、そんな確信があった。

最後になずながお参りするのを待って歩き出すと、ほどなくしてどこからか夕暮れの路地裏みたいなお出汁の匂いが漂ってきた。

隣を歩く悠月も気づいたみたいで、顔を見合わせてから、ふらふらと吸い寄せられるようにして近くのお店に入る。

途端、ぐうとお腹の鳴りそうな香りが濃くなった。

落ち着いた雰囲気の壁際には、ずらりと種類の異なる瓶やボトルが並んでいる。

なんとなく気づいていたけど、醤油や味噌、お出汁なんかを扱っているお店みたいだ。

「いらっしゃいませー」

入り口付近で立ち止まっている私たちを見た店員さんが明るく声をかけてくれた。

ファッション系のお店なら初めてのところでもずいずい足を踏み入れるのに、ここはちょっと場違いな気がして遠慮がちに佇んでいたけど、それでようやく緊張がほぐれる。

逆にうっちーなら興味津々で見て回りそうだな、と少しおかしくなった。

中に進んでいくと、テーブルの上に並んでいた紙コップに店員さんがポットからなにかを注ぎ、三人分をお盆に乗せて持ってきてくれる。

「もしよければお出汁の味見してみませんか？」

「え、いいんですか⁉」

言いながら、私はお出汁を受けとり、悠月となずなもそれに続いた。

紙コップを口元に近づけると、あたたかな湯気とともに、ちょっと上品な和食のお店に連れて行ってもらったときのような匂いが鼻孔をくすぐる。

「なんかほっとするー」

そのまま一口すすってみて、「うわあ、美味しい」と素直な感想が漏れた。

隣を見ると、悠月となずなも驚いたような表情を浮かべている。

お出汁というぐらいだから、てっきりほとんど味はしないのかと思っていたのに、お吸い物として出されても違和感がない。

それに、なんだろうこの香り。

醤油とかめんつゆともちょっと違うような……。

私は思わず店員さんに尋ねる。

「これって本当にお出汁だけで味つけしてないんですか？」

その言葉にふふと頷いて、一本の瓶を見せてくれた。

「正確には『いしるだし』という商品なんです。いしるというのは、石川県の能登で作られてきた伝統的な発酵調味料で、いわゆる魚醤と呼ばれるものですね。新鮮なイワシやイカを一年以上発酵させて作るんですが、そのままだとちょっとクセが強くて扱いづらいので、隠し味に使って液体タイプのお出汁にしたんです。いま召し上がっていただいたのは、お湯で薄めたものですね」

「そっかぁ、なんかいい香りがすると思ったら魚介なんですね」

「他にも気になるものがあったら味見できますので、遠慮なくおっしゃってください」

「はい、ありがとうございます！」

　店員さんはそれ以上押してくるわけでもなく、「ゆっくりご覧になっていってください」と離れていった。

　なんだか心地よい距離感にほっこりする。

　そうして私たちは各々で店内を見て回ることにした、のはいいんだけど。

　……とはいえなあ、と苦笑していると、なずながすすっと近寄ってきて小声で言う。

「夕湖（ゆうこ）わかる？」

「いや全然」

「だよね、家で料理とかする？」

「前に朔（さく）の家でゆで卵作ったよ！」

「おっけー小学校の家庭科レベルね」

「ちょっと!?」

なんてつっこみながらも、そうなんだよね、と思う。

いろんな醤油(しょうゆ)やお出汁(だし)があるのは見ればわかるんだけど、とはいえ私がどれだけパッケージを見たところでなにが違うのか理解できない。

多分、なずなもおんなじなんだろう。

ただひとり悠月(ゆづき)だけが、真剣な面持ちで一つひとつを手に取りラベルを眺めていた。

いつかの進路相談会で、料理も洗濯もできると言ってたことを思いだす。

とくに隠すつもりはないみたいだし、こっちもわざわざ聞いたりはしないけど、最近はときどき朔(さく)の家に行ってるみたいだ。

もう、手料理とか、作ってあげたのかな。

あの家の、あのキッチンで。

悠月のことだから、かわいいエプロンとか用意してたり?

なずなには恥ずかしくて冗談で誤魔化(ごまか)しちゃったけど、じつは私もあれからうっちーやお母さんに習ってこっそりと練習を続けている。

でもそれは大げさに言えばゆで卵が目玉焼きとかスクランブルエッグになった程度の話で、こういう調味料にこだわるような域はまだまだ遠い感じだ。

近くにうっちーや悠月がいるからってのもあるけど、そもそも朔が自炊してる人だから、せめて肉じゃがとかカレーとかの定番メニューぐらいはレシピを見ずに作れるようになってから食べてもらいたい。

「すいません、この醤油糀とお味噌って味見できますか？」

そんなことを考えていたら、悠月が店員さんに話しかけていた。

「はい、大丈夫ですよ。少々お待ちください」

興味本位で私となずなも近づいていく。

悠月は手にしていた瓶を見せてくれた。

「なんか卵かけご飯に合う醤油糀なんだってさ。あいつ、朝は卵かけご飯とか納豆ご飯、梅干しなんかでさっと済ませるって言ってたから、お土産にちょうどいいかなって」

そうなんだ、と思った自分に驚いた。

悠月よりも、陽よりも、西野先輩よりも、うっちーよりも。

少なくとも、高校生活で誰より長く朔のそばにいた女の子は私だと思う。

べつに見栄を張りたいわけじゃなし、心の繋がりとか関係の深さとかそういう意味じゃなくて、単純に時間の積み重ねとして、一番先に仲よくなったから。

……だというのに私は。

朔を想う気持ちだけは誰にも負けない、なんて思ってたくせして。

いつもどんな朝ご飯を食べているのか、これまで知らなかったどころか、考えてみたことさえなかった。

その事実が、また少しだけ私をうつむかせる。

好きな人の全部を知りたいだなんて、子どもじみたわがままだってわかっているのに。

そうして店員さんが持ってきてくれた醤油糀を手にとると、ふわっといい香りが立ち昇ってきた。ひと口含んでみると、しょっぱいのにほんのり甘くて、なんだかよく知っているような、どこか懐かしい味が舌の上に広がる。

もう一度確かめてみて、そうか、と気づいた。

匂いといい味といい、お正月で余ったお餅を食べるときの砂糖醤油に少し似ている。もちろん甘さはずっと控えめだけど。

うん、これなら卵かけご飯に合うのは間違いない。

普通に醤油をかけるのとそんなに手間も変わらないから、朔も面倒くさがらずに使いそう。

さすがだな、とちょっと悔しくなる。

悠月ならもっとおしゃれな雑貨とかを選ぶかと思っていたけど、実用的だし、一周回って逆にセンスがいい感じ。

それに、もしかしたら私が選んだお土産に方向性というか雰囲気を合わせてくれたのかもしれない。ネタに走ってるわけじゃないけど、本気すぎない気軽さというか。

悠月って、表には出さずさらっとそういう気遣いをしてくれる女の子だから。

味に満足できたんだろう。

「うん、とりあえずこれひとつください」

悠月が醤油糀を指して言った。

「ありがとうございます、お味噌のほうも味見してみてください」

店員さんが、最初のお出汁(だし)と同じ紙コップを渡してくれた。

「うわー、いい匂い」

私は思わず声を上げる。

そこに注がれていたのは、お味噌汁、というと語弊があるのかもしれないけど、お店の味噌をお湯で溶かしたスープだと思う。

気を遣わせないようにという配慮か、店員さんは三人分を配り終えるとすっと離れていった。

悠月が香りを確かめながら言う。

「千歳(ちとせ)に作ってもらったお味噌汁、美味(おい)しかったからさ。これだったら普通に使ってくれるかなと思って」

「あーわかる！　朔のお味噌汁美味しいよねー。うっちーが作ってくれるのよりよく言えば素朴で悪く言えば雑で、なんか安心する感じ」

久しぶりに食べたいなー、とスープをふうふう冷ましていたら、

「え……？」

一瞬、かすかに悠月が目を見開く。

その反応の理由がわからず、私はきょとんと首を傾げた。

悠月はまるで自分の感情が漏れたことを恥じるように慌てて口の端を上げる。

「いや、そっか、そうだよね」

目を伏せ、なにかを誤魔化すように髪を耳にかけて……。

それは珍しくとてもへたくそな作り笑いだった。

なにかまずいことを言ってしまっただろうか。

唐突ならしくない態度に、少し動揺しながらいまの会話を思い返してみても、やっぱりとくに心当たりはない。

悠月は今度こそなにごともなかったかのように続ける。

「ん、美味しい。さっきのとこれにしよ。醬油糀は陽にも買ってってあげようかな。夕湖はどうする？」

なんとなく喉元に違和感が引っかかったままだけど、詮索してもしかたない。

「じゃあ、私はうっちーのお土産にいしるだし買っていこうかな」

「いいね、うっちーなら使いこなせそう」

きっと悠月は、私に話すべきことがあるなら話してくれると思う。

だからそうしない以上、いまうっすら見えた揺らぎみたいなものは自分のなかにとどめておきたいってことだ。

陽みたいに長い時間を過ごしてるわけじゃないけど、少しぐらいはわかる。

そういえば、と控えめな様子で悠月が切り出した。

「海人にはいいの？　お土産買っていかなくて」

「っ……」

思いがけない名前が出てきて言葉に詰まってしまう。

悠月が申し訳なさそうに続ける。

「ごめん、複雑なのはわかってるんだけど、一応確認だけはしておいたほうがいいかと思って。もしかしたら無意識に考えないようにしてるのかもしれないから」

……図星だった。

もちろん、本当の意味で忘れてたわけじゃない。

あの日からずっとずっと心のなかに引っかかっていた。

これまでにも男の子に告白されて断っちゃった経験はあったけど、相手がこんなにも近しい友達だったことは初めてだ。

朔にふられた直後ということもあって、自分が同じような哀しみや苦しみをあのやさしい海人に与え、傷つけてしまったんだという事実がどうしようもなく恐くて辛くて。

これからどんなふうに接していけばいいのかが、わからなかった。

「迷惑じゃや、ないかな……？」

私はうつむきがちに言う。

告白のことを抜きにしても、この夏休み、海人にはものすごく迷惑をかけた。

ひとりぼっちになりそうだったとき、追いかけてきてくれて、そばにいてくれて、たくさん泣かせてくれて……。

どれだけ感謝したって足りないぐらいに支えてもらった。

だから本当はお土産をきっかけに、もう一度ちゃんと「ありがとう」と「これからもよろしくね」を伝えたい。

でも、と唇を噛みしめる。

いま、私がそうするのは、とても残酷なことじゃないんだろうか。


まるで海人からの告白はきれいさっぱり忘れて全然引きずってないって言ってるみたいで。

まるで恋人にはなれないけど友達ではいたいって、都合のいいことを提案してるみたいで。

まるで「まだ可能性はあるかもしれない」って勘違いさせてしまいかねない行動みたいで。


正直に言うと、海人の出方を見て自分の態度を決めようと思っていた。

あんなことがあっても友達でいてくれるというなら喜んでこちらこそってお願いするし、もう顔も見たくないっていうなら哀しいけど仕方ないって。

先延ばしで逃げてるって言われたらそれまでなんだけど、だからって断った側が関係を修復しようとするなんてあまりにも身勝手なんじゃないのかな。

……朔も、おんなじように悩んでたのかな。

「夕湖の考えてること、なんとなくわかるよ」

悠月がそっと私の手をとる。

「実際のところ、告白を断られた相手と二度と関わりたくないって人はいる。それだけならまだしも、ふられた次の日から相手の悪い噂を流し始めるようなこともね」

断定する口調には、自分で見てきた事実を語っているような響きがあった。

きっと、これまで似たような経験をしてきたんだと思う。

だけど、と悠月が続ける。

「少なくとも、私の知ってる海人がそんなにみみっちいやつだとは思わないよ。やたら図体でかいくせして小心者だし、感情が先走ってまわり見えなくなることもしょっちゅうだけど」

そこで一度言葉を句切り、

「——言い訳のために好きを嫌いに変えるような男じゃない」

真っ直ぐと私の目を見た。

「っ、うん……うんっ！」

気を抜くと溢れ出しそうな涙を堪えて、何度も頷く。
悠月の言うとおりだ。

『これで俺も仲間にふられた仲間だ。
気まずいのは夕湖ひとりじゃねえよ』

私の知ってる海人も、そういう人じゃない。
だからこれはやさしさへの甘えじゃなくて重ねた時間への願いに近い感情で。

――恋には届かなかったけど、もし友達の後ろにも愛をつけていいのなら。

これからも、近くにいたいと思う。

私の反応を見た悠月がゆっくりと手を離す。

「きっと向こうも似たようなことを考えてるよ。自分のせいで夕湖を余計に傷つけちまって合わせる顔がねえ、ってさ」

「そんな……」

「夕湖も、海人も、千歳も、みんな誰かさんと違ってやさしいから。相手の痛みを自分に置き換えることはできても、自分の願望を相手にすり替えることが苦手なんだよ」

誰かさん、が誰を指すのか、いまは聞くべきじゃないような気がしたけれど。

その想いを汲みとりきれなくて、私は問い返す。

「どういう、意味？」

「簡単な話だよ」

悠月が苦笑する。

「夕湖は新学期が始まって千歳に避けられたらどう思う？」

「そんなのいや！　絶対に！」

「……ほらね？」

まるで「簡単でしょ？」と繰り返すように肩をすくめて言葉が続く。

「告白を断られた痛みよりも、それでもまだいっしょにいたい、これで終わりにしたくないって気持ちのほうを想像してみたら？」

すとんと、納得してしまった。

私が朔（さく）を想っているように、海人（かいと）も私を想ってくれている。

……なんて考えるのはとても傲慢（ごうまん）な気がしてやっぱり抵抗があるけど、もしも、万が一、そうなんだとしたら。


私はたとえ私の恋が叶わなくても、朔のそばにいたい。

友達以上にはなれないとしても、せめて友達のままでいたい。

その結果として、たとえばべつの女の子と付き合うのを見届けることになったとしても、苦しくても、哀しくても、傷ついても、それでも——。


朔と出会えたことを、過ごした時間を、なかったことになんて絶対したくない。


そっか、とあらためて思う。

もし私が朔に避けられたりしたら耐えられない。

だけどそれは自分が告白したせいだからなにも言う資格はないって抱え込むしかなくて、声をかけたくてもかけられなくて、どんどん疎遠に……。

そんなのは、いやだ。

もしかしたら迷惑かもしれないけど、よけいに傷つけることになるのかもしれないけど。

海人と、話をしよう。

なにより私がそうしたいと望んでいるから。

「ありがと、悠月（ゆづき）。私、海人にお土産買っていく！」

「うん、きっとばかみたいに喜ぶよ」

そのやりとりを見守っていたなずなが痺（しび）れを切らしたように言った。

「てか、なんであんたらはいちいち大げさなの。そんなん『このあいだは断っちゃってごめんねー。はいこれ詫（わ）びのお土産』とかでいいじゃん」

悠月が呆（あき）れたようにため息をつく。

「飲み会行けなかったサラリーマンか？」

あはは、と私は声を出して笑ってしまう。

「なずなは雑すぎー」

「そっちが重すぎなんだって」

「重いって言わないで?!」

「ったく、渡すんならさらっとね。間違っても『このあいだは告白断っちゃったけどこれからも友達でいようねうんぬんかんぬん』とかやんないでよ」

「え、駄目なの……？」

「駄目だから。転ばせた相手の上で踏んだり蹴ったりするつもりか？」

「あ、なんかそのつっこみ悠月っぽい」

「いや聞けし」

付き合いきれん、となずなが匙を投げるように言った。

「それで、浅野くんのお土産はどうすんの？」

私は迷わずに答える。

「さっきのお店でいっしょなあぶらとり紙買う！」

なずなが意外そうな表情を浮かべた。

「え、同じでいいの？」

確かにそう思う気持ちはわかるけど。

「いいの、種類は違っても好きな気持ちはいっしょだもん」

「……そういうとこ、夕湖っぽいわ」

大好きな人と大好きな友達。

ふたりを同じ目で見ることは、どうしたってできない。

好きにはきっと色も形も味も香りもあって、恋と名前をつけられるのはひとつだけ。

だけど、いまぐらいは……。

旅先で見つけたお土産ぐらいには、いっしょな好きを詰めたっていいんじゃないかと思う。

私はふっきれたように口を開く。

「でもそれだと他の男子が可哀想じゃない？　健太っちーはいっしょに選ぶとして、悠月は和希に買ってあげたら？」

悠月がちょっと嫌そうに顔をしかめる。

「え、なぜ」

「とくに理由ないけど、組み合わせ的になんとなく？」

「やだよ。『へえ？　これってそういうこと？』とか絡まれそうだし」

「えーそうかな。和希って意外とかわいいとこあるから普通に照れたりして」

「それはそれでこわいな……」

「で、どうするの？」

「……醤油糀だけ買っておくか」

「味噌は？」

「一人暮らしじゃないのにもらっても困るでしょ」

そんな話をしながら、きゃっきゃとはしゃぐ。

はじめて、という言葉がふと蘇ってきた。

そういえば、学校行事以外でこんなふうに友達と旅行をするのもはじめてだ。

恋とか友情とか男の子とか女の子とかいろいろあるけど。

この先十年経っても、おんなじように笑えたらいい。

たとえそれが、届くことのない願いだとしても。

*

あれこれ言い合いながら結局みんなのお土産を買って、私たちはジェラートを食べた広場のところまで戻ってきた。

時間を確認すると十六時半を回ったところ。

もう一箇所ぐらい観光地を巡れるかな、と思っていると、

「……ねえ、なんか忘れてない?」

隣を歩いていたなずなが唐突に言った。

「なんかって?　亜十夢(あとむ)くんのお土産?」

私が問い返すと、なぜだか怒ったようにつんつん詰め寄ってくる。

「いいかげん亜十夢から離れろし!　じゃ、なくて!」

脇を締め、軽く握った手のひらを上に向けて、自分の着物をひけらかすようなポーズをとる。

「こんなにかわいい格好してるのに、写真の一枚も撮ってないって女子的にどうよ」

「『言われてみれば……』」

今日は完全に買い物モードだったからすっぽり抜け落ちてた。

「やば、このまま帰ったらお母さんいじけてた！」

そもそも写真とってきてねってお金をもらってたのに。

「交代で撮ろうよ。ほら、そこの赤い建物の前とかいい感じじゃん？」

言いながら、なずなが自分のスマホを渡してくる。

一本だけ生えている柳の下に半身で立ち、和傘を両手で差した。

視線を斜め下にすっと落とし、儚(はかな)げな表情を浮かべる。

「どう？」

「『あざとい』」

「声揃(そろ)えんなし」

なんてやりとりを交わしながらも、私はなずなのスマホで構図を変えながら何枚も写真を撮る。明け透けな性格だからうっかり忘れがちになるけど、冷静に見ると本当にきれいな顔してるんだよなぁ。着物だとそれがいっそう際立つ。

私は一度スマホから視線を外して言った。

「悠月もいっしょに入んなよ」

「えっ、と……」

なぜだか悠月は少し困ったような反応をする。

私となずなの顔を交互に見て、

「私が撮るから夕湖入んなよ」

すっと手を差し出してきた。

もちろんいっしょに撮りたいからあとで交代してもらうつもりだったけど……。

「ふーん、なにそれ」

そんなやりとりを見ていたなずなが挑発的に言った。

「並んで私のほうがかわいいってバレるの恐いの？」

「……ほう？」

「まあ、自信がないってんなら無理しなくていいけどね」

「むっかちーん、はいそのけんか買いました」

「ねえ悠月それ誰のまね?!」

私のつっこみを無視して、悠月がなずなの真正面に立った。

和傘を預かり、片手でふたりの上に差す。

そのままついと一歩距離を詰め、互いの帯がほとんど触れあいそうになった。

私のほうから見ると、ちょうど相合い傘の下で向かい合ってる構図だ。

身長の高い悠月が、まるで額をくっつけようとしているみたいに顔を近づけ、もう片方の手をそっと相手の腰に添える。

「ちょ、近いちかい」

なずなが目を逸らしながら言った。

それを見た悠月がうっとりと色気のある声を出す。

「へえ？　照れてるんだ」

「はあ!?　なんで私があんたに」

精一杯澄ました顔を作り直して、なずなが真っ直ぐ見つめ返した。

まるで結婚式の前撮りをしている恋人同士みたいだ。

私はそんなふたりを静かに見守りながら、

――カシュカシュカシュカシュカシュカシュッ。


めちゃくちゃシャッターを切った。

「ちょっと夕湖撮りすぎだし！」

なずながこっちを向いて叫んだ。

私はそっと目を細めてしみじみと言う。

「……尊い」

「いやなに⁉」

それからは交代でたくさん写真を撮った。

ひとりでも、ふたりでも、通りかかった人にお願いして三人でも。

朝はなんとなくぎこちなかった悠月(ゆづき)となずなも、私の目にはいつのまにかすっかり心を許しているように見える。

やっぱり、どっちかだけじゃなくて両方誘ってよかった。

カメラロールにずらっと並んだ写真を見て、自然と笑みがこぼれる。

不思議だな、と不意に思う。

もしもこの機会を逃していたら、こんなふうに三人並んで歩くことはなかったかもしれない。悠月もなずなもクラスメイトとして最低限の付き合いだけで卒業を迎えて、それっきりになっていたのかもしれない。

だけど今日を過ごした私たちはいつか、きっと。

着物ではしゃいだ時間を、懐かしく思いだすときがくるんだろう。

さよ、と慎ましやかなそよ風がうなじを撫(な)でた。

夕暮れというにはまだ早いけど、気づけばずいぶんと過ごしやすくなっている。

すいすい、ついつい、と飛んでいたとんぼが私の肩にとまった。

——夏が終わるよ。


それだけささやくと、また気まぐれに去っていく。

ありがとう、と私は微笑(ほほえ)んだ。

大丈夫、ちゃんと終わらせることができたから。

そんなことを考えていると、

「さ、仕上げといきますか」

スマホを持ったなずなが手招きをしていた。

隣に来い、ってことらしい。

悠月(ゆづき)が呆(あき)れたようにつぶやく。

「まだ撮る気か?」

「いいからいいから」

三人で並ぶと、なずながスマホのインカメラを向けた。

当たり前だけど、そこには着物姿の私たちが映し出されている。

最後にもう一回だけ自撮りしておこうってことかな。

そう思ってシャッター音を待っていたら、

――トテトトテトトテトトテテロン。

代わりに発信音が鳴り響いた。


「え？」

「は？」

私と悠月の声が重なる。

状況を理解するよりも早く、
画面いっぱいに大好きな人の顔が現れた。

『なずな……？　って、うおっ』

「やっほー、千歳くん」

なずながスマホの角度を調整しながら手を振る。

私がインカメラだと思っていたのはビデオ通話だったらしい。

『お、おう。てかなにしてるんだ珍しい組み合わせで』

あーやばい、声を聞いただけで頭のなか真っ白。

お祭りに行ったあの日以来だし、心の準備とかなんもできてない。

朔、Tシャツ着てる。

場所は多分家のリビングで、片足をソファに乗せてるっぽい。

ひざ小僧がちょっとだけ見えてるから、まだ短パンなんだな。

なんて、言葉が出てこない代わりについまじまじと観察してしまう。

隣を見ると、悠月も取り繕った笑顔のままで固まっていた。

こっちはこっちで動揺してるっぽい。

私たちの気持ちなんてお構いなしになずなが続ける。

「三人で金沢まで来て買い物してたんだ。それから着物レンタルしていまは観光中なんだけど、せっかくだからかっこいい男の子に褒めてほしいじゃん？　千歳くん私どう？　かわいい？　きれい？　好き？」

『圧が強い』

「えーなにそれ、ちゃんと褒めてよ。千歳くんに見てほしくて選んだのに」

『なめらかに嘘つくんじゃねえよ』

「じゃあ聞き方変える。学校でのイメージと違ってぐっときた？」

『……ちょっとだけね？』

「はい私の勝ちーっ!!」

「「おい」」

目を泳がせている朔に、すかさず私と悠月がつっこむ。

いつもの冗談めいた軽口だとわかってるけど、本当にこの人はもう。

先に調子を取り戻したらしい悠月が口を開いた。

「ち、と、せ、くん？　いつのまになずなと連絡先なんて交換してたのかしら」

朔は苦笑いを浮かべながら気まずそうに答える。

『それはあれだ。七瀬（ななせ）の件でごたごたしてたときに流れで……』

「ふーん？　私と付き合ってたのに陰でこそこそ浮気してたってわけ？」

『なにか手がかり得られるかもって思ったんだよほんとだよ？』

「じゃあ、なずなとは一夜の過ちってこと？」

『おい悪意に満ちた言い方やめろ』

なずながふたりの会話に割って入る。

「千歳くんてば、一夜限りの約束だったのに結局あれから何度も……」

『ちょいちょいそっちがLINEしてくるだけだよね？』

まったく、と悠月がため息をついた。

「それで？　私の着物姿に対する感想がまだだけど？」

その言葉に、朔はぽりぽりと頬（ほお）をかく。

『つっても浴衣（ゆかた）含めたらもう三回目だし若干見慣れ』

「──切る」

『嘘(うそ)です何度見ても新鮮だしきれいだしあとエロい』

「……言っとくけどいまの本気で傷ついたから」

『悪かったって、似合ってる。この状況で真面目(まじめ)に褒(ほ)めるのも照れくさいんだよ』

「誠意が足りない」

『なにが望みだ？』

「料理」

それまでは怒りながらもどこか余裕を感じさせる口調だった悠月(ゆづき)が、ぽつりと言った。

「なにかいままで作ったことのない料理食べさせて」

『……考えておくから、機嫌直してくれよ？』

「うむ、よろしい」

ふたりのやりとりを聞いていてはっとする。

さっき、お味噌の味見をしながら交わした会話を思いだした。

そっか、あのとき……。

きっと悠月は、自分だけのトクベツだと思っていた朔(さく)のお味噌汁を、私も当たり前のように知っていたことが哀しかったんだ。

悪いことしちゃったな、と後ろめたくなる。

だからって、隠せばよかったたって話でもないから難しい。

食べたことないよって嘘をつくのは、真実を伝えるよりもっとずっと傷つけてしまう気がするから。

ふたりが浴衣でお祭りへ行ったことを知ってしまった、あの日のように。

……こうやって、私たちは。

自分だけだと信じている想いや時間を天秤にかけながら、反対側に他の誰かが手にしているものを乗せて、いつまでもゆらゆらとじれったく焦がれるのかもしれない。

そんなことを考えていたら、

「夕湖、手ぇ出して」

なずなが唐突に言う。

「え？　え？」

「いいから手、早く」

わけもわからず言うとおりにすると、そこにすとんとスマホを乗せられる。

「ちょと、なずな?!」

「ちゃんと角度調整しないと千歳くんに鼻の穴見られちゃうよー」

「うそ!?　待っ――」

私は慌てて手を伸ばし、ディスプレイを顔の正面あたりにもってくる。

朔がちょっと困ったような顔で笑っていた。
やだもう、ばたばたしたとこ見せて恥ずかしい。
片方の手で必死に前髪を整えながら口を開く。
「あの、その、えっと、本日はお日柄もよく……」
『結婚式かよってつっこんで本当にいいんだな？』
「――ッ」
よりにもよってなに言ってるの、信じられない。
さっきから、ずっと。
なんだろう、これ。
ちょっと前まで、毎朝大きな声であいさつしながら駆け寄ってたのに。
平気で腕とか摑んでたし、海で隣に寝そべったりもしたのに。
だめだ、照れくさくてまともに朔の目を見れないよ。
ふられたあとだから気まずいのかなって思ってたけど、それとも違う感じ。
『夕湖……？』
その声、その響き、その温度。
名前を呼ばれただけで、胸の奥がじんと疼く。
うれしい、苦しい、切ない、でも、もっと。

ああ、そっか。

――私、朔のことまためちゃくちゃ好きになってるんだ。

自覚した瞬間、かぁっと顔が熱くなってうつむいてしまう。

やば、いま、絶対真っ赤になってる。

ぎゅっと唇を結びながら、下駄の鼻緒を見つめた。

なんで、どうして。

普通あんなことがあったら気持ちってしぼんだりするもんじゃないの。

すべてを失いそうになって、どれだけこの人のことが大切だったか実感したのかな？

はじめて自分から情けないところを見せてくれたのが愛おしくなっちゃったのかな？

それでも誠実に向き合ってくれた言葉が心に響いたのかな。

やっぱりかっこつけてる姿が、かっこいいって思っちゃったのかな。

誰にも渡したくないって、壊れそうなほどに嫉妬したからかな。

……そんなふうに、もう一度、恋をしたのかな。

きっと、全部だ。

どうしようもないぐらい、こんなにも私の全部で、あなたに惹かれてる。

『夕湖』

その声に、ゆっくりと顔を上げる。

画面越しの朔は、穏やかに目尻を下げて微笑んでいた。

とくん、とくん、と私の鼓動も落ち着いていく。

『元気だったか？』

「うん、朔は？」

『ぼちぼちかな』

「そっか」

『いい服見つかったか？』

「うん、いーっぱい」

『着物、まだ暑そうだ』

「うん、さっきまではね。少し涼しくなってきたよ」

『そっか、もう八月も終わりだもんな』

「うん、とんぼが教えてくれたんだ」

『へえ？　そいつはいいな』

もしかしたら、端から見ている悠月（ゆづき）やなずなは心配しているかもしれない。

やっぱり気まずいのかな、ぎこちないなって。

確かにやりとりだけを聞いたらそんなふうに思われても仕方ないけど、私は縁側にふたり並んで夕涼みをしているように満たされていた。

ここに流れている空気をどんなふうに表現すればいいんだろう。

前は私が一方的に「見て」「聞いて」「あのね」「それで」ってまくしたてて、しょうがないなって感じで朔（さく）が付き合ってくれてた感じだけど。

はじめて、本当の意味で会話をしてるような気がする。

互いに口数が多くないのは、あんまりたくさんの言葉がいらないってわかってるから。

この夏、語り尽くせないぐらいにいろんなできごとを乗り越えて。

それでも最後はここに帰ってこられてよかったねって、いっしょに確認してるみたい。

だからいまは、こういうのでいい。

――あなたとフツウに話せるいまが、私のトクベツだから。

悠月となずなに目で合図する。

そろそろおしまいにしようって意図が伝わったんだろう。

ふたりが隣に来て、みんなが収まるようにスマホの角度を調整した。

それじゃあ、と私は切り出す。

届け、とありったけの想いを込めて、

「――ばいばい朔、また二学期にね」


どうしても上書きしておきたかった言葉を口にした。

朔が、悠月が、はっと息を呑(の)む気配が伝わってくる。


だってそれは、大切な人たちとの再会を待ちわびて紡ぐ祈りであってほしい。

だってそれは、さよならじゃなくてまたねであってほしい。

だからこれが、私からあなたへのごめんねとありがとうだ。


朔は途惑ったように視線を彷徨(さまよ)わせてから、

『ばいばいみんな、また二学期にな』

くしゃっと、笑ってくれた。

*

それから私たちは、ひがし茶屋街と並んで有名な観光名所の兼六園をのんびりと歩き、レンタルしていた着物を返却して駅前に戻ってきた。

空の半分ぐらいはもう群青色に塗り替えられ、気づけば夜が始まっている。

ついこのあいだまで十九時になってもまだぼんやりと明るかったのにな、と毎年このぐらいの時期には似たような寂しさがつきまとう。

晩ご飯にはまだ少しだけ早かったけど、お昼ご飯も早めだったからと、私たちは先に帰りの切符だけ買って金沢駅構内の商業施設にあるおでんの店に入った。

ちなみになにを食べようかという話になったとき、ゴーゴーカレーの前にあったことを思いだして「8番？」とうっかり口にしたら「『福井で食え』」と今後こそ秒で却下。

さすがに私も本気で提案したってわけじゃないけど、それにしたって言い方ひどくない？

ちなみに金沢はおでんが有名らしい、と切り出したのは悠月(ゆづき)だ。

私となずなは大人たちがお酒を飲んでる居酒屋みたいなところを想像していたから、正直ちょっと抵抗があった。

　でもそのへんはさすが悠月だ。

　事前に下調べしておいてくれたというお店は、商業施設の透明な自動ドアを入ってすぐのところにあって、改札のほうからも見える開けた感じのスペース。壁や仕切りなんかはなく、厨房を囲んだコの字型のカウンター沿いに椅子が並んでいる。

　その雰囲気はちょっとしたカフェやイタリアンバルみたいで、上部にある手書きのメニューボードに「おでん」と書かれていなかったら外観だけでは気づかないと思う。

　お酒を飲んでる人はいるけど、背後は普通に人が行き交う通路で安心感があるし、べろべろになるまで居座るようなお店でもなさそうだ。

　電車や新幹線に乗る前にちょっと一杯、って感じ。

　なんにせよ、高校生の女の子三人でも安心してご飯を食べられる雰囲気だ。

　わざわざ自慢げに説明したりしないけど、悠月のことだからもちろんそのへんは考えて選んでいるんだろう。こういうところがスマートでかっこいいな、とつくづく思う。

　そんなことを考えていると、

「悠月がいてくれてよかったー」

　私の右隣に座っていたなずなが言った。

「私も下調べとか苦手だし、夕湖とふたりだったらまじでゴーゴーカレーからの8番コースになってた可能性ある」

「ちょっとひどい！　私だってやればできるもん」

「できる人は言われる前にやってるし」

「うぅ……」

まあ、それは確かに、ぐうの音も出ない。

新しいお店を普段から自分で開拓し慣れてる人って、独特の嗅覚みたいなものがある。

私だったらネットで口コミのランキング調べて上から順に見ていくぐらいしか思いつかないし、もっとあからさまに穴場っぽくて驚いてもらえそうなところを探しそう。

もちろん悠月だってそういう場所に行くこともあるんだろうけど、それと同時に駅構内のこんな目立つところにある観光客向けっぽいお店もさらっと提案できるのが、なんというか余裕があって素敵だなって感じる。

だって自分のセンスに自信がないと、「駅ナカかよ」とか思われそうで恐くない？

たとえばこのお店なんかも、悠月に言われなかったら風景みたいに処理して普通に通り過ぎてたと思う。でも言われてみれば、おしゃれな雰囲気もあるし、女の子でも安心してご当地のおでんが食べられるし、電車に乗り遅れる心配もないし、私たちのニーズにぴったりだ。

そんなことを考えていると、注文したメニューが運ばれてきた。

けっこう歩いたせいで思ったよりもお腹が減ってたから、とりあえず気になったものを次々に頼んでしまった。

ちなみに車麩とか梅貝ってのが金沢おでんらしさのあるメニューみたいだ。

私は自分のお皿を見ながら言う。

「ねーねー、ふたりはおでんの具ってなにが好き？　ちなみに私はおもちが入った巾着ー」

小さい頃から、これがおでんに入ってるとなんだか幸せな気分になったことを思いだす。どうしてだろう、お正月以外のご飯でおもちを食べることってそんなにないから、ちょっと先取りで得した感じがするのかな。

なずながコンビニとかでもらうのより高級そうな割り箸を手に口を開く。

「んー、私は定番だけどやっぱ卵と大根かな。とくにコンビニで買ったおでんとかだと、崩れた卵の黄身がほろほろになってからしの溶けた出汁に浮かんでてさ。いっつも駄目だって思いながらつい全部飲んじゃうんだよね」

それを聞いた悠月が私越しになずなのほうを見た。

「ほんと？　ならよかった。ここのお店って『飲み干せる出汁』にこだわってるんだってさ」

「あーやば、そのワード強すぎる」

「大丈夫だよ、おでんはカロリー低めだから」

「まあお昼にゴーゴーカレー食べた時点でいまさらだしね」

左右からじとっとした視線を感じて思わず頰をかく。

ヘルシーだからってわけじゃないけど、と悠月が続けた。

「私はなにげにしらたきかな。すっごい細かいんだけど、小結のやつをひと口で食べられなくてほどけちゃったあとのやつとか」

「「……ぷふっ」」

私となずなは口元に手をあてて思わず吹き出してしまう。

ご飯を食べるところだからあんまり騒がないように注意しなきゃって我慢するせいで、余計に笑いがこみ上げてくる。

なずなが肩を小刻みに揺らしながら言う。

「不意打ちで変なこと言うなし」

私もそれに続く。

「しかもめっちゃ真面目なトーンで」

悠月にとって想定外の反応だったのか、ぎゅっと唇を結んで恥ずかしそうにうつむいた。

「そ、そう？　けっこうあるあるかと思ってたんだけど……」

私はその肩をぽんぽんと叩く。

「いや言いたいことはわかるんだよ？　でも悠月がほどけたしらたきをうれしそうに探してるとこ想像したらかわいくって」

「いやべつにそんな嬉々としてるわけじゃないから！」

「あっ、まだ一本残ってた!!!!!　みたいな？」

「どんだけしらたき好きなの私!?」

それから三人でひとしきり笑って、ようやくおでんに箸をつける。

悠月はさっそくしらたきを食べようとして、いまのやりとりを思いだしたのか慌てて大根に切り替えていた。いつもができすぎだから、こういうところを見るとおんなじ高校生なんだなってちょっと安心する。

私はなにから食べようかな、とお皿を眺めていてふと疑問が浮かんだ。

「あれ？　金沢っておでんにマスタードつけるの？」

端のほうに添えられている黄色い香辛料は当然のようにからしだと思っていたのに、よく見ると茶色の細かな粒々が混じっている。

いや、と悠月がメニュー表を見た。

「ここに書いてあるけど、福井の麩市ってところの地がらしみたいだよ。からし種を丸ごと粗挽きにしてるからマスタードみたいな見た目なんだって」

「へえー、そうなんだ。なんかさ、こういうふうに県外で福井って見かけるとナゾにうれしくならない？　ふふん、って」

「まあ、わからなくもないかな」

「べつに自分と関係あるわけじゃないのにね」

言いながら、私はちくわにからしを少しだけつけて口に運ぶ。

もっちりした食感と出汁の香りがいっぱいに広がる。

ひがし茶屋街で味見させてもらった魚醤のやつはけっこう個性的だったのに対して、こっちはより繊細でやさしい味わいだ。

福井のからしは辛みも香りもチューブとは比べものにならないぐらいぴりっと立ってる。美味しいけど、調子にのってつけすぎないでよかった。

「なんかさ」

ぽつりと、なずなが言った。

「私たちも大人になったら、仕事終わりにこういうところでお酒呑んだりするのかな」

あたりを見回すと、出張帰りなのか大きなキャリーケースを近くに置いたサラリーマンの男性や、スーツ姿の女性が美味しそうにビールや日本酒を呑んでいる。

私は一度お箸を置いてからそれに答える。

「ぜんぜん想像できないけど、ちょっと憧れるなぁ。うちのお母さんとか、いっつも美味しそうにワイン呑んでるよ」

なずながこっちを見て、いたずらっぽく口の端を上げた。

「お酒よりも、夕湖が働いてるとこのほうが想像できない」

「えー、意外と私スーツに赤縁眼鏡とか似合うと思うよ」

「服装の話じゃないってのはさておき、その時点でもうコスプレっぽいし」

それを聞いていた悠月(ゆづき)が隣でくすくすと肩を揺らす。

「なんか急に居酒屋とか呼び出されて『ねえ悠月聞いてよー』って仕事の悩み相談が始まったりして。『プリンターってどうやって使えばいいの?!』とかさ」

「ちょっと！　悩みのレベル低くない?!」

私がつっこむと、なずなが便乗してくる。

「仕事ならまだ成長した感じするけど、大人になっても変わらず恋に迷ってそう。『さいきん朔(さく)が忙しくてLINE返してくれなーい』って」

「……念のため聞くけど、それって付き合ってる設定?」

「いやまだ片想い」

「ねえそれ何年越し?!」

かぷかぷ、くぷくぷと笑い合う。

旅先の夜、少しだけ背伸びしたお店、知らない土地の空気。

そういうものが、私たちをいつもより昂揚(こうよう)させているのかもしれない。

てかさ、となずなが言った。

「仕事するようになってもまだ連絡取り合ってるのかな、私たち」

その響きには、どこか諦(あきら)めに似た切なさがある。

私が言葉に詰まっていると、代わりに悠月が答えた。

「高校のとき毎日いっしょにいた友達でも卒業したらそれっきりとか、よく聞く話だしね」

感傷的、というよりもどこか淡々とした調子だった。

悠月は私よりもずっと大人びてるから、そういうものだと割り切っているのかもしれない。

だよね、となずなが続ける。

「そもそも問題、福井にいるのかもわからんし」

「夕湖はまだ決まってないって言ってたけど、私もなずなも大学は県外志望だからそのまま就職、なんてこともあるんじゃない？」

「てことはもし金大で彼氏作ってそのまま結婚したらここが私の住む場所になるの？　ぜんっぜん想像つかない」

「そしたら服買う場所でいちいち悩まなくてすむよ」

「それはそれでちょっとつまらんくない？」

「まあ、こういう夜はなくなるよね」

「なんだかな……」

気づけば自然と、私は口を開いていた。

「――約束をしようよ」

ふたりがこっちを向く気配が伝わってくる。

私はぼんやりと、多分ずっと遠くにあるいまを見つめながら、

「たとえば十年後の夏の終わり。

三人でまたここへ来るの」

手紙を差し出すように言った。

もちろん、本当に叶うかなんて誰にもわからない。

子どものときの約束を、大人になっても大切にしてる保証なんてどこにもない。

仮に覚えていたとしたって、もしかしたら仕事が忙しいとか疲れてるとか、そういう些細な理由であっさり破ってしまえる程度のものになってるのかもしれない。

それでも、と私は続ける。

「みんなで買い物して、着物で街を歩いて、ゴーゴーカレーとおでんを食べようよ」

……それでも、いつかこういう夜の記憶を手がかりにして、あの頃に帰りたくなる日が来

るのかもしれない。

いまの私たちが聴いているJ-POPを流して、衣替えが近づいているブレザーを懐かしく想い、大好きだった男の子の話をする。

まだ小さい頃、お父さんやお母さんにプレゼントした期限のない肩たたき券みたいに。

忘れかけた頃、誰かがふと取り出してきて、そんなのあったねって茶化しながらも仕方なくやってあげるみたいに。

そういう約束をひとつぐらい、今日に置いていきたい気がした。

「いいじゃん、それ」

なずなが頬杖(ほおづえ)を突きながらこっちを見る。

「十年後もまだ着物ではしゃげるかな」

「きっとまだおへそ出してるよ」

「やばくない？」

「逆に子育てしてるいいお母さんになってたりして」

「それはそれでやば！　うわー親子でペアルックとかしてたらどうしよう」

からん、と悠月(ゆづき)が持っていた烏龍茶の氷が鳴った。

「いいよ、約束。三人でお酒を飲みながら、朝まで十七歳だった私たちの話をしようよ」

グラスを置いて、すっと小指を差し出してくる。

「そのときになって、誰が誰と人生を歩んでいても、恨みっこなし。もしも夕湖が幸せになってたなら、私が幻滅できる愚痴のひとつも聞かせてよ」

私はそっと自分の小指を絡めた。

「じゃあ悠月が幸せになってたなら、私の恋は間違ってなかったって思えるような、とびきり甘いのろけ話をしてね」

ねえ、悠月の好きな人は誰？
私はふと、ほとんど答えのわかりきっている質問を口にしかけて呑み込んだ。
それは誓って牽制とか宣戦布告じゃなくて。
この女の子と、ただいっしょに好きな人の話をしてみたくなった。
だけどいまはお預けして、十年後の私たちに託そう。
言葉の代わりに、確かめるように、互いの小指を擦り合わせる。

ああそうか、こういう解釈もあるのか。

不意に結び目が生まれて、繋がってしまう。

だから、もしかしたら、この先も、こんなふうに。

一本しかない赤い糸をふたりで綾なしながら、ひとつの模様を紡いでいくのかもしれない。

どうか、どうか、どうか、と祈る。


――これが私たちのあやとりだったらいい。


最後に糸をとるのがどっちであったとしても。

きれいだねって、笑い合えるように。

＊

絡めた小指が、まだじんじんと熱を帯びているような気がした。

私、七瀬悠月はぼんやり車窓を眺める私と見つめ合う。

福井へ帰るサンダーバード。

私が窓際、夕湖が隣に座り、なずなは「すぐ寝そうだから」と通路を挟んだ席に落ち着いた。

あたりはすっかり夜の帳が下りているせいで、街を離れるとほとんど真っ暗。

窓ガラスには煌々と照らされた車内ばかりが浮かび上がっていて、右を見ても左を見ても似たような光景が広がっている。

田舎道を走る夜の電車は、まるで鏡の国に迷い込んだみたいだと思う。

がた、ごと、がたんと、不規則なゆりかごでわざとらしい眠りに誘われながら。

しりしり、きいきいと、不機嫌な少女に聞かせるおとぎ話のように。

小さい頃、ちょうどこんなふうに揺られながら考えたことがある。

駅に下りたとき、その私は本当に私なんだろうか。

知らないうちに、窓ガラスのなかの自分と入れ替わってたりはしないだろうか。

そうして閉じ込められたほうの私は、いつかもう一度私が乗り込んでくる日を待ちながら、延々と夜を彷徨い続ける。

……なんて、ついつい益体もない想像を膨らませてしまうのは、どうしようもなくつきまとう寂寥感のせいかもしれない。

もうすぐ旅が終わる、もうすぐ夏が終わる。

私は小指の火照りを冷ますようにそっと唇をなぞった。

どうしてあんな約束をしたんだろう。

ふと、ひがし茶屋街で見た夕湖と千歳のやりとりが脳裏に浮かぶ。

交わした言葉は少なかったけど、そのひとつひとつに相手への慈しみが溢れていて、まるで長年連れ添った夫婦みたいな空気だった。

着物を褒めてもらえなかったぐらいでぶすっとして、千歳の味噌汁を知っているのが自分だけじゃなかったことにがっかりして、はじめてをねだって……。

駄々をこねる自分が、ひどく子どもじみて思えた。

それが呼び水だったように、先ほど交わした会話が湧き上がってくる。

『もしも夕湖が幸せになってたなら、私が幻滅できる愚痴のひとつも聞かせてよ』

『じゃあ悠月が幸せになってたなら、私の恋は間違ってなかったって思えるような、とびきり甘いのろけ話をしてね』

ありがちに気の利いた台詞でまとめようとした私。

真っ直ぐ自分の恋と向き合っている夕湖。

これがいまの私たちの距離なんだ、と気づかされてしまった。

よく言えば無垢で、わるく言えば世間知らずだと思っていたのに。

今度こそ、決定的に傷ついて形を変えてしまってもおかしくなかったのに。

本当に、あなたは、ずっと。

——特別(スノーホワイト)なままで、いられる女の子なんだね。


もう一度約束するように、私は小指を軽く握る。

もしかしたら、そんなあなたに置いていかれたくなかったのかもしれない。

あるいは、見届けたくなったんだろうか。

お姫様とお妃(きさき)様の行く先を。

めでたしめでたしの閉幕を。


——それでも、い。


私はうっすら眠りについたように目をつむっている夕湖に小さく声をかけた。なずなはもうとっくに舟を漕(こ)いでいる。

「ねえ、起きてる?」

すっと、そのまぶたが開かれていく。

「うん、今日のこと、思い返してた」

その口調は、どこか穏やかで満ち足りている。

「誘ってくれてありがとう。なずなのことも、さんきゅ」

おかげで友情が芽生えた、なんてのはちょっと青臭いかもしれないけど、なずなのことを好きになれてよかった。

「ぜんぜん。私なんもしてないし、元から相性よかったと思うけど？」

まったくどこまでも夕湖だな、と思う。

「ひとつだけ、変なこと聞いてもいい？　三人で過ごした夜の感傷だと思って聞き流してくれてもいいし、笑い飛ばしてくれてもいい」

そう言うと、

「うん、大丈夫だよ」

多くは語らず、ただやさしい笑みが返ってくる。

痛みは人を成長させる、なんて無責任にのたまう人がいるけれど。

あながち、てんで、的外れってわけじゃないのかもしれない。

まるで夏の銀河鉄道へ乗っているうちに入れ替わってしまったみたいだ。

……いや、それは夕湖に失礼か。

彼女は彼女のままで、先に進んだんだから。

私はゆっくりと言葉を紡ぐ。

「夕湖は、朔（さく）にとってどういう存在（ひと）でありたい？」


なぜそんなことを聞きたくなったのか、自分でもよくわからない。

ともすれば、ちゃちな鞘当（さやあ）てなのかもしれないけど。

うーん、と夕湖はしばらく悩んだあとで、

「朔はかっこいい、って言ってあげられる女の子でありたいな」


ふありと、花束みたいに美しい笑みを浮かべた。

ああ、そうか、気づかなかった。

とびきり正反対に見えて、私たちはどこかでよく似ている。

だから、きっと。

無意識のうちに夕湖が約束を持ち出したのも、私が小指を絡めたのも……。

いつかそういう日が訪れるかもしれないと、心の隅っこで共鳴しているのかもしれない。

淡いため息を漏らして私は続ける。

「夕湖もかっこよかったよ、あのとき」
「ありがとう、悠月」

雪の結晶みたいに凛と透き通るまなざしがこちらに向けられた。
夕湖の瞳に私が、私の瞳に夕湖が映っている。
それはまるで、どこまでも続く合わせ鏡のように。
もしかしたら、あなたと私はこんなふうに裏表なのかもしれない。
少女の夢のなかで、ふとしたときに重なってしまうほどに。
なんて、そういうのはやっぱり柄じゃないや。

——それでも、い。

もう一度決意するように、私は拳を強く握る。

たとえばあなたが白雪姫だったとしても。
たとえば私がお妃様だったとしても。

負けないよ、と夕湖に向かって微笑みかける。
あいにく、ここにいるお妃様は物語よりもずっと往生際が悪いの。
おめおめと王子様を譲ってあげたりしない。
一番きれいなあなたと、一番きれいな私で向き合ってみせる。
十年後、親友にとびきり甘いのろけ話を届けられるように。
だから祈るでも問いかけるでもなく、ただこう告げるんだ。

鏡よ鏡。

——この世でいちばん相応しい女になるの、私が。

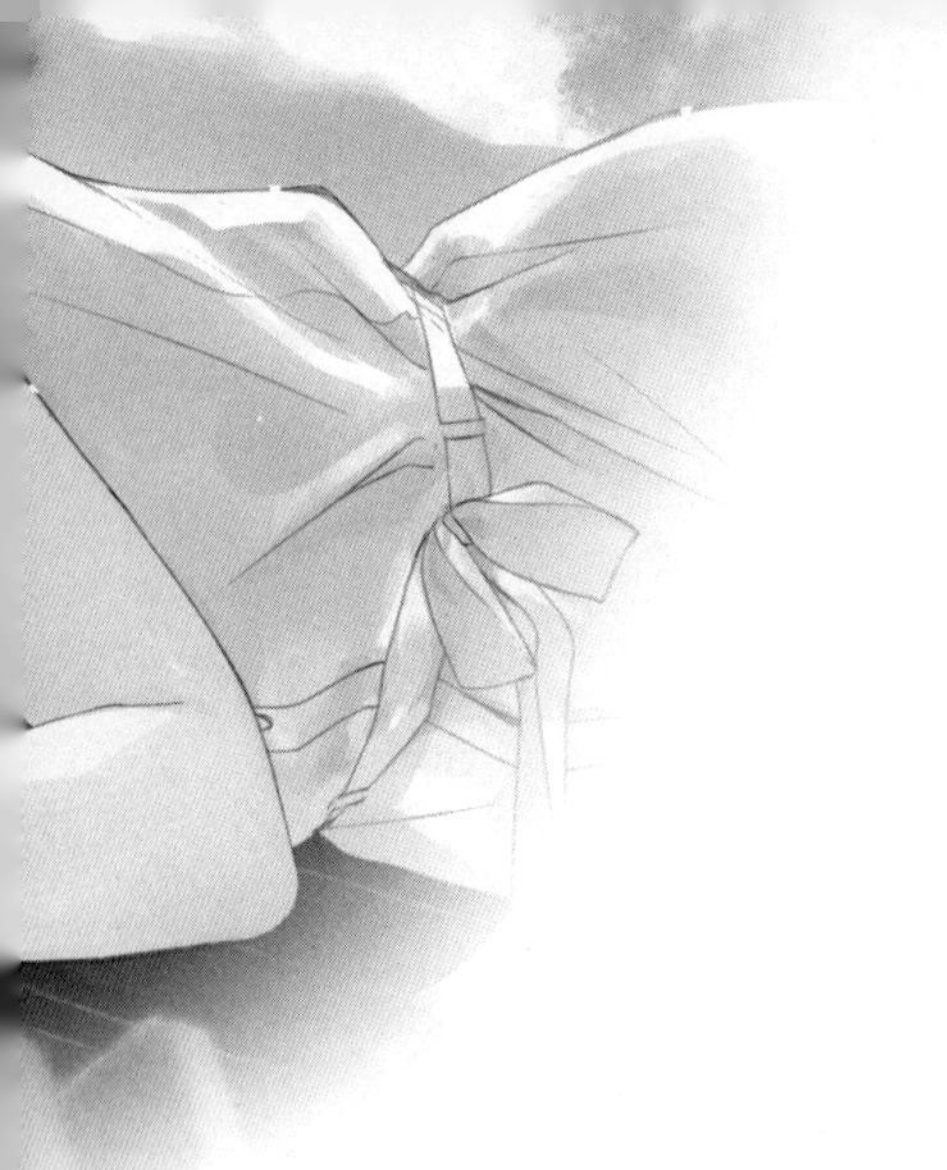

二章 やがて涙で咲かす花

真夜中の底を流れるラジオは、星屑の海から紙ひこうきで飛ばす救難信号に似ている。

ハロー、私はここにいます。
ハロー、誰かそこにいますか?

ひっそり静まりかえった今日と明日の曲がり角で。
ときどきはひとりぼっちになった気がして、確かめたくなるんだと思う。
どこかにまだ過ごしている人を、同じように漂流している声を。
だからそういうひとときは、しんしんと耳を澄ませながら。
ちぎったノートに、出す宛てのない手紙を書いてみる。

宛名は、君。
宛先は、不明。
消印は、未定。
末尾に明日風と記したら、丁寧に折りたたんで、ぴゅうと送信。
つんと壁に当たって、ことりと返送。

届けられなかった想いが、クリアフォルダーの年輪になる。

——人恋しいのか君恋しいのかさえ不確かなまま。

私は今夜も手探りで周波数を合わせる。

もしもし、私はここにいます。

もしもし、誰かそこにいますか？

＊

ぺきんとシャープペンシルの芯が折れて、私は参考書から顔を上げる。

椅子の背もたれに身体を預けてぐいと背伸びをしたら、肩まわりからぺきぱきと似たような音がした。

壁掛け時計を見ると、ちょうど真上で長針と短針が重なったところ。

気づかないうちに、けっこう長いあいだ集中していたみたいだ。

高校三年生の夏をどう過ごすかが受験の合否に大きく影響してくる。

先生たちは口を酸っぱくしてそう言っていた。

だからというわけじゃないけれど、お父さんたちの前であれだけの啖呵を切っておいて不合格ではあまりにも情けないので、最近はこうして夜遅くまで勉強していることが多い。

結局、夏休みらしい思い出は君と過ごした時間ばかりだったな。

一乗谷でデートして、夏勉でいっしょになって、ふたりでおばあちゃんの家に行って、それから、最後の夏祭り。


——次の曲は。


机の端に置いているお下がりのレトロなラジオは、ジッ、ヂッ、とたまにノイズが混じる。

ついさっきまで調子がよかったのに、とつぜん音が乱れることもしょっちゅうだ。

そういうときは、慎重にダイヤルを回したり、アンテナの位置を動かしたりしながらご機嫌をうかがう。

スマホのアプリでもラジオは聞けるけど、私はこのひと手間が意外と嫌いじゃない。

ただ漠然と流れている情報に巻き込まれるのではなく、自分から誰かの声を拾いにいってるような気分になるからだ。

最新のスピーカーやイヤホンと比べたらお世辞にも音質がいいとは言えないのに、どこか懐

かしくてほっとするというか、喫茶店で隣に座った人たちの話が聞こえてくるような温度で、ラジオにはこのぐらいがちょうどいいと思う。

普段、勉強しているときは基本的になにもかけないか、かけるとしてもすっかり聴き慣れていてあまり集中力を乱されない曲ばかりだ。

だけど深夜になるとふと、ラジオの音が恋しくなる。

覚悟を決めているとはいえ、毎日こんな時間まで勉強するのはそれなりにしんどい。

うちは両親ともに教師をしていて、特別に仕事が忙しい時期を除けば日付が変わる前に就寝してしまうことがほとんど。

田舎の夜は静かに穏やかにまどろんでいて、ときどき、いま起きているのは自分だけなんじゃないかと錯覚しそうなときがある。

だからラジオを聴きたくなるんだと思う。

パーソナリティーの声が流れてきて、そこにリスナーからのメッセージが送られてきて、どこかで誰かがまだ仕事や勉強を頑張っているんだなって。

この夜と繋(つな)がってるような気分になれるから。

そんなことを考えながら、マグカップを手に取る。

熱々だったはずのコーヒーはすっかりぬるくなっていて、その味に思わず顔をしかめた。

ケーブルに繋いで充電していたスマホのディスプレイに触れても、通知はなし。

私は諦めに近い苦笑を浮かべながら、想う。

もしも君と同級生だったなら。

出す宛てのない手紙をしたためるより、LINEでメッセージを送っていたかもしれない。

ラジオの代わりに電話をかけていたのかもしれない。


『朔、まだ勉強してる？』

『一応机の前には座ってる。明日風は？』

『ちょっと休憩中』

『眠気覚ましに少しだけ電話でもするか？』

『……うん！』


なんて、ね。

まだ起きているだろうか。

けっこう夜型だと言っていたから、小説を読んでたり、音楽を流してたりするのかな。

そういえば、君は私の影響で古いJ-POPを聴くようになったけれど、私は君の影響でラジオを聴くようになったんだっけ。

たとえばいま、とつぜん電話をかけたとして。

まだ寝ていなければ、きっと君は出てくれるはずだ。

朝からずっとこんな時間まで勉強していることを伝えたら、頑張ってるんだね、大丈夫だよって励ましてくれて、眠気をこらえながら私の気が済むまで雑談に付き合ってくれて。

だけどそういうのは、ちょっと違う。

どれだけ私が甘えてみたところで、君が寄り添ってくれたところで、受験と卒業を控えながら最後の夏休みを見送ってしまう高校三年生の寂しい真夜中を、本当の意味で分かち合うことはできない。

やっぱり切ないな、と思う。

仮に来年、受験生になった君から電話がかかってきたとしても、私は当事者じゃなくなってしまっていて……。

経験者の立場から懐かしく共感することはできるけど、いま(みらい)には触れられない。

そうしてぼんやりラジオに耳を傾けていると、

――こん、こん。

どこか控えめなノックの音が響いた。

「どうぞ」

私が言うと、遠慮がちにかっちゃりとドアが開く。

「まだやってるのか？」

その隙間から顔を覗かせたお父さんは、わかってるくせしてこのところ毎晩のように繰り返している台詞を口にした。

「うん、もう少し頑張ろうかな」

そう答えると、困ったように、それでいてどこかうれしそうに眉をひそめる。

「あんまり根を詰めすぎても逆効果だぞ」

「大丈夫、体調崩したりして心配かけないようにするから」

「それならいいが、せめて……」

「はいはいちゃんと栄養とりなさい、ね」

私が言うと、お父さんはいたずらが見つかった子どもみたいな顔でそろそろ中に入ってきた。

途端、食欲をそそる香りが部屋に広がる。

「食べておきなさい」

差し出されたお盆の上には、おむすびがふたつ、たくあんの煮たのが二切れ、それからインスタント味噌汁の入ったお椀と麦茶が乗せられていた。

「だからこの時間におむすびふたつも食べられないってば」

「梅干しは明日風、明太子はお父さんのだ」

「そんなこと続けてると痛風になっちゃうよ？」

「……反抗期か？」

「違います」

このところ、お父さんはずっとこんな感じだ。

いつもならもう寝てる時間なのに、だいたい日付が変わる頃になるとこうして夜食のおむすびを作って持ってきてくれる。

普段はインスタントのラーメンとか焼きそばぐらいしか作らない人だから、最初はものすごく驚いたし、応援してくれてるんだなってちょっと泣きそうになった。

だからって、と私は苦笑する。

「なにも毎日作ってくれなくてもいいよ。私も一応女子高生なんだから、こんなに続くと体型とかも気になるし」

「……あの男は明日風（あすか）の健康よりも見た目が大事なのか」

「誰もそんな話してませんけど」

ちなみにこういうやりとりもお馴染（なじ）みになってきた。

ことあるごとに朔（さく）くんの話をしたがるし、じつはかなり気に入ってるんだと思う。

娘としてうれしくはあるんだけど、「その後、彼とはどうなんだ？」みたいにしょっちゅう聞かれるのはさすがにちょっと複雑だ。

私はお父さんから梅干しのおむすびを受けとる。

三角とも俵型とも言えない不格好な形だし、握るときに力を入れすぎたせいでお米が少し潰(つぶ)れてしまっている。

でも、と私はおむすびを口に含んだ。

「……美味(おい)しい」

そういうの全部含めて、お父さんの作ってくれた味だって感じがする。

たくあんの煮たのをかじり、お味噌汁をすすって。

なんだかんだ言いながら、私もささやかなこの時間が楽しみになっていた。

「夢だったんだよ」

床にどっかりあぐらをかいておむすびを食べながらお父さんが言う。

「受験勉強してる娘にこうやって夜食を作るの」

小さい頃からずっと、堅物だと思っていた。

そんな本音、これまでならぜったい言葉にはしなかったのに。

あの日以来、間違いなく人生でいちばんお父さんと話をしている気がする。

君のおかげで変わったのは、私だけじゃないみたいだ。

お父さんが気まずそうに続ける。

「お母さんにはあんまり明日風の邪魔するなって怒られるんだけどな」

「自分も食べるなら、せめて具はこんぶとかおかかにしたら？　あと、作っておいてもらってなんだけどお塩はもうちょっと控えめに」

「それもお母さんに注意されたよ」

私はくすくすと笑う。

この人にかわいげを感じる日がくるなんて想像もしていなかった。

ラジオ、とお父さんがつぶやく。

「本当に使ってるのか」

「うん、いつもはだいたいおむすび食べたあとぐらいから」

「勉強の息抜きになるなら、新しいの買ってもいいんだぞ」

「これが気に入ってるの」

「……真面目(まじめ)が取り柄と思っていたが、意外に人と異なる感性をもってるんだな」

「ラジオぐらいで大げさっていうか、それ半分親ばかだと思うよ？」

もともとは単に安かったからという理由で若い頃に中古で購入したものらしい。

木目調のクラシックな雰囲気は、アメリカの白黒映画にでも出てきそうなデザインだ。

なんだかんだで愛着があって捨てるに捨てられなかったらしく、部屋の片隅で埃(ほこり)をかぶっていたのを見つけた私が頼んで譲ってもらった。

「そういえば、明日風(あすか)」

おむすびを食べ終わったお父さんが、さりげない様子で切り出す。

「編集者の人に会ってみる気はあるか?」

「え……?」

意味がうまく呑み込めないでいると、言葉が続く。

「URALAは知ってるな?」

「えと、もちろん」

お父さんが口にした『URALA』というのは、福井に暮らしていて知らない人はいないぐらい有名な月刊の地域情報紙で、県内の食や文化、教育、企業など、幅広いヒト・モノ・コトを扱っている。

ちゃんと調べたことはないけど、きっと雑誌の名前は福井弁で「私たち」を意味する「うら」に由来しているんだと思う。

カバーモデルは福井で生まれ育ったりいま現在住んでいる女の子を中心に起用していて、「知り合いがURALAの表紙に載ったよ」なんて話が飛び交うこともわりと珍しくない。

お父さんはなぜだか恥ずかしそうにぼそっと言う。

「同僚の伝手で編集長と連絡がとれた。その、なんだ、もし明日風が希望するなら会社を見学して編集者の方と話をさせてくれるそうだ」

「えっ!?!?!?」

私は思わず立ち上がりかけて、がたんと椅子(いす)を鳴らす。

お父さんが慌てたように手を振った。

「いや、違うぞ！　なにもこの期に及んでまだ福井での進学や就職に考えを改めさせようとしてるわけじゃない。ただ、小説ではないが、実際に編集者として働いている人と話せば少しは受験勉強のモチベーションになるかと思ってな。余計なお世話か……」

ぼそぼそと小さくなっていく声に、私は堪(こら)えきれず吹き出してしまう。

「お父さん焦りすぎだよ、ちゃんと伝わってるから」

言いながら、おむすびの乗っていたお皿を見た。

いまは心から私の決断を尊重してくれているとわかってる。

今回の件だって、お父さんなりにいろいろと考えた結果なんだろう。

ふと、東京で見た編集者さんたちのやりとりを思いだした。

返事なんて、考えるまでもない。

私は迷わずに口を開く。

「もしご迷惑じゃなければ、行ってみたい」

お父さんはどこかうれしそうに口の端を上げて立ち上がった。

「どうせなら夏休み中がいいだろう。あと数日しかないが、第三希望ぐらいまでの日時を明日のうちに出しなさい。それから……」

　一度言葉を句切り、こほんとわざとらしく咳払いをする。

「先方は友人を連れて来ても構わないと言ってくれた。もしよかったら、彼のことも誘ってあげるといい」

「……あはは」

　お父さんとしては気を利かせたつもりなのかもしれないけど、今度こそなんとも微妙な反応をしてしまった。

「なんだ、あの男は明日風をひとりで知らない場所に行かせるようなやつなのか」

「知らない場所って。そもそも話もってきたのお父さんだし」

「もし必要なら私が彼を説得するが……」

「娘からしつこいって冷たい目を向けられたくなかったらそのへんにしたほうがいいよ？」

「……以上だ」

　そう言ってそそくさと逃げるように部屋を出て行く。

　どうしよう、と私は無意識に左耳を触った。

　普通にひとりで行くつもりだったのに、そんなことを言われたら迷ってしまう。

　興味あるかな、聞くだけ聞いてみようかな。

　でも話を持ち出しちゃったら断りにくいだろうし、残り少ない夏休みを満喫しようとしてたら普通に迷惑かもしれない。

もじもじと、いつまでも態度をはっきりさせられないまま。

私はいつまでも真夜中の声に耳をすませていた。

*

それから二日後の十五時半過ぎ。

私はお父さんが運転する車の助手席に座って、URALAを発行している会社「ウララコミュニケーションズ」まで送ってもらっている。

昨日の夜はうまく寝つけなかった。

URALAの最新号を隅々まで読んで、これを作ってる人たちに会うんだと考えれば考えるほど胸が高鳴ってしまって……。

どんな質問をすればいいかな、浅い知識だって思われたらどうしよう、対応してくれるのがものすごく厳しくて恐い人だったら。

なんて、こんなことで緊張してたら編集者への道のりはまだまだ遠いな、と苦笑する。

小説と雑誌で違いはあると思うけど、いろんな個性のある人たちと会って話をしなきゃいけないっていう部分は変わらないはずだ。

せっかくの機会なんだし、そういうことも含めてあまり構えずにいろいろ聞いてみよう。

信号待ちをしていたお父さんがちらりとこっちを見る。

「本当によかったのか、彼は」

「うん。乗り気じゃないなら仕方ないよ」

「まだ時間に余裕はある。なんならいまから拾ってあげても」

「大丈夫だから」

「……そうか」

そんなやりとりを交わしながら、最後の復習とばかりに雑誌を読み返していると、ほどなく目的地に到着した。

車から降りると、もう八月の終わりだというのに、空にはまるで夏のはじまりみたいな入道雲が浮かんでいる。

じいじいとせっかちなセミの鳴き声は、過ぎゆく季節を押し返そうとしているようだ。

私はぱたぱたと首元をあおぐ。

あまり軽薄な格好にならないよう薄手のジャケットとスカートのセットアップを選んだけれど、さすがに上半身はまだ暑い。冷静に考えたら普通に学校の夏服で来ればよかったと、いまさらながらに思い至る。

服装に乱れがないかを確認し、私は自然と背筋を伸ばした。

URALAの名前が掲げられた薄鈍色(うすにびいろ)の建物は、べつに細長いわけでもないのにどこか飛行機の管制塔を連想させるような外観だ。向かい側の駐車場には同じく社名の入った車がずらりと並んでいて、それだけでも多くの人がここで働いているんだと実感する。

続いて車から降りてきたお父さんが不安げに言った。

「やはり最初だけでも付き合うか？」

私はふるふると首を横に振る。

「ううん、経験だと思って自分でやってみる」

お父さんの直接の知り合いというなら顔を見せたほうがいいだろうけど、今回はそういうわけでもない。お世話になる当人として、自分でちゃんとごあいさつをしよう。

私はちらりと腕時計を見た。

先方から指定された時間の十五分前。

もう少し待たないと、あまり早すぎてもそれはそれで迷惑がかかるだろう。

そんなことを考えていると、

「明日姉（あすねえ）」

ちょうど物陰になっていたあたりから私を呼ぶ声が聞こえた。

そちらに目をやると、心なしか気まずそうに手を振る男の子の姿がある。

「こんにちは、君のほうが先に着いてたんだね」

あれから迷いに迷った結果、私は決断を朔（さく）くんに委（ゆだ）ねようと決めた。

つまり友人も同行できるという可能性は伏せて、URALAを見学させてもらい、編集者さんの話を聞くという事実だけを伝えてみることにしたのだ。

そこで淡泊な反応だったらひとりで、もしうらやましいとか自分も行きたかったという類いの言葉が出てきたら誘ってみよう、と。

結果はご覧のとおり。


『明日姉さ、それって申し込みとか必要なの？　いまから参加できたりはしないかな？』

『ううん。付いてきてってお願いしてるみたいに聞こえたら迷惑かと思って伝えなかったけど、友達を連れて来てもいいって』

『……なら俺も行っていい？　個人的にちょっと興味ある』


私の進路や夢とは関係なくもともと本が好きな人だけど、想像していた以上に積極的な様子で拍子抜けしてしまう。

変に意識して回りくどいことをせず素直に誘えばよかった。

そんなことを考えていると、デイパックを肩にかけながら近づいてくる朔くんと私のあいだに、お父さんがすっと割って入る。

「久しぶりだ、元気にしていたか？」

言いながらも、目がぜんぜん笑っていない。

ふたりがちゃんと話すのは、あの三者面談以来だ。

朔くんがわかりやすく顔をしかめる。

「ご無沙汰してます。今日は僕まで参加させてもらってありがとうございます」

「べつに私が許可したわけじゃない。先方のご厚意だ」

こんな態度をとっているけど、お父さんは「もしよかったら彼もいっしょに送っていくか？」と提案してくれていた。

朔くんに聞いてみたら「じ、自転車で行くから大丈夫」と慌てて断られてしまったけど。

「言っておくが」

お父さんがしかめっ面で口を開く。

「まだ君と明日風のことを認めたわけじゃないからな」

「いや言っておかなくていいから」

私は間髪入れずにつっこむ。

本当にもう、この人は。

へらっと朔くんが口の端を上げる。

「お変わりないようで」

その言葉に、お父さんはぶすっとしたまま続ける。

「今日は夕飯を食べたら責任もって家まで送ってきなさい」

「逆に夕飯まではありなんですね」

「明日風にふたり分の食事代は持たせたから、ちゃんとしたものを食べるように」

「ご、ごちそうさまです……？」

「それから」

「お父さんっ！」

放っておいたらいつまでも続きそうだったので、私は声を上げた。

「約束の時間近づいてきてるしもういいから」

「しかしだな、今後のためにちゃんと我が家のルールを伝えておかないと」

「娘に本気でお説教されたくなかったらそこまでにして」

「……そうか」

しっかり学んできなさい、とお父さんはようやく車に乗り込んだ。

もう一度こちらを心配そうに見てから走り去っていく。

「ごめんね、うちのお父さんが」

私が言うと、朔くんはようやく肩の力を抜けるとばかりにため息をついた。

「なんか溺愛（できあい）っぷりを隠しきれなくなってない？」

「あはは、最近はずっとあんな感じ」

「てこでも槍（やり）でも鉄砲でも動かないほど頑（かたく）なだった人とは思えないな」

「照れ隠しの仏頂面だったけど、本当は『彼は一人暮らしなんだろう？　栄養のあるものでも食べさせてあげなさい』ってお金を渡してくれたんだよ」

「心遣いはありがたいけど、将来は絶対に『お前みたいなやつに娘はやらん！』って追い返しておいて、いざ結婚式になったら『娘のことをよろしく頼む』って号泣するタイプだな」

「え……？」

想定していなかった単語にうっかり躓（つまず）いてしまう。

朔（さく）くんがはっとしたようにこっちを見た。

「いや、ちがっ」

しまった、と私は早口で応じる。

「ううん大丈夫こっちこそごめんね変な反応して」

「……その、いまのは一般論というかいつもの軽口というか」

「お願いだから冷静に解説しないで穴掘りたくなるから」

「……なんかすいませんでした」

「謝るのも禁止！」

もう、と思わず両手で顔を覆う。

いまのは完全に私が悪い。

お父さんが変なことばっかり言うから、いつのまにか頭のなかがそっち向いてた。

今日だって朔くんは純粋にURALAの訪問に興味があって付いてきてくれただけなのに、ひとりだけ勘違いしてるみたいで本当に恥ずかしい。

だけど、と急におかしくなってきて苦笑する。

もしも本当にそういう未来があったら、ふたりって意外と気が合うんじゃないだろうか。

最初はぎこちないくせして、お酒とか呑んでるうちに打ち解けたりして。

酔っ払ったお父さんに絡まれて、朔くんがあきれ顔で雑に受け流してるお正月の風景とか、けっこう容易に想像できる。

ぱちんと、私は軽く両頰をはたいた。

なんて、浮かれ気分はここまで。

せっかくの機会をもらったんだ。

将来のために、ひとつでも多くのことを学ばせてもらおう。

「じゃあ、そろそろ行こうか」

私が言うと、「だね」と朔くんが笑う。

この町を出て行くと決めたのは、君がいたから。

この町が名残惜しいのも、君がいるから。

最後まで使い切れるかわからない回数券を一枚、そっとちぎって空に流した。

――あと七か月。

＊

エントランスを入ってすぐのところにあった電話で名前と要件を伝えると、編集長が直々に下りてきてくれるそうだ。

私はそわそわしながら姿勢を正す。

隣を見ると朔くんは涼しい顔をしていて、こういう度胸は素直にうらやましい。

そうしてしばらく待っていると、透明の自動ドアが開き、

「いらっしゃい、君が明日風ちゃんか？」

その向こうからなんというか、えっと……。

端的に言うとものすごく強面な男性が出てきた。

「あっ、はい、そうです」

慌てて答えながら、思わず朔くんとひそひそ目を合わせる。

「……明日姉、恐いお仕事してる人たちの事務所と間違えてないよね？」

こく、こく、と何度も頷きながらあらためて声をかけてくれた男性を見る。

短く刈り揃えた髪の毛に口まわりから顎まで繋がったひげ。

眼鏡にはうっすらと紫色が入っており、第三ボタンぐらいまで大胆に開けたシャツの胸元からゴールドのネックレスが覗いている。

よく言えばダンディーなおじさまだけど、ともすれば……。

「だはは っ」

固まっている私たちを見て、男性が豪快に笑った。

「大丈夫だよ、そんなに恐いおじさんじゃないから。月刊URALA編集長の寺畑です、今日は遠慮なくなんでも聞いてくれ」

言いながら、ばしばしと肩を叩いてくる。

にかっと歯を見せ、顔いっぱいでくしゃっと笑うくだけた雰囲気に、ようやく私も少しだけ緊張がほぐれた。

「こちらこそ貴重な機会をありがとうございます。藤志高校三年の西野明日風です」

かしこまって頭を下げると、

「飛び入りで参加してしまってすみません。同じく藤志高二年の千歳朔です」

隣で朔くんも続く。

編集長は「おう、よろしく」と気さくに答えて歩きだす。

「君たちぐらいの歳でこの仕事に興味があるっていうのも珍しいからな。こっちとしても現役の高校生と話して感性を養ういい機会だよ」

私はその背中を追いかけながら、きょろきょろとまわりを見た。

なんというか、出版社ってポスターなんかがあちこちに貼られている賑やかなイメージだったけれど、ここは想像よりすっきりとしていた。

普通の小ぎれいなオフィスビルと言われても違和感がない。

「とりあえず編集部を見てみるか」

そうして案内されたのは、壁などで区切られていない大きなフロアだ。

机やパソコンがずらりと並んでいて、学校の職員室にちょっと似ているかもしれない。

もちろん、ここのほうがずっとスタイリッシュな雰囲気だけど。

集中して作業できるようにという配慮なのか、個々人の席はぎりぎり互いの顔が見えるぐらいのパーテーションで囲われていた。机によってはどっさり資料が積み上げられていたり、椅子の背もたれにひざかけがかかっていたり、足下にスリッパが置かれていたりと、そういう部分はイメージしていた編集部に近い。

朔くんがそっと私に耳打ちをしてくる。

「みんな私服で仕事してるんだね」

「うん、なんか少し憧れるかも」

「まあ編集長ほどごりごりに攻めてる人はいないけど」

「ちょっと、そういうこと言わないの」

ひそひそ話していると、編集長が入り口の近くにある大きなテーブルを指さした。

「いまちょうど編集部で会議をやってるところだな。今日のは簡単な打ち合わせだけど、毎月の企画会議では各編集部員がいろんな案を出して、みんなで意見を出し合いながら特集やその内容を決めていく」

「それって、たとえば新人の方の企画が通ることもあるんですか？」

私が尋ねると、「もちろん」と答えが返ってきた。

「ようは面白いのかどうかがすべてだ。編集のいろはも知らないうちは先輩の仕事を見て学ぶことになるけど、それでも現場に飛び込んで戦力として働くようになるのは一般的な会社と比べたらかなり早いんじゃねえか？」

にっと、どこか自慢げに編集長が笑う。

「個人にかかる責任は大きくなるが、やりがいは間違いなくある。なんせ担当を割り振られたページは自分が完成させないと雑誌が落ちるからな。それに、取材した相手を、店舗を、取り組みを、その魅力を引き出して膨らませて磨き上げて、ちゃんと読者に届けられるかはすべて編集者次第ってわけだ」

つくん、と胸の奥が高鳴る。

そっか、と思う。

物語を掘り起こすという意味では、雑誌だって小説と同じなのかもしれない。

かははっ、と編集長が笑って声を上げる。

「おーい、平山(ひらやま)」

テーブルに座っていた女性のひとりが立ち上がった。

そのまま目の前に広げていた資料なんかをさっとまとめてこっちに来る。

「編集長、この子たちが例の高校生ですか？　はじめまして、チーフエディターをやってる平山と言います」

年齢は二十代後半ぐらいだろうか。

柔和な笑みと穏やかな口調が印象的な人だ。

清潔感のあるオフィスカジュアルで大人っぽくまとめているのに、どこか女子大生のような、ちょっとだけ年上のお姉さんといった親近感がある。

私と朔(さく)くんがそれぞれに自己紹介を済ませると、編集長が言う。

「せっかくだから、なるべく年齢が近い同性のほうが話しやすいかと思ってな」

平山さんがどこか昔を懐かしむように目を細めた。

「私も藤志(ふじ)高出身なんですよ。卒業したのはもう十年ぐらい前だけど、『ようこそ先輩』とかまだやってるのかな？」

「そうなんですか!?　今年もやりました！」

　意外な繋がりに、私は思わず声を上げる。

　平山さんが口にした「ようこそ先輩」というのは、うちの学校で毎年開催されている特別授業のようなものだ。藤志高を卒業し、県内外のいろんな分野で活躍している先輩を数十名お招きして、全校生徒がそれぞれに興味のある方のお話を聞く。

　似たような行事は他の高校でもあると思うけど、うちは「新明会」という同窓会の繋がりが強いせいか、本当に多岐にわたり充実した内容になっている。

　平山さんが、ふふと口角を上げて言う。

「そっか。じゃあ、あれに参加したつもりでなんでも聞いてくださいね」

「はい、よろしくお願いします」

　私と朔くんは並んでぺこりと頭を下げた。

＊

　平山さんと編集長の先導で、私たちは会議室というよりも応接室みたいに厳かな雰囲気のある部屋へ通された。その大半を占めているのは、優に十人以上は座れるだろう大きな長方形のテーブルと椅子だ。

いちいち学校になぞらえるのも変な話だけど、校長室に招かれた気分がいちばん近い。

途惑っていることを察したのか、

「どうぞお座りください」

平山さんが比較的入り口に近い椅子を引いてくれた。

「「失礼します」」

私と朔くんは長方形の短辺にあたる部分に並んで腰かける。

平山さんは椅子をひとつ空けて長辺側の角に近い、ちょうど九十度ぐらいのところに座った。

単純にテーブルが大きすぎて対面だと話しづらいと思ったのかもしれない。

でも、目の前に相手がいるよりは緊張しないし、どことなく友達同士で話すときのような安心感がある。もちろんケースバイケースだろうけど、こういうのもテクニックなのかな、と勝手に納得した。

一方で編集長は私たちと反対側の短辺、部屋のいちばん奥にどっかりと座る。

あとは平山さんに任せて見守ろうとしているのだろうか。

なんというか、先生にテストを監視されているみたいでちょっと落ち着かない。

私はテーブルの上にノートとペンとスマホを取り出す。

そこではっとして平山さんを見た。

「あの、スマホで録音とかってさせていただいても大丈夫ですか？」

硬くなっているという自覚はある。

会話を成立させることで手一杯になって、あとから内容を思い出せなかったら本末転倒だ。

平山さんはにこやかに目尻を下げた。

「はい、もちろん」

「ありがとうございます」

私はスマホのディスプレイをタップする。

さっそく、というわけじゃないけれど頭に浮かんだ疑問を口にした。

「編集者さんとかライターさんもインタビューは録音するんですか？」

うーん、と少し悩んでから平山さんが答える。

「人によってスタイルは本当にさまざまですね。最初から最後まで録音して、その内容をすべて文字に起こしてから原稿を書く人。取材中にメモした内容だけで書く人。念のために録音はしておくけど、基本的にはメモした内容だけで書く人。それこそ、録音もメモもいっさいとらずに記憶だけで書くというすごい人もいらっしゃいます」

「え!?　取材って一時間以上かかる場合もあるんですよね」

はい、とどこか困ったような声が返ってきた。

「これもいろんな主張があって……。たとえば録音という行為が相手を慎重にさせたり緊張させたりしてしまうとか、あとから聞き直せばいいやという安心感があると全力でその場の会話に集中できないとか。あるいは録音もメモもとらない状態で記憶に残っているのが取り上げるべき本当に大切な言葉だ、なんておっしゃる方もいます」

「なるほど……」

説明されると、一理あるような気がしてくる。

私が不安になってちらりと自分のスマホに目をやると、それに気づいた平山さんがフォローするように言う。

「ただ、私の経験上では可能な限り録音を、最低でもメモをとったほうがいいと思いますよ。とくに録音はあとから聞き返したとき、その場では流してしまった大切な言葉を見つけられたりすることも多いので」

これもあくまで一個人の意見でしかないですが、と前置きして話が続いた。

「結局はその人しだいというか、私の場合は録音しているほうが『覚えておかなきゃ』とか『メモしなきゃ』という焦りを感じず会話に集中できます。それに、録音もメモもとらずに記憶している内容は、自分に理解できた部分だけだったり、ともすれば自分が聞きたかった言葉になってしまう可能性もあると思います。つまり、最初から書きたい記事の方向性があって、それに都合のいいところだけ偏って覚えてしまうということですね」

一連のそれほど長いとは言えないやりとりだけでも、平山さんが取材相手の言葉をどれだけ大切にしているのかが伝わってくる。

今日、ここへ来てよかった。

実際に現場で働いている人からじゃないと聞けない話だ。

「素朴な疑問なんですけど」

ふと、隣に座っていた朔くんが手を挙げる。

「編集者さんが自分で文章を書くこともあるんですか？」

言われてみれば、確かに。

小説の編集者だと文章を書くのは当然作家さんだけど、雑誌だと違ったりするんだろうか。

平山さんはこくりと頷いて答える。

「フリーランスのライターさんに発注することもありますが、雑誌の場合だと自分で取材して記事を書くことも普通にありますよ」

「すみません、そもそもライターさんと編集者さんの違いって……？」

朔くんは本当に物怖じしないんだな、と感心した。

ともすれば「そんなことも知らないのか」と思われそうな質問で躊躇しそうなものだけど、じゃあ説明してみろと言われたら私もぼんやりとしたイメージしかもっていない。

見習わないといけないな、こういうところ。

そうですよね、と平山さんがうなずいた。

「ライターさんは基本的に取材して文章を書くプロフェッショナルです。私たち編集者は企画を出して、取材対象者にアポイントメントをとって、ライターさんやカメラマンさんに依頼して、ページの構成を決めて、ラフといわれる設計図のようなものを引いてデザイナーさんにレイアウトを組んでもらって、それから上がってきた原稿や写真をチェックして……。他にも細かな仕事がたくさんありますが、本当にページが完成するまでの全体を監修する仕事だと考えてもらえばいいと思います」

「……それってめちゃくちゃ仕事多くないですか?」

朔くんが驚いたというよりも呆れたに近い口調で言う。

「監修って言うと聞こえはいいですけど、なんでも屋さんに近いところがありますからね。遠方での取材なら新幹線や飛行機、宿の手配なんかもしますし、必要であれば資料を取り寄せたり、原稿上げてくれないライターさんをせっついたり、残業なんて当たり前だし、ていうか冷静に考えたらなんでこんなにブラックなんですかね……」

「おい、夢見る高校生になに話してんだよ!」

途中からは自嘲気味に語っていた平山さんに、編集長がすかさずつっこみを入れる。

「駄目ですよ編集長、ちゃんとこの仕事の実態も伝えてあげないと」

「馬鹿やろう、俺の見た目でそんなこと言ったら本気でやばい会社みたいじゃねえか!」

一瞬、笑っていいのか躊躇したけれど、当の本人たちがけらけらとお腹を抱えているので私もつられて吹き出した。

どうやら場の空気を和ませようとしてくれたみたいだ。

ごめんごめん、と平山さんが仕切り直す。

「話が逸れちゃったけど、実際にはライターさんが企画を出したりラフを引いてくれることもあるし、場合によっては編集に近い業務を任せることもあるので、いま話したのはあくまで基本的な役割分担ですね。ただ、ブラックっていうのは冗談だけど、どんな編集部でもそれなりに大変な仕事であることは覚悟しておいたほうがいいと思いますよ」

ありがとうございます、と朔くんが軽く頭を下げた。

答えに満足したようなので、交代で私が口を開く。

「すみません、なんとなく流れで始まっちゃいましたけど、あらためていろいろお話を聞かせていただいてもいいでしょうか？」

平山さんが照れくさそうに頬をかく。

「はい、私に答えられることなら。いつもとは立場が逆で、なんだか取材を受けるような気分になりますね」

そうして私が質問を始めようとしたところで、

「――それいいじゃねえか」

編集長がぱちんと指を鳴らした。

私も、朔くんも、平山さんも、きょとんとした表情を浮かべる。

「取材だよ取材」

腕を組み、どこかいたずらっぽい表情で編集長が続けた。

「インターンってほどかしこまったもんじゃないが、ちょっとした職業体験だ。明日風ちゃん、千歳くん、せっかくだから編集者やライターになったつもりで平山を取材してみるといい。テーマはそうだな……。『福井で編集者として生きることについて』でどうだ？ それなら君たちがもともと聞きたかった質問もできるだろう」

私は思わず朔くんと顔を見合わせた。

「俺は、ちょっとやってみたいかな」

その言葉に、迷わずうなずく。

「私も！ めったにない機会だし」

決まりだな、と編集長が言った。

「本当の取材準備と比べたら短すぎるが、とりあえず十五分。自分たちでインタビューの質問項目を考えてみなさい」

「「はい！」」

私はさっそくペンを握ってノートを睨む。

朔くんはなにを取り出すでもなく、ぼんやりと天井を眺めていた。

＊

――十五分後。

いったん席をはずしていた編集長と平山さんが戻ってきた。

ペットボトルのお水を持ってきてくれたので、お礼を伝えて喉を潤す。

さっきと同じ部屋の奥に腰かけた編集長が言った。

「さて、準備はいいか？」

私と朔くんは互いにうなずき合う。

「よし、ならどっちから始める？」

はい、と迷わずに手を挙げた。

「そんなに大きな差じゃないかもしれないけど、私のほうが早くURALAさんへの訪問を決めて、そのぶん下調べとか準備する期間もちょっとだけ長かったから。君がよければ、先にやらせてもらえないかな？」

明日姉らしいね、と朔くんが苦笑した。

「じゃあ、お手並み拝見させていただきます」

「うん、お姉さんに任せなさい」

これで、君にもう少しだけ時間をあげられる。

そう思ったことは事実だけど、同時にわずかばかりの自信があったことも確かだ。

多分、編集者というよりも本作りそのものに純粋な興味があって社会見学的な意味で来たのだろう朔くんと違って、私は私なりにこの仕事について考え、調べてきた。

毎月とは言わないまでも折に触れてURALAを買っていたし、一夜漬けとはいえ最新号は穴のあくほど読み込んだ。

それこそ聞いてみたいことだって端からノートにびっしり書いてある。

小説と雑誌では勝手が違う部分もあると思うし、取材っていう形式はやっぱり緊張するけれど、うまくやれるはずだ。

編集長と平山さんがうなずいたのを見て、私はスマホの録音を開始する。

「それじゃあ、よろしくお願いします」

言いながら、私は二重丸をつけたり斜線で消したりを繰り返しながらノートにつらつら並べた文字列を見た。

「平山さんは、どうして編集者になろうと思ったんですか？」

まずは定番とも言える質問をぶつけてみる。

待っていましたとばかりに、平山さんが淀みなく話しはじめた。

「藤志高を卒業して、名古屋にある大学の理系学部に進学しました。そのまま向こうで機械メーカーのエンジニアになったんですけど、正直楽しくなかったんですよね。なにかもっとわくわくできる仕事をしたくて」

「そうなんですね。編集者ってぜんぜん方向性の違うお仕事だと思うんですが、やっぱり小さい頃から雑誌が好きだったとか……？」

「はい、まさに。迷っていたときにそれをふと思いだしました」

よし、いい感じに平山さんの想いを汲み取ることができている。

「なるほど、じゃあどうして福井のURALAを選んだんですか？　出版社のお仕事というと東京に集中しているイメージがありますけど」

これはとくに聞いてみたかったことのひとつだ。

自分がまさに出版社といえば東京と考えて進路を決めた側だから、あえて福井で地域情報誌を作る選択をした人はどんなふうに考えているんだろう。

「うーん、そうですよね……」

しかし平山さんは早々に黙り込んでしまう。

質問がよくなかったのだろうか。

私は捕捉するように口を開く。

「たとえば地元に愛着があったとか、都会での暮らしにちょっと疲れてたとか、あとはたまたま求人を見つけたとか……？」

あー、と平山さんが懐かしそうに言う。

「それ全部かもしれないですね。名古屋で働くのに疲れてて福井に帰りたい気持ちもあったし、ちょうどURALAが未経験者も歓迎の中途採用をしてたので」

私は相手の言葉を拾って話を広げる。

「未経験だったということですが、編集者になってから大変だったことはありますか？　企画を考えるのが難しい、思うように文章が書けない、ライターさんやカメラマンさんに意図を伝えられない、みたいに。ありがちな言葉で恐縮なんですが、そういう生みの苦しみみたいなものは？　もしかしたらこれも全部かもしれないですけど」

「西野さんがおっしゃるとおり、全部ですね。最初のころはなにもかもが手探りで本当に大変なことばかりでした」

平山さんが苦笑するのを見てほっとする。

ちゃんと意思疎通できているという手応えがあった。

自分なりに、URALAで働く人がなにを考えているのか、どんな気持ちを込めて雑誌を作っているのか、いろいろと想像を膨らませていたおかげかもしれない。

少し調子が出てきた私は質問を続ける。

「じゃあ、URALAで働いていてよかったと思う瞬間というか、地域情報紙ならではの魅力みたいなものはありますか?」

「なるほど、地域情報ならでは、か……」

また平山さんが言葉に詰まってしまった。

普段から文章を生業にしている編集者さんでさえこうなのだ。

一般の方に取材をしようとしたら、インタビュアーが積極的にサポートしなければいけないのかもしれない。

私は言葉を探すお手伝いをするように口を開く。

「個人的な印象ですが、やっぱり東京の大きな出版社さんではなかなかスポットを当てられないローカルな情報を丁寧に取り上げられるのが魅力なのかなと。それこそ全国的にはあまり知られてなくても地域に根ざして精力的に活動している企業さんとか、近所の小さな洋菓子店とか。私も読んでて福井にこんなところがあったのかって発見の連続でした」

「そうそう、そうなんです」

平山さんがどこかうれしそうに言った。

「何年もこの仕事をしているのに、まだまだ知らないことがたくさんあって……」

「福井にだって東京に負けない魅力があるんだぞ、とか?」

「本当にそう思いますね」

「具体的に福井の魅力ってなんだと思いますか？　やっぱり人の温かさ？」
「ですね、取材先の人もみんなやさしくて」
それからは終始なごやかなムードで、途切れることなく会話が進んだ。
私がまず質問を投げかけて、平山(ひらやま)さんがそれに答える。

「――――――――――――――――――――――――――――――」

「――――――――――――」

「――――――――――――――――――――――――――――――
――――――――――――――」

「――――――――」

「――――――――――――――――――――――――――――――
―――――――――――――――――――――――――」

「――――」


たんたんと弾むリズムが心地よくて、普段よりもずっと口数が多くなってしまう。

はしゃいでるな、と思わず自嘲した。

まるで本当に編集者になったような気がして。

私はいつまでもその熱に浮かされていた。

＊

あっというまに一時間ぐらいは経ってしまっただろうか。

「いろいろと聞かせてくださってありがとうございました」

私は平山さんに頭を下げる。

初めての取材体験だったのに、大成功って言ってもいいと思う。

小説と雑誌の編集者ではまた違うけど、たとえば作家さんと話をするときにもこんなふうにうまくやれるんじゃないかって、少しだけ自信がついたような気がする。

平山さんがにこやかに言う。

「こちらこそ、楽しくお話しできました」

隣で聞いていた朔くんも、ちぱちぱといたずらっぽく手を叩いた。

「お疲れ、明日姉。すらすら言葉が出てきてさすがだなと思ったよ」

「ありがとう！　私もけっこううまくやれたかな、なんて」

そのやりとりを見守っていた編集長が口を開く。

「よし、じゃあ次は千歳くんがやってみなさい」

私の取材に対する感想はとくになし。

ちょっとだけ寂しいけど、もしかしたらあとでまとめて話をしてくれるのかもしれない。

なにはともあれ、ようやく肩の荷が下りた。

こういう緊張と日々向き合ってるなんて、やっぱり大変な仕事だと思う。

ふと、編集長を見る。

そのぴりりと真剣な面持ちに、もう一度背筋を伸ばした。

それじゃあ、と朔くんが切り出したので私も耳を傾ける。

「僕のほうからも質問をさせてください。よろしくお願いします」

「はい、よろしくお願いします。西野さんとけっこう話しちゃったから、後半はちょっとやりづらいかもしれないですね」

確かにそういう考え方もあるな、といまさらながらにどきっとした。

よかれと思ってやったことだけど、逆に迷惑だったかな……。

けっこう根掘り葉掘り聞いてしまったから、質問に困ってしまうかもしれない。

「いや、大丈夫だと思います」

朔くんはなんでもないようにそう答えてから、続ける。

「えっと、じゃあなんで雑誌の編集者を続けてるんですか？　さっきの話を聞いてると、そうとうきつい仕事だと思うんですけど」

けっこう大胆な質問をするんだな、と私は驚いた。

一歩間違えたら「やめたくならないんですか？」と尋ねているのに近い。

「なんで続けてるか、か。なかなか難しいことを聞きますね」

案の定、うーんと平山（ひらやま）さんはうつむきがちに考え込んでしまった。

私はなにか手がかりになるような言葉をかけることで、それがきっかけになって話を引き出すことができたけど……。

朔くんは静かに、そしてなぜかリラックスした様子で平山さんを見ていた。

十秒、二十秒と、私はきりきり沈黙が痛くなってくる。

どうしよう、隣から手助けをしたほうがいいだろうか。

そんなことを考えながらそわそわしていると、

「……推し活だ」

平山さんがはっとしたようにつぶやいた。

それが引き金だったように、がばりと顔を上げる。

「そう！　編集者の仕事って最高の推し活なんですよ！」

だん、とテーブルに手を突いて身を乗り出すように。

「好きな作品とかアイドルを推すってよく聞く話じゃないですか!?　URALAみたいな雑誌の編集者をやってると、まだ世間に知られていない、自分が見つけて惚れ込んだヒトやモノやコトを堂々と全力布教できるんですよ！」

朔くんがぷっと吹き出す。

「究極の公私混同っすね」

「イエス、公私混同！」

まるで人が変わったように、生き生きと平山さんが続ける。

「しかもそれが仕事ってすごくない!?　レストランで美味しいご飯食べて、『ここすっごく美味しいんですよ』って叫んでお給料もらえるんだよ!?　編集長のねちねちした厭みだって吹っ飛んじゃうよね」

「んなこと言ってっとしばらく飲食店の取材回してやんねぇぞ」

編集長がどこか楽しげにつっこむ。

「あーそっちがそういう態度ならもう取材先でお土産買ってきてあげませんからね」

「それうちの経費だろうが!!」

だったら、と笑いをこらえながら朔くんが言った。

「飲食店の取材とかでなにか印象的なエピソードはありますか？」

「うーん、印象的なエピソードか。いっぱいあるはずなんだけど、急に聞かれるとなかなか思い出せないもんだね」

いつのまにか、平山さんの口調がくだけている。

私のときはあくまでURALA編集部の社員という感じで対応してくれていたのに、心なしかお姉さんというかそれこそ学校の先輩のような雰囲気になっていた。

あいかわらず朔くんはうんうん悩んでいる平山さんをそっと見守っている。

なぜだか、ボタンを掛け違えているような違和感があった。

その正体がはっきりしないうちに、平山さんが口を開く。

「具体的なエピソードってわけじゃないんだけど、福井の飲食店を取材してると『食べてきねの（※食べていきなさいよ）』って言われることがめっちゃ多いかな。あとこっちは撮影した料理のお代を払おうとしてるのに、『だんねだんね（※いいよいいよ）』って受けとってもらえないことがほとんど」

「業界だと珍しいことなんですか？」

「それこそ東京のメディア慣れしてるお店なんかだと、撮影が終わったらさっとお皿を引き上げちゃってお会計して終了、みたいな話も聞くよ。もちろんお店側だって忙しい時間の合間を縫って協力してくださってるわけだし、作っていただいた料理の代金を支払うのは至極当然のことだと思う。ただ、福井だと取材に関係ないメニューまで『遠慮せんと（※遠慮しないで）』って次々に出してくれたりとか。あとは料理って撮影中にどうしても冷めちゃうから、わざわざそれとは別にできたてを用意し直してくれたりとか！」

「じつは平山さんが催促したとか？」

「してない！　食べたそうな顔してた可能性は否めないけど口には出してない！」

ぶはっと、みんな思わず吹き出す。

比較的しゃんとした雰囲気だった私のときとは打って変わって談笑しているみたいだ。

まだ口許に手を当てている朔くんが言う。

「そろそろ真面目な話も聞いていいですか？」

「いやこれまでも真面目に答えてたよ?!」

平山さんて、本当はこんなにころころ表情を変える人だったんだ。

朔くんはしれっとした顔で次の質問に映る。

「平山さんが雑誌の文章で大切にしてることってなんですか？　もしくは、こういうライターさんの文章が巧いと思う、でもいいですけど」

「雑誌の文章、ね。なかなか鋭い質問だなぁ。さっきの話じゃないけど、人によって本当にさまざまだし、私なんかが一概に語れることじゃ思うけど……」

「平山さんの考えで構いません」

「……わかった、少し時間をちょうだい」

ちくりと、胸の奥に痛みが走った。

平山さんはまた熟考に入り、朔くんが黙って待つ。

たんたんと小気味よく続いていた私の取材とはまるで別物だ。

しょっちゅう突っかかって、間が空いて、だけどわっと盛り上がって……。


ねえ、誰か教えてほしい。

喉が焼けつくような、この息苦しさは、なに？


うん、と平山さんは考えがまとまったように頷いた。

「その質問に答えるには、まずいまのURALAがどういう雑誌を目指しているかってことを話したほうがよさそう。編集長、いいですか？」

「おう」

まるでそれを予期していたかのように編集長が言う。

「ご飯を食べるところでも、洋服でも本でもいいけど、なにかを調べようと思ったとき千歳くんは最初になにをする？」

「……まあ、普通にスマホ使ってネットで検索しますかね」

「明日風(あすか)ちゃんは？」

「えっと、私も同じです」

ネットの評判を鵜呑(うの)みにしたりはしないけど、とりあえずざっと情報を拾いたいならそれが一番手っ取り早い。

だよな、と編集長が言った。

「あんまり実感がないと思うけど、いまみたいにどこの家庭にもパソコンやタブレットがあって、一定以上の年齢になったらほとんどの人がスマホを持つようになる前の時代。雑誌っていうのは最新の情報をいち早く得られる貴重な手段だったんだ」

朔(さく)くんがそれに相づちを打つ。

「手軽に検索とかできなかったんですもんね」

「そう、だから雑誌には情報という絶対的な価値があった。ファッションに敏感な人はファッション雑誌、料理が好きな人は料理雑誌、登山が趣味なら登山雑誌、福井を深く知りたい人はURALA、という具合にな。自分が興味のある分野の情報をまとめて主体的に摂取したいなら、雑誌が一番手軽だったんだ」

確かに、ネットがない世界を想像したとき。

テレビやラジオだと興味のある分野が取り上げられるのを待たなきゃいけないし、何時間にも及ぶ特集や専門番組でもないかぎり得られる情報は微々たるものだろう。

「だけどいまは、こうしてわざわざ自主的に編集者の話を聞きに来る高校生でさえ、真っ先にネットで検索する時代だ。うちも『日々URALA』というウェブメディアを持っているが、他にもSNSやYouTube、口コミサイトにブログ。そこにはありとあらゆる情報があふれかえっている。個人が気軽に発信できるようになり、紙は情報の鮮度で置いていかれることが多くなってしまった。もちろん我々もプロとして信頼の置ける質の高い内容を担保しようと心がけてはいるが、現実的には『ネットで事足りる』と思っている人のほうが多いんだろうな……」

その口調は、ぽつんと揺れる風船みたいに寂しげだった。

「話を戻そうか。そういう時代において、URALAが目指しているのは『手元に残しておきたくなる媒体』だ。ネットの情報は更新が早い分、古くなったものはどんどん追いやられていくだろう？」

だから紙の雑誌は、と編集長が続ける。

「――便利な情報の寄せ集めではなくおもしれー読み物の寄り合いとして」

先ほどまでとは一転して、そう語る瞳の奥には。

過ぎ去った時代への郷愁ではなく、いまを創ろうというぎらぎらした決意がたぎっていた。

「小説のように、漫画のように、絵本のように詩のように。気に入ったら本棚に差して大切に保管して、もしかしたら十年後、二十年後、ふとしたときにまたページを開いてもらえるような雑誌でありたい」

一度言葉を句切り、自分自身に誓うように。

「そこにうらら（俺たち）の福井の歴史や文化、街や人を保存して後世に残せたらいいと思ってるよ」

どく、どく、どくと、心臓が高鳴る。
編集者という人たちは。
こんなにも熱い想いで言葉と、物語と向き合っているんだろうか。
同じ温度で、同じ志で、私も走り続けられるだろうか。
「……ちょっとかっこよすぎたか、俺？」
編集長が照れくさそうな笑みを浮かべる。
その茶化し方は誰かさんにそっくりで、釣られて私も口の端を上げてしまう。

からかうように平山さんが言った。

「編集長、酔っ払ってるんですか？」

「おいこらどういう意味だ」

「かわいい女子高生の前だからってそれっぽく語っちゃってー」

「うるせえ、若者に偉そうな講釈垂れるのはおっさんの使命なんだよ」

ふたりのかけ合いからは、築いてきた信頼関係みたいなものが垣間見える。

平山さんも口ではあんなふうに言ってるけど、この人の下で働くことにやりがいを感じているんだと思う。

正直に言えば、私もちょっとだけうらやましくなった。

文章の話だったね、と平山さんが仕切り直す。

「編集長が言ったように、いまのURALAは読み物としての価値に重きを置いている。とはいえ、情報誌であることもまた事実なの。雑誌という媒体で求められているのは、伝えたい情報を可能な限り詰め込みながらも、端的かつ正確で万人にわかりやすく伝えられる文章。小説のように叙情的な言い回しや含みのある比喩は基本的によしとされていない。もちろん、その個性を研ぎ澄ませて『このページには誰々さんの文章がほしい』って言われるほどの書き手になれば話は別だから、あくまで一般論として聞いてね」

朔くんが不思議そうに言った。

「だけどそれって、読み物としての面白さとはわりと相反するんじゃ……。今の条件を突き詰めていくと、けっこう無味乾燥な文章に近づいていきませんか？」

そのとおり、と平山さんが頷く。

「たとえば出だしや締めの一文。情報誌としての本分を見失わない範囲で、ほんの短いセンテンスに気の利いた情景描写や言い回しを香らせてぐっと雰囲気を作る、っていう技術をもってる人もいなくはないんだけど。ちょっと高度だし誰にでもかんたんに真似できることじゃないからいまは置いておくね」

水をひと口飲んでから言葉が続いた。

「じゃあどんな文章が情報誌をおもしろい読み物に変えるのか。これは私の意見で他の人に聞いたらまた違った考えが出てくるかもしれないけど……。ちなみに千歳くんはなんだと思う？」

話を振られた朔くんは、しばらく考え込んでから口を開く。

「情報の深さ、とか？　ネットの検索ではたどり着けない、たとえばラーメン屋さんだったらメニューを紹介するだけじゃなく仕込みとか作るまでの工程を取材させてもらうみたいな」

「うんうん、正解のひとつだとは思う。ただ、いまはYouTuberさんなんかでもけっこう踏み込んだところまで撮影させてもらってたりするし、それは読み物というより情報誌としてのおもしろさの追求、かな？　西野さんは？」

私も話を聞きながら考えていたことを伝えてみる。

「やっぱり写真やデザインとの相乗効果じゃないでしょうか。プロのカメラマンさんが撮った写真をもとにプロのデザイナーさんがページをデザインして、ライターさんの文章もフォントや配置の仕方なんかによって視覚的に美しく見えるのが雑誌の、あっ……」

話しながら、自分で自分の間違いに気づいてしまった。

大丈夫、と平山さんがやさしく目尻(めじり)を下げる。

「うん、それは間違いなく雑誌がおもしろい読み物であるために欠かせない強みだよね。私たち編集者でも、いまだにカメラマンさんの写真が入ったページデザインが上がってくるとテンション上がるもん。ただ、西野さんが気づいたみたいに文章そのものの話とはちょっと離れちゃうかな」

恥ずかしくて思わず目を伏せてしまう。

おもしろい読み物という言葉にとらわれすぎて、前提の質問を忘れていた。

私の考えはね、と平山さんが続ける。

「――書き手の、ま、な、ざ、し、かな」

書き手のまなざし、と心のなかで復唱する。

ふんわり意味がわかるようで、ぼんやり遠ざかっていくような言葉だ。

朔くんは黙って続きを促す。

「着眼点とか解釈って言い換えてもいい。たとえば私と千歳くんと西野さんがいっしょに取材へ行って、同じ場所を見て同じ人からまったく同じ話を聞いたとしても。どこがおもしろくてなにが素敵だと思って、自分がどう感じたかはきっと違うでしょ？　正直、そういう個人の主観は排除してあくまで客観的な文章に徹しろという人もいる」

だけど、と平山さんは迷いのない瞳で言う。

「たとえばある小さな革工房を訪ねたとき。

職人さんが取材中もずっと革を縫い合わせていた光景を不要な情報として切り捨てるのか、手作業ながら少しでも早く、多くの人に作品を届けようとする人柄の表れと記すのか」

「たとえばいつも公式の営業時間より早く閉まってしまうラーメン店を紹介するとき。

ただ『売り切れ続出なのでお早めに』と注意を促すのか、『店主が納得できる一杯を、納得できる分だけ提供する信念』と捉えるのか」

「たとえば三時間に一本しかバスのない地域を旅先として提案するとき。

あっさり『交通の便は悪い』で終わらせるのか、『だからこそなにかと忙しい日常を忘れ、せっかちに時間を気にすることなくのんびり過ごすことができる』と綴るのか」

「情報誌の締めの一文として『ぜひ味わってみてください』『訪れてみてはいかがでしょうか』『一度は体験してみることをおすすめします』みたいなのは王道だけど、もしもそこにあなたなりの総括があったなら？」

まるで彼女の生き様を艶めかせる私雨のように。

「――私はそういう書き手のまなざしこそが、読み物としての文章を豊かにすると思う」

ざあざあと、降りしきる言葉が染みをつくっていく。

私はそれを無作法に乾かしたくなくて、ずぶ濡れでもとの形がわからなくなるまで、ただただ、ひとりぼっちで打たれていようと思った。

「ありがとうございます、とても参考になりました」

朔くんが言う。

「少しは君のお役に立てたかな？」

平山さんがくすぐったそうに肩を揺らす。

やっとわかった、ずっと心が締めつけられていた理由（わけ）。

それから君たちは、いろんな話をした。

朔（さく）くんがまず質問を投げかけて、平山（ひらやま）さんがそれに答える。

「――――」

「――――――――」

「――――」

「――――――――――――――――」

「――」

「――――――――

――――――」

た、たん、た、たたたたと、ぎこちないリズムがどうにも狂おしくて。

私はいつまでもこの夏に焦がされていた。

*

「ふたりとも、お疲れさん」

朔くんの取材が終わると、短い休憩を挟んで編集長がにこやかに言った。

「高校生の初取材にしては、なかなかたいしたもんだったよ。揃（そろ）って満点をあげてもいい」

些細（ささい）な言葉が、ちりちりと身体（からだ）のあちこちに刺さる。

どうにもいたたまれなくて、私はうつむいた。

そんな心境を知ってか知らずか、編集長は続ける。

「だけどせっかくの職業体験だ。現場の編集者っていうのは、どれだけ自分が満足できるページを作れたと思っても、編集長（俺）が読んでオーケーと言わなければ本にはならない。手前勝手かもしれないが、ふたりにはそこまで嚙（か）みしめてほしいと思う」

残酷だ、と私は歯を食いしばった。

結果なんて、もう目に見えているのに。

でも、これが平山(ひらやま)さんたちの生きている世界なんだ。

自分がどれだけ胸張ったと思える仕事をしても、それが誰か(読者)に届く保証はない。

編集長が鋭い眼光で真(ま)っ直(す)ぐ私を見据えた。

その表情に先ほどまでの穏やかさや茶目っけはない。

「明日風(あすか)ちゃんに聞こう」

「……はい」

「君と千歳(ちとせ)くんの取材、どっちがよかったと思う?」

「――ッ」

予想していた言葉だったはずなのに、それでも胸がきゅうっと苦しくなる。

呼吸が浅くなって、胃の奥から酸っぱい後悔がこみ上げてきそうだ。

はっとした様子で、隣の朔(さく)くんが口を開く。

「あすね、西野(にしの)さんのインタビューは……」

「やめなさい、いまは明日風ちゃんに聞いている」

編集長がそれをばっさりと切る。

私は絞り出すように言った。

「大丈夫、ちゃんと自分で答えるから」

気づけば口の中がからからになっている。

ペットボトルに伸ばしかけた手が小刻みに震えていて、それを誤魔化すように固くかたく拳を握りしめた。

せめて、と思う。

認める潔さぐらいは、君の前に残しておきたい。


「——千歳くんの取材です」


はっきりと、私はそう言った。

編集長は、どこか安堵したように問いかけてくる。

「どうしてそう結論づけたのかな?」

「っ、千歳くんが取材しているときの平山さんのほうが、生き生きとしていて、いろんな話を引き出せていたと思います」

途中から薄々と感じていたことだ。

私の取材中はお行儀のいいおもてなしの回答ばかりだったのに対して、朔くんと交わしたやりとりのなかには間違いなく彼女の物語があった。

困ったように眉をひそめ、それでも編集長は続ける。

「理由はわかるかい？」

下手に口を開いたらなにかが零れてしまいそうで、私は黙って首を横に振った。

弾んでいく朔くんと平山さんのやりとりをのけ者で見守りながら。

ずっと、なにかが違うという違和感がつきまとっていて。

途中から、自分は失敗したんだという確信に変わった。

だけど待てど暮らせど、その原因は見えてこない。

質問はちゃんと準備していた、下調べも充分ではないかもしれないけれど、少なくとも朔くんよりは長い時間をかけていたはずだ。

取材の流れは私のほうがずっとスムーズでスマートだ、なんて、品がないことを自覚しながらも「お姉さんだからね」ってこっそり鼻を高くしていたのに。

あるいは、私が女だからだろうか。

もしかしたら平山さんは朔くんに異性として好意的な印象を抱いていて、だからこそ自然と口数が増えたのかな、って。

自分の至らなさから目を逸らしたくて、なにかすがれる言い訳がほしくて、忘れてしまいたくなるぐらい最低な考えも頭をよぎった。

「千歳くんはどう思う？」

編集長が、どこまでも酷な言葉を口にする。

「明日姉……」

朔くんはいまにも泣き出しそうな目で私を見た。

やさしい君にそんな顔をさせてしまったら。

明日姉は、こう言うしかない。

「大丈夫、君の言葉を聞かせて？」

朔くんは私と編集長を何度も躊躇いがちに見てから、ゆっくりと口を開いた。

「平山さんじゃなくて、西野さんがしゃべっているような気がしました」

「あ……」

その、瞬間。

「——ッッ」

私のなかで、すべてが繋がった。

そっか、そういうことだったのか。

だけど、と無意識のうちに唇を噛みしめる。

他の誰でもない君の口から聞かされたという事実が。

ただただ、痛い。

「正解だ」

編集長が淡々と言った。

「少し厳しい指摘になるが、聞いてほしい。もしも明日風ちゃんがうちの編集者だったら、さっきの取材は不合格だ。もう一度やり直しをしてもらうか、それを受け入れられないなら別の担当者と交代させる」

「……っ、はい」

つんとこみ上げてくる感情を必死に押し殺して私は頷く。

「思い返してみてほしい。さっきの取材を記事にするとき、君はなにを書くつもりだ？　よしんば書けたとして、そこに平山はいるか？」

もう、満足に返事すらできず続きを待つ。

「平山が考え込むたび、明日風ちゃんは助け船を出していたね。『たとえばこういうこととか』『私はこんなふうに思うんですけど』『ここが素敵ですよね』。平山はひたすらに肯定の反応を繰り返すだけ」

それはもう、と編集長が言った。

「――平山ではなく、君の言葉だ」

ふと、平山さんのなにげないひと言がよみがえってくる。

『自分が聞きたかった言葉になってしまう可能性もあると思います』

あれは取材を録音せずに記憶だけで書こうとすると、という文脈だったけれど、結果として私がやっていたことも同じだ。

勝手に平山さんの気持ちを先読みして、こんな話が聞けるはずだこんな想いをもっているはずだって、取材が円滑に進む方向に誘導してしまっていた。

『ありがとう！　私もけっこううまくやれたかな、なんて』

恥ずかしくていますぐこの場から消えてしまいたい。

本当に浮かれていただけだったんだな。

テーブルの下で、しわが残るぐらい強くスカートを握りしめていると。

なにも責めてるわけじゃないんだ、と編集長の声がやさしくなった。

「新人の編集者、とくに真面目で熱意のある人間ほどやらかしてしまいがちな失敗なんだよ。明日風ちゃんはきっとURALAを隅々まで読み込んで、この雑誌を作っている人間のことを想像して、いろんな質問を用意してくれたんだろう。それは充分に伝わってきた」

私はこくこくと何度もうなずく。

編集長が静かに続ける。

「勘違いしないでほしいんだが、千歳くんの質問や話し方が明日風ちゃんと比べて特別に優れていたというわけじゃない」

いっそ、と思う。

編集者を舐めてるのかって叱ってくれたほうが、いくらか気持ちは楽になるかもしれない。

見学に来た高校生として慰められているこの状況のほうが、ずっと情けなくてみじめだ。

だからこそ、と私のうじうじした考えを断ち切るように編集長は言った。

「――沈黙を恐れてはいけない」

「え……？」

「インタビュー中であろうが作家さんとの打ち合わせ中であろうが同じことだ。沈黙というのは、相手が自分のなかから言葉を探している時間だ。君はその空白を恐れてあの手この手で埋めようとしてしまったけれど、千歳くんは待った。それがたったひとつの、だけどとても大きな違いなんだよ」

『また平山さんが言葉に詰まってしまった。

普段から文章を生業にしている編集者さんでさえこうなのだ。

一般の方に取材をしようとしたら、インタビュアーが積極的にサポートしなければいけないのかもしれない。

私は言葉を探すお手伝いをするように口を開く』

そうか、私は。

言葉を探すお手伝いどころか、その時間を邪魔してしまっていたのか。

編集長は、もう一度私の目を見る。

「どれほど事前の準備をしたって、あれこれ手を尽くしたところで。俺たちが最後にできるのは、いつだって待つことだけだ。きれいごとかもしれないが、できればその時間を楽しめるようになりなさい。どんな話が出てくるんだろう、どんな原稿が上がってくるんだろう、読者からどんな声が届くんだろう」

まるで、仲間に手を差し伸べるように、導くように。

「――それが誰かの言葉を、物語を届ける編集者という生き方だ」

向けられた想いがどこまでも真っ直ぐで、あたたかくてやさしくて。

「ありがとう、ございます。

すみません、ちょっとお手洗いに」

逃げるようにその部屋をあとにした。

*

そっと、丁寧に、ドアを閉めて、私は。

――走って。

走って、走って走ってはしって走って。

待って、こぼれるな、涙。
あと少し、もうちょっと、こらえろ歯を食いしばれ、まだ、まだ、まだ――――。
そうして個室に駆け込み、鍵をかけて。

「――――ッッッッッッッッッッッッッッッッッッッッッッッッッッッッッッッッッ」

両手で口を塞(ふさ)ぎながら、声にならない声を上げた。

「っぐ、づぅぁ」

私は、なんて甘かったんだろう。

『私がこれまで触れてきた本は、言葉は、自分たちにしか作れないものを目指して誰かが必死に掘り起こしてきたものなんだよ。だったらこの世界にはもしかしたら、私にしか見つけられない、私が見つけなきゃ埋もれてしまう物語が、言葉があるのかもしれない』


いつかお父さんに向けた言葉を思いだす。

偉そうにあんなことを言っておきながら。

私はなにひとつわかっていなかった。

言葉を、物語を掘り起こすということが。

誰かに届けるということが。

それがどれほどまでに遠い道のりなのかということが。

入り口であっけなくつまずいて、つまずいたことにさえ気づかないまま得意げになって。

私の夢に賭ける想いはこんなものだったの？

あれだけ救われてきた大切な本の数々から、なにも学んでいなかったの？

上っ面(つら)だけ取り繕(つくろ)って、美辞麗句を並べ立てて、表紙をめくったらページ(なかみ)は真っ白？

——ぜんぜん駄目じゃん。


押し殺しているのにそれでも声が枯れてしまいそうだ。

指の隙間から漏れ出した涙に、ずびずびと鼻をすすった。

えほ、げほと餌付くように咳をして、爛れそうに胸が焼ける。

もっと上手にやれると思っていて、上手にやれたと勘違いしていて。

『まだ高校生なのにたいしたもんだ』

ふわふわと夢見がちにそんな言葉を期待していた。

真面目で熱意のある人間ほどやらかすと編集長は角を丸めてくれたけど、いまの私にはなんの慰めにもなってくれない。

だって、かつては憧れの象徴だった君が。

だって、これからはその行く先を照らす灯りになりたいと願った君が。


誰に教わるでもなく本質を捉えていて。

私の薄っぺらさを見透かしていたのに。


——悔しい、悔しい悔しいくやしいッッッッッッッッ。

もしも君を誘わなければ、こんなに苦しみはしなかっただろうか。
違う、とそれだけは自分に誓う。
この痛みは、君の前で恥をかいてしまったとか、君に落胆されたかもしれないとか、そういう桜色に浮ついた心からくるものなんかじゃない。

ただただ、身の程を思い知らされたから。

夢との距離を、突きつけられたから。

大好きなもので挫折を味わったのは、きっとこれがはじめてだから。

小さいころから勉強は得意だった。運動はたいしたことないけど、その分野で誰かに負けても「まあそうだよね」と受け入れられたし、部活もやっていない。
だから譲れないものを賭けて、いつかたどり着きたい場所へと続く道の途中で、こんなふうに未熟さや無力さに打ちひしがれた経験がなかったんだ。
恐い、と自分の身体を両腕で抱き、二の腕のあたりを握りしめた。

いまならお父さんがあんなに心配していた理由もわかる。

夢を追いかけるということは、きっとこういう挫折と後悔の繰り返しで、道半ばにして心が折れてしまった人をたくさん見てきたんだろう。

よしんば編集者になれたとして。

自信満々で世に送り出した本がまったく売れなかったり、能力が足りなくて大好きな作家さんの担当を降ろされてしまったり、あるいは、正しく導けなかったことで出会った才能に筆を折らせてしまったり……。

この道を行こうとする限り、どこまでも逃れることはできないんだ。


きい、と入り口の開く音がした。

やがてこんこん、と私のいる個室がノックされる。

「よくあの場で泣き出さなかったね、えらい。

……私には、無理だったな」

ドア越しに聞こえてきたのは平山さんのやさしい声だった。

「反応はしなくていいから、ちょっとだけ話を聞いてくれる？」

少しでも口を開いたら嗚咽に変わってしまいそうで。

こん、こん、と内側からノックを返した。

「ありがとう。私ね、いま西野さんのことを心から尊敬してる」

予想外の言葉に、はたと腕に込めていた力が抜ける。

「悔しくて恥ずかしくて情けなくて、なによりも自分のふがいなさが許せなくて震えが止まらないんでしょう？」

こん、と私はノックを一回。

「私がはじめてそういう感情に呑み込まれたのは、入社してから一年ぐらい経ったときだったかな。それまでにも、きついことはたくさんあったよ。当時の上司がものすごく厳しい人で何度も何度も自分の書いた原稿を突き返されて、夜中の編集部で泣きそうになりながら直したりとかさ、でも……」

こん。

「正直なところ、未経験なんだから仕方ないじゃんて自分に言い訳してた。私なりに頑張ってるんだから認めてくれてもいいのにって。お酒飲んで、友達に愚痴を吐いて、なんとか毎日をやりすごしてた」

こん。

「だけど、あるときね。私がこの仕事に就いてから、いつか絶対に自分の手で記事にしたいと思っていたパン屋さんを取材できることになったんだ。家の近所にあって、おじいちゃんとおばあちゃんで切り盛りしてた小さなお店。そこのソースカツパンとか、ハムエッグパンとかコロッケパンとか、惣菜(そうざい)系のコッペパンが大好きでさ。小学校の帰りに寄ったら、ときどき売れ残っちゃいそうなパンをこっそり分けてくれたりしてね。夏休みになると、お母さんに『あそこで朝ご飯買ってきて』って言われるからラジオ体操が大好きだった」

こん。

「取材時、ふたりはもう引退してお店は息子さんが継いでたんだけど、恩返しのつもりで精一杯いい記事にしようって張り切ってさ。情けない話だけど、多分、編集者になってから初めて本気で熱くなれたんじゃないかな。取材では自分でも引くぐらい語って、何時間もかけて写真を選んで、デザイナーさんに何度も修正をお願いして、一言一句に至るまで徹底的にこだわり抜いて文章を綴った。最高のページを作れたと思ったよ」

こん。

「確認用のデータを送ったあと、店主の息子さんから編集長に電話がかかってきた。私は険しい顔をした編集長に言われるがまま、普段は着ないスーツでお店に向かった。そこで、真っ赤な顔した息子さんにものすごい剣幕で言われたの」

こん。

「『お前たちは親父(おやじ)の店を取材したのか』ってね」

…………。

「思い出と思い入れで目が曇ってたんだ。私は記憶にあるソースカツパンやハムエッグパンばっかりに焦点を当てていたけど、お店にとってそっちはおまけというか昔の名残(なごり)みたいなもので。息子さんはいまの若い子たちにも受け入れられるよう、メニューにもディスプレイも本当にいろんな工夫をこらしていた。大好きだったパン屋さんの想いは、確かに次の世代へと新しいかたちで受け継がれていたのに、なんにも、見えていなかった」

…………………。

「私はその場で泣き崩れてなにもしゃべれなくなっちゃってさ。編集長が代わりに頭を下げてくれて、担当を変えて取材し直すことでなんとか掲載の許可は下りた」

……こん。

「いまでも、ときどき夢に見る。ともすれば、自分の大好きを自分で踏みにじってしまいかねないのがこの仕事なの」

こん。

「──それでも、それでも。あの日の後悔があるからこそ、私はここまで踏ん張ってこれた。だってこのままじゃ終われないでしょ。いつか最高の形で、あの大好きなパン屋さんをもう一度紹介してみせる。福井の隅々まで、もっと遠くまで届くように」

こん、こん。

「悔しさは私たちの糧だ。もちろん自分の担当したページは、作品は、胸張って誇ればいい。いつだってありったけを捧げて向き合うべきだと思う。だけどその裏側で、もっと上手くやれたかもしれない、ああしていれば、こうしていれば……。その気持ちを抱けなくなった瞬間が、きっと編集者の墓場なんじゃないかな」

だから、と平山さんは言った。

「――尊敬するよ、西野さん。就職どころかまだ高校を卒業さえしていないあなたが、そうやって誰にも見せないように泣いて、悔しがれるっていうことを。あんまり無責任なことは言えないけど、私より十年も早くそこにたどり着いたんだもん。今日の涙を忘れなければ、きっといい編集者になれるよ」

その言葉が、やさしさが、やがてあたたかい涙雨になって降り注ぐ。
私は、恵まれている。
縁もゆかりもない見学の高校生を相手にして。
平山さんはいまでも忘れられないほど悔やんでいる過去を打ち明けてくれた。
編集長だって、面倒ごとを避けようとすればいくらでもできたはずなのに。
絶対に忘れません、と胸に手を当てる。
涙を拭い、震えそうな声を押さえつけて、刻みつけるように。

「…………はいッッッッッッッッッッ」

そして未来の私に、届けるように。

待ってるね、と平山さんの足音が遠ざかっていく。

ひとりきりになったことを確認してから、私は、もう一度だけ。

「っつぅわあああああああああっっっ――――」

声が枯れるまで、雨が果てるまで、泣いた。

*

身だしなみを整えて部屋に戻り、身支度を終えて部屋を出た。

記念にURALAのバックナンバーをくれるというので、私は読書特集の号を、朔(さく)くんはラーメン特集の号を選んだ。

エントランスの前まで、編集長と平山さんが見送りに来てくれる。

私はあらためて頭を下げた。

「今日は本当にありがとうございました。かけがえのない経験ができました」

我ながらちょっとだけ声がかすれていて、みんながそこに触れないでいてくれるのが少しいたたまれない。

隣で朔くんも続く。

「すごく勉強になりました」

編集長が、おだやかに目尻を下げた。

私に指摘をしてくれたときのぴりっとした雰囲気はどこにもない。

「明日風ちゃんは東京への進学と就職を考えてるんだったな?」

「はい!」

「手厳しいことも言ったが、俺は人を見る目には自信がある。君がいまの君のままで走り続けられたなら、きっと大丈夫だ。ただ、ひとつだけいいかな……」

ちょっとだけ照れくさそうに続ける。

「この先、君の人生になにが起こるかはわからない。すんなり夢を摑めるかもしれないし、数多くの挫折を経験するかもしれない。もしかしたら東京で生きていくのがしんどくなってしまうことだって、あるかもしれないな」

ぽん、と編集長が私と朔くんの肩に手を置いた。

「そんなとき、福井に帰る場所があることだけは、忘れないようにしなさい。こんな田舎なんてと思うかもしれないが、最近は前向きにいろんな挑戦をする若い子たちが増えて、それを受け入れる土壌も育まれている。URALAをやってるひいき目抜きに、いつまでも微睡んでいるだけの退屈な町じゃなくなってきた」

まるで故郷みたいな笑みをたたえて。

「だから東京で失敗したらおしまいだなんて思わないでくれ。これ以上歩けないと思ったときは、ひとりで抱えこまずに帰ってきなさい。俺たちうららがここで待っている」

かっこつけすぎか、と編集長が頬をかく。

平山さんがそれにすかさずつっこんだ。

「あー、前途有望な若者たちにつばつけてる」

「ふたりとも平山より優秀そうだからな」

「そんな態度とるなら次の締めきり守ってあげませんからね」

「一回でもきっちり守ってから言え！」

「私、ゆくゆくは西野さんにURALAのカバーガールお願いしちゃおっかな」

「……うむ、それは悪くないな」

「はい下心ばれたー」

そんなやりとりを見守りながら、私と朔くんは堪えきれずに肩を揺らす。

ひとしきり冗談をかわしたあとで、編集長が言った。

「西野明日風さん」

そうして子どもみたいにくしゃっと笑いながら、

「いつか編集者としてお会いできることを楽しみにしています」

力強く手を差し出してくる。

私はそれをぎゅっと握り返しながら、必ず、と心に誓った。

*

URALAを出ると、いつのまにか空は牡丹色から紅藤色へ淡い帯が連なっていた。あたりに高い建物がないせいか、まるで吸い込まれそうに幻想的な夕暮れだ。近くに田んぼでもあるのだろう。

けるる、けるる、とかえるの鳴き声がどこか夏の後書きみたいに響いている。

平山さんのご厚意に甘えて、私たちはそのまま福井駅のロータリーまで送ってもらった。ミニバンに積んでいた朔くんの自転車を降ろし、感謝を伝えてお別れをする。

本当に、最後まで至れり尽くせりだった。

車が見えなくなるまで手を振ってから、朔くんがこっちを見る。

「どうしよっか、明日姉」

私は軽く微笑んで答える。

「少し歩かない？」

「賛成、さすがにちょっと肩こった」

そうして、とくに当てもなく駅前を歩き始めた。

夜の入り口を漂うのは好きだ。

ぽつり、ぽつ、ぽつと商店街に灯りがともり、昼間は静かに眠っていた看板たちが次々と色めきはじめる。

とはいえ、君と歩いた新宿の目眩がしそうな華やかさとは比ぶべくもない。

多くのお店はとっくにシャッターを下ろしていて、行き交う人もまばら。

誰も彼も、駅前に繰り出してきたというよりは家路を急いでいるように見える。

だけど私は、ちゃんと眠りにつく福井の夜がいいな、なんて少し感傷的に思った。

昼との境目がはっきりとしていて、終わりゆく一日を惜しむことができるから。


かっこう、かっこう、と歩行者用の信号機が鳴く。


昔はたしか「とおりゃんせ」が流れていた。

童謡にありがちな、幼いころは無邪気に口ずさんでいたくせして、ふと冷静になるとどこか不安を煽られるようなメロディー。

こういう時間帯に聞くと、知らないうちにここととは違う世界へ足を踏み入れちゃうんじゃないかって、早足で通り過ぎようとしていたことが懐かしく浮かんでくる。

ふと隣を見ると、朔くんはなにかぼんやりと考えごとをしているみたいだった。

編集長の言葉じゃないけれど、そういえば君といるときは沈黙が恐くないな、と気づく。

ガレリア元町のアーケードを抜け、そのまま静かな路地を歩いていたら、

「明日姉、あれ見て」

朔くんが前方を指さしながら言った。

近づいてみると、いわゆるスナックの看板がたくさん並んだビルの一階に、手書きの小さな立て看板が出ている。おそらく店名だろう『HOSHIDO』というアルファベットの横には「本屋」と記されていた。

私は朔くんと顔を見合わせて口を開く。

「こんなところに？」

あたりは大人がお酒を飲むようなお店ばかりだ。

「俺も知らなかったよ。ただ、隣の『クマゴローカフェ』ってのは名前だけ聞いたことがあるな。確か七瀬が気になるって言ってた」

「……どうしよう、ちょっと入ってみたいけど」

「いつぞやの歌舞伎町じゃあるまいし、取って食われるってことはないでしょ」

こくりと頷いて、そろそろと足を踏み入れる。

中はいかにも古い雑居ビル然とした、ともすればホラー映画の舞台にでもなりそうな雰囲気

だったけれど、すぐに天井からぶら下がったお店の看板が目に入って少しほっとした。

　年季の入ったエレベーターの脇を通り過ぎてドアをくぐると、

「ふわぁ……！」


　そこはまるでおとぎ話に出てくる不思議な古道具店みたいな世界だった。

　さほど広いとは言えない横長の空間は、壁も含めた一面が本やレコード、ＣＤ、カセットテープなんかで埋め尽くされている。店内はやや薄暗く、ちか、ちか、とまばらに灯る照明が、まるで洞穴に残してきた道しるべのようにあたりを照らしていた。

　真ん中には、たとえば昼と夜のあいだを流れる黄昏どきみたいに、こちら側と向こう側を区切る大きなカウンターテーブル。並んだ深紅のカウンターチェアも相まって、本屋さんというよりは気の利いたBARといった様相だ。

　これは、物語の導入だろうか。

　夏休みの終わり、幼なじみの男の子とふたり迷い込んだ袋小路。

　振り返るともう入り口は塞がれていて、いったいどこへ続いているのかわからない出口だけがぱっかりと開いている。

　ふたりは手を取り合いながら、冒険へ――――。

なんて、とめどない空想に揺られながら。

ふと、聴き入る。

耳たぶを撫でるほどにささやかな音量でBUMP OF CHICKENの『くだらない唄』が流れていて、私はあっけなく地続きであることを知った。

「こんばんは」

きょろきょろ店内を見回していると、入り口付近の椅子に座って本を読んでいた女性に声をかけられた。

私たち以外のお客さんはいないから、おそらく店員さんなのだろう。

髪型は自分と同じぐらいのショートカット。黒縁眼鏡の奥で、おっとりした垂れ目が人好きのする雰囲気を醸し出している。

「こんばんは、素敵なお店ですね」

私が答えると、女性がそっと丁寧に本を置いて口を開く。

「はじめまして、ですよね。店主の鈴木と申します」

「こんなところに本屋さんがあるなんて知りませんでした」

「音楽担当の男の子とふたりで運営していて、普段は週に一日ほどしか開けてないんですよ。私もこの時間帯にはいないことが多くて、今日はたまたま」

「へえ、すごく雰囲気があるところですね」

「もともとはスナックだった場所なんです。このカウンターテーブルなんかも当時のものをそのまま活用していて」

「ああ、なるほど！　納得しました」

ごめんなさいね、と店主さんが言った。

「私、お客さんが来るとすぐ話しかけちゃって。店内をご覧になりながらでかまいませんので、気が向いたらお相手していただけませんか？」

「はい、もちろん」

気づけば朔くんは、さっさと奥に進んでレコードやカセットテープを物珍しそうに眺めていて、マイペースだなあと苦笑する。

あらためて店内を見回すと、向こう側の本棚には私も持っている小説のタイトルなんかが目に入るけれど、カウンターの上に並んでいるのはどこか手作り感のある冊子ばかりだった。

興味を示していることが伝わったのだろう。

店主さんがうれしそうに口を開く。

「基本的には古本が中心で、新刊を少しとあとは音楽関連を扱っているんですけど、ここに並んでいるのはいわゆるリトルプレスと呼ばれるものですね」

「リトルプレス……？」

聞き慣れない響きに、私は尋ね返す。

興味が湧いたのか、朔くんも物色をやめてこちらに戻ってきた。

「ZINEとか同人誌と呼ばれるものもありますが、細かな定義はさておき、わかりやすく言ってしまえば個人や少人数で自主制作した出版物のことです。お店のお客さんが作った本や、私が編集した小説なんかも置いています」

「えっ、小説の編集!?」

思わず声を上げると、店主さんが少し驚いたように首を傾げた。

「興味ありますか?」

こくこくと力強くうなずいて、私は簡単な自己紹介とともに自分が編集者を目指して東京へ進学しようと思っていることを伝える。

「なるほど、もしよかったらお掛けください」

そうして店主の鈴木さんは、このお店が生まれた経緯を語ってくれた。

――もともとはデザイン事務所で働いていたそうだ。

出産に際して、子育てしながら働くためにフリーランスのデザイナーへ転身。それだけでは充分な仕事が回ってこなかったため、ライターとして記事を書き始め、やがて企画や編集までを手がけるようになる。

その頃から「本が好きな編集者」を名乗りはじめ、本を介して人が繫がれるようなイベントを実施。いっそのこと、「古本屋兼編集室」みたいなことができたらおもしろいと思ってこのお店を始めた、という流れらしい。

ひととおりの説明を終えた鈴木さんが懐かしそうに目を細めた。

「このHOSHIDOを開いていちばん驚いたのは、単純に本が好きなお客さんはもちろん、小説を書いてる子や写真を撮ってる子、絵を描いてる子、いわゆる創作側の人がたくさん集まってきたことですね」

隣にいた朔くんが不思議そうに口を開く。

「お仕事として、ってことですか？」

鈴木さんはゆっくり首を横に振る。

「もちろん本職の方もいらっしゃいますが、あくまでも趣味として、あるいはプロを目指して頑張っている途中、という子も多いです。こう言っちゃなんですけど、福井にもなにかを表現したいという気持ちを抱えたまますぶってる人がこんなにたくさんいるんだなあと。だったら私にも力になれることがあるかもしれない。そう思って編集者として作品を見てあげたりするようになったんです」

私も浮かんだ疑問を口にする。

「それで実際に出版した作品もあるんですか？」

鈴木さんは鮮やかな色の分厚い本を手にとった。

「あくまでリトルプレスとして、ですけれど。たとえばこれは、かなり高齢な著者さんからの持ち込みでした。『残された人生で自分の小説を形に残したい』と。ふたりで修正を繰り返して完成にこぎ着けた一冊です」

ただ、と言葉が続いた。

「少しだけ哀しい話になりますが、ようやく本の形になったとき、著者さんはもう入院されていて。お届けした一週間後に亡くなられてしまいました」

「そんな……」

私の反応に、鈴木さんはやわらかな笑みをたたえた。

「だけど、病室で自分の小説を手にしながら、子どもみたいに無邪気な顔で言ってたんです。『これを世に出せたらもうなんの悔いもない』って。後日お会いしたとき、奥さんも『最後はずっとこの本の話ばかりしてました。おかげで心置きなく旅立てたと思います』と本当に喜んでくださって」

そのやりとりを想像すると、つんと目頭が熱くなってくる。

私は素直な感想を口にした。

「ありきたりな言葉かもしれないですけど、本当に素敵なお仕事ですね。正直、東京に行かなければ編集者にはなれないと思っていました。だけど福井でも、こうやって誰かの物語を届けようとしている人がいるんだなって」

鈴木さんが少し照れくさそうに言う。

「大手の出版社と比べたら、現状ではどうしてもこぢんまりとした規模にはなってしまいますが。ただ、私は本を出すという行為が、それを手にとる読者のためのものであると同時に、著者自身のものでもあってほしいと思っているんです」

「著者自身の……」

「先ほどの例は少し極端ですけれど、たとえば一冊の本を作ったという経験そのものが後の人生や挑戦を支えてくれたり。誰にも理解されない自分だけの苦しみや絶望を物語に昇華することで、ようやくそれを手放して前に進めるようになったり。あるいは予想もしていなかった新しい出会いを運んできたり」

本を出すこと自体に意味がある。

鈴木さんの考え方が、じんわりと腑に落ちていく。

誰かの人生や心を編む。

それもまた、編集者という仕事の一面なのかもしれない。

鈴木さんはどこか遠くを見るように言った。

「それに、こうして作った本のなかには、著者さんの人生が保存されているような気がするんです。どんなふうに育って、どんな人と出会い、どんな経験をして、それをどんな言葉で表現したのか。なにを美しいと感じて、なにに涙したのか。好きな空の色は、季節は、大切にしている思い出は、愛した人は。たとえそれがフィクション（小説）だったとしても、ふとめくったページに、目にとまった一文に、ともすれば行間に隠れてこっそりと、面影が宿っているように感じるときがあって……」

だから、と鈴木さんがまるで我が子を慈しむように、亡くなってしまったという著者さんの本を抱えて言った。


「寂しいけど、寂しくはないんです。

ここにちゃんと残ってるから」


きゅうっと、締めつけられるように胸が苦しくなる。

お会いしたことはもちろん、まだ読んだことさえない本の著者さんについて私がなにかを語ることはできない。

だけど、いつか。

こんなふうにふたりで想い合える本を作ることができたら。

どれほどかけがえのない一冊になるだろう。

なぜだかふと、私は今日のできごとを、有り体に言えば味わった挫折と後悔を、この人に打ち明けてみたくなった。

「あのっ……」

切り出しかけて、はっと押し黙る。

ほとんど無意識のうちに、君の顔を見た。

いまさらかもしれないけど、これ以上みっともないところをさらしたくなくて……。

スカートの上でもじもじ指を組み替えていると、

「明日姉」

君はなにかを察したようにやさしい声で言った。

「ごめん。ちょっと休憩っていうか、外の空気吸ってきてもいい？」

「え……？」

「一日中座ってたからかな、もう身体（からだ）がかちこちでさ」

私がぽかんと間抜けにこくこく首を縦に振ると、「失礼します」と鈴木さんに頭を下げてから出ていく。

その背中を見送りながら、まるで臆病な胸の内を朔（さく）兄にあっさり見透かされてしまったみたいで、少しだけ気恥ずかしくなった。

ひざの上で手を重ねていた鈴木さんが微笑（ほほえ）む。

「素敵なご友人の方ですね」

「……はい、本当に」

私が答えると、言葉が続く。

「それで、なにか話したいことがあるようにお見受けしますが」

小さく頷（うなず）き、URALAでの一幕を鈴木さんに包み隠さずに伝えた。

――そうしてすべてを語り終え、うつむきがちにぽつりと漏らす。

「なんだか少し、思い上がっていた自分が情けなくなってしまって」

失敗はもう受け入れていた。

平山さんの言葉どおり、この経験がいつかきっと私を支えてくれるんだと思う。

ただ、突きつけられた夢との距離だけが、夏の終わりの頼りない蜃気楼みたいに揺らめいて、伸ばした手からすり抜けていく。

最後まで追いかけ続けたら、本当に届くんだろうか。

お父さんが諭してくれていたように、現実から目を背けていただけなんじゃないだろうか。

そんなことを考えていると、静かに相づちを打ちながら耳を傾けてくれていた鈴木さんがやわらかな笑みを浮かべた。

「もしも編集者の才能、というものがあるとして。西野さんはなんだと思いますか？」

私は少しだけ悩んでから口を開く。

「たとえば小説の編集者だったら、いい物語を見抜く目、とかでしょうか？」

「では、いい物語とは？」

「え……？」

思わず言葉に詰まると、鈴木さんが少しいたずらっぽい口調で続ける。

「当たり前のことですけど、私にとってのいい物語が、西野さんにとってもそうだとは限りませんよね？　私の人生を変えてくれたと感じた一冊は、ほかの誰かにとって取るに足らない文字の羅列にすぎないのかもしれない」

それは、そのとおりだと思う。

たとえば私がおすすめした小説が朔くんにはあまり刺さらなかった、なんてこともべつに珍しくない。

鈴木さんがカウンターに並んだリトルプレスを眺めながら言う。

「万人に等しく響く物語というのはきっと存在しません。少なくとも、まだお目にかかったことはないですね。そんなふうに絶対的な善し悪しの基準がない世界で、私たちは、編集者はなにを頼りに本を作っているのか」

そこで言葉を句切り、なぜだか恥ずかしそうに、

「――ただの思い込みです」

だけど真っ直ぐ私の目を見て言った。

「思い、込み……？」

「この物語は私が本にしないと埋もれてしまうかもしれない。
この作者の魅力に気づいていて、届けられるのは世界中で自分しかいない。
ほかの誰でもない私がやらなきゃ――」

だから、と鈴木さんはやさしく目尻を下げた。

「もしも編集者に向いている才能なんてものがあるとすれば、それは思い込みひとつで走り続けられる才能なんじゃないでしょうか」

まるで雨降りの日にそっと傘を差し出すように。

「西野さんが恥じている思い込みに、私はとても親近感を覚えますよ」

ぎゅっと、私は思わず胸のあたりを握りしめた。
そのままでいいと言ってもらえたみたいで。
間違ってないと背中を押してもらえたみたいで。
気を抜くとこぼれそうな弱音を噛みしめながら、何度も何度もうなずいた。

頃合いを見計らって朔くんが戻ってくると、鈴木さんがふと思いだしたように言った。

「そういえばこのお店、あと数年のうちにはなくなってしまう予定なんです」

「え……?」

「駅周辺の再開発事業の一環ですね。うち以外にも、同じようなところがあると思います」

「そう、なんですか……」

仕方がないことなんだろうけど、せっかく素敵なお店に巡り会えたと思っていたのに。

紡がれるひとつひとつの言葉がゆりかごのような安らぎに満ちていて、その裏に揺るぎない芯が垣間見えて、ほんの短い会話のうちに私は目の前にいる女性を自然と尊敬していた。

だからいつか編集者になれたときは、かっこうの声を聞きながら、記憶のなかのとおりゃんせに導かれながら、ここを訪れて。

まるで故郷にいる懐かしい先輩みたいに、今度は自分が作った本の話を聞いてもらえたらって、勝手かもしれないけれど……。

無責任な落胆が伝わったのか、「そんな顔をしないでください」と鈴木さんが困ったように微笑んだ。

「――この場所もまた、私が編んだ一冊の本なんです」

開けっぱなしの扉から夜風が入り込んできて、カウンターの上に置かれたリトルプレスのページがぱらぱらと手を叩（たた）く。

「限られた時間しか開いていない田舎の小さな古書店を、本当にいろんな方が訪れて、いろんなお話（人生）を残していってくれました。和太鼓でプロを目指している少年、福井のいまを自分なりのテーマで表現しようとしているカメラマン、県外から移住してきて漆職人の修行をはじめた元公務員、それから編集者を目指す少女と、傍らで見守る少年……。まるで小説みたいだと思いませんか？　ここはそれらを書き記しておくための真っ白なページだったんです」

だから、と鈴木さんは続けた。

「やっぱり寂しくはありません。この場所で生まれた出会いや物語は、本を閉じたあとも、ずっとみなさんのなかで綴（つづ）られていくと信じていますから」

じんわりと、心に染み入るような言葉だった。
でも、なぜだろう。
私はふと、無性に泣き出したくなってしまう。
隣で同じように耳を傾けていた朔くんを見る。
本を閉じたあとも、物語は続いていく。
私が東京へ行ったあとも、君はこの町で生きていく。
西野明日風の名前が消えたお話のなかで。

「大丈夫ですよ」

まるで見透かしたように、鈴木さんが言った。

「私もまた、新しい本を編むんですから。
次の物語でお会いしましょう」

ああ、そうか。
そっと自分の胸に手を当てる。

続いていくのは、君だけじゃない。
自分で綴(つづ)ればいいんだ。
——私のなかに君が残っていれば。
物語は、終わらない。
それから私たちはしばらく三人で話し込んで。
この不思議な古書店をあとにした。

*

外に出ると、あたりはすっかり暗くなっていた。
本当に満ち足りた一日だった、と思う。
URALAでの経験も、HOSHIDOでのひとときも。
きっとこの先、何度も思い返すことになるんだろう。
最後の夏休み、もう来年はやってこない高校生の八月。

その締めくくりに、素敵な人たちとの、ずっと心に残る言葉との出会いがあった。

だけど、とほとんど無意識のうちに胸をなで下ろす。


――いまで、よかった。


もしもこれが進路に迷っていた六月だったら。

福井で編集者として生きていくのも悪くないと、私は自分の夢にあっさり折り合いをつけてしまっていたかもしれない。

折り合い、と心のなかで復唱する。

断じて、福井で編集者になった人たちが妥協の選択をしたと言いたいわけじゃない。

むしろその真逆だ。

私は東京に出ることでしか編集者という夢を叶えることはできないと思っていたけれど、生まれ育った地元で、熱く、真っ直ぐ、真摯に物語と向き合っている人たちがいるということを知ってしまったから。その生き様が、格好よく見えてしまったから。

私の夢はいまでも東京にあるはずなのに、もしもが頭をよぎった。

ほんの一瞬、考えてしまったんだ。

――もしも福井に残ったら、夢の端っこをかじりながら君のそばにいられるのかもしれない。

だけど、それは……。

編集長や、平山さんや、鈴木さんのように、自らの意志で福井を選び、ここで編集者として生きていくことを決めたのとはどこまでも意味が違う。

お父さんもきっと認めてくれて、君と離れることもなく、それでいて丸ごと夢を諦めたわけでもない。

私にとっては、いろんな現実に折り合いをつけた逃避の果てになってしまう。

そんな理由で決断をしていたら、出会った人たちのように胸張って自分の仕事を誇れるような生き方はできていなかったはずだ。

だから、今日が今日でよかった。

うんと背伸びをしたら、きゅるうとお腹が鳴ってしまう。

隣を歩いていた朔くんがぷっと吹き出した。

「お腹すいたよね、なんか食べに行こっか」

私はわざとらしく頬を膨らませる。

「こういうときは聞こえなかったふりをするのが紳士の嗜みだと思います」

「今日は頑張ってたから、しかたないよ」

「え……？」

予想外の反応に言葉を詰まらせると、朔くんがなんでもないことのように続けた。

「これから言うことは変な意味にとらえないでほしいんだけど、俺たち、あんまり会話をしてなかったと思わない？」

ふと、振り返ってみる。

確かに、会話らしい会話はほとんどかわしていない。

「ね？」

朔くんが小さく肩を揺らした。

「いつもだったら、ふたりでいるときは長々といろんな話をするのに。隣で明日姉を見ながら、ずっと思ってた。ああ、この人の心にいま俺はいないんだろうなって」

「そんな、ことは……」

君を君として明確に意識した瞬間を辿ってみる。

一度目は、URALAでふたりのインタビューが終わったあと。

二度目は、HOSHIDOがいずれなくなってしまうと聞いたあと。

あれ、と自分で疑問に思う。

言われてみれば、どちらも編集者という仕事の文脈に引っかかって連想しただけだ。

ここ最近は、なにをさておいても君のことばかり考えていたのに。

朔くんがいたずらっぽく続けた。

「繰り返しになるけど『せっかくいっしょにいるのに相手をしてもらえなかった』とか、ちゃちな意味じゃなくてさ。外野を気にしてる余裕がないぐらい真剣なんだなって。描いた夢の先にいる人たちから、ひとつでも多くを聴き、学び、生かそうとしてるんだって。まだなにも見えていない俺にとって、今日の明日姉は一途にまぶしくて美しかった」

その言葉が照れくさくて、自嘲気味に答える。

「これ以上ないってぐらいの失態をさらした気がするんだけどな……」

「単なる切実さとの裏表だよ。俺が気楽な社会科見学気分で、それがたまたま嚙み合っただけだ。次に同じことをしたらもう、明日姉はもっとずっと手が届かないところに立っている」

「……ひとつだけ聞いてもいいかな?」

どこか寂しげな口調が気になって、気づけばそう口にしていた。

「君は、どうしていっしょに来てくれたの?」

なにげない問いのつもりだったのに、珍しく、まるで面食らったように顔を赤らめ、きょろきょろと視線を彷徨わせたあとで、誤魔化すように口の端を上げる。

「……言ったでしょ。ちょっと興味があったんだ」

「へえ、はぐらかすんだ？」

「こういうときは詮索しないのが淑女の嗜みだと思うけど？」

「ふうん？」

「お願いだからその目やめて？」

私がじとっと見つめていると、朔くんが観念したようにぽつりとつぶやいた。

「きっと、深夜のラジオを聴きながら、出す宛てのない手紙を書こうとしてるんだよ」

「え……？」

心のなかを覗かれたような台詞に、とくとくと胸が高鳴る。

私の動揺なんてまるで気づいていないように朔くんが続けた。

「この夏、いろんな感情に俺のなかでひとつのけじめがつけられてさ。ちょっとだけ空っぽなんだ。まるで炭酸が抜けてしまったラムネみたいに、甘ったるくて物足りなくて……」

これは、君の救難信号だろうか。

もしそうなら、せめて周波数を合わせてあげたいと思う。

「ふふ、久しぶりに君の進路相談だ？」

私はいつのまにか懐かしくなっていた台詞を口にした。

朔くんはくしゃくしゃと髪をかいて目を逸らす。

「心のなかの、がらんどうになってしまった部分がどうにも落ち着かない。まっさらになった野球をもう一度詰め込むのか、勉強に打ち込むのか、青臭いけど恋とか友情みたいなもので埋めていくのか、それとも……」

「──新しい君の物語を、紡いでいくのか」

私が慎重にダイヤルを回すと、ジヂッと短いノイズのあと、君の声がクリアになる。

「大げさだよ、明日姉は」

「大げさな人だもん、君は」

そうして私たちは、半歩分だけ寄り添って星屑(ほしくず)の空を見上げた。
お手紙ひこうきは、いまどのあたりを飛んでいるんだろう。
すいすいと泳ぐように。
ふらふらと揺られるように。
叶うなら、と想う。

いつかそれを開くのが、大人になった君であればいい。
いつかそれを読むのが、大人になった私であればいい。
——たとえば不意に誰かの声を聴きたくなった夏の終わりの真夜中に。
こつんと、高校生のふたりが窓を叩(たた)いてくれるような。
そういう物語が、続いていくといい。

三章
彼女と彼の椅子

白と黒を行き交いながら奏でる鍵盤（けんばん）の音色みたいに、あどけない正しさも間違いも折り重なっていつかあっけないほど色鮮やかに響き合うのかもしれない。

——そんなふうに想えた夏だった。


無心で弾き続けていたピアノにいつのまにか西日が揺らめいていることに気づき、私はそっと蓋（ふた）を閉じる。

いつもはそっけない五線譜のおたまじゃくしが、まるで押さえても抑えても指先からすり抜けていく縁日のスーパーボールみたいに色めきたつせいで、とうとう時間を忘れて追いかけてしまっていた。

いつまで祭り囃子（ばやし）に耳を澄ませているんだか、と思わず苦笑する。

夕焼け空が教えてくれる、季節の終わりと晩ご飯の支度を始める時間。

あたたかな柑子色（こうじいろ）に包まれたピアノの屋根に、ふと、遠い日の面影が滲（にじ）む。

こういう時間が好きだった。

息をひそめてドアを開けたら、幼い私がこっそり聴き耳を立てていたりはしないだろうか。

あの人はいたずらが見つかったような顔で演奏をやめちゃって、それでもねだったときは、お決まりのように『にんげんっていいな』を弾いてくれたっけ。

ねえ、お母さん、私にも。

大切な人ができました。
帰りたくなる場所が増えました。
ピアノの音がやさしくなりました。
料理も上手になりました。
少しだけわがままになろうと決めました。

いつかまた、会える日がきたら。

――そんなふうに伝えられる夏でした。

＊

ぱさりとエプロンを着けて、キッチンに立つ。
水切りかごには弟が自分で洗ったお弁当箱。

カウンター越しに見えるテーブルの上には、お父さんが読んでいた今朝の新聞。

それからワークトップの上には、私がそそいだばかりの麦茶。

見慣れた我が家の風景だった。

斜めに射し込む夕陽に目を細めながら、私は冷蔵庫と棚の中を確認する。

素麵、そろそろ食べきらないと無駄にしちゃいそう。

でも、晩ご飯にすると弟がちょっと残念そうな顔するんだよね。あからさまに文句を言ったりはしないけど、「素麵か……」みたいな。

そう考えると不思議な食べ物だな、とひとりで苦笑する。

毎年のことながら、賞味期限が切れているわけでもないのにお餅は一月、素麵は八月を過ぎたらぱたりと減らなくなってしまう。前者は朝、後者はお昼に出せばうれしそうに食べるけど、夜になると途端にがっかり。

お野菜やお魚と同じで、美味しくいただける旬があるってことなんだろう。

まあ、あんまり続くと朝とか昼とか関係なしに「またかよ姉ちゃん」って反応になるけど。

だからこの時期はいつも、残っている分をどうやって消費しようか頭を悩ませる。

あれこれと迷った結果、トマトと大葉、ツナ缶があることを確認して、今日は素麵をカッペリーニに見立てた冷製パスタ風にしようと決めた。

作ったことはないけど、オリーブオイルかごま油を絡めてめんつゆで味を整えればそれっぽくなるはずだ。

副菜はどうしようかと考えながら、買い出しが必要な頃合いだ、と思う。

最近はお肉とか炭水化物中心のメニューが続いているから、そろそろお魚がほしい。

お父さんに頼めばいつでも車を出してくれるし、弟も必要があれば嫌な顔をせずに付き合ってくれるはずだ。


――だけど、朔くんと、行きたいな。


ぽつんと本音が転がる。

最初は必要に駆られてというか、けっこう私の押しかけで始まったふたりの恒例行事だけど、気づけば毎週の楽しみになっていた。

お母さんの定位置だったピアノの前が、このキッチンが、いまではすっかり私の居場所になっているように、あなたの家も、気づけばもうひとつのお家みたいになっていて。

帰りたい、と思う。

私はキッチンに置いているスツールに腰かけて麦茶を飲んだ。

……いつもみたいに連絡してもいいのかな。

あの夏祭りの日、私と夕湖ちゃんと朔くんでいろんな話をした。

感情にまかせて、かなり恥ずかしい台詞も口にした気がする。

ずっと、もうひとりの家族みたいな存在でいられたらそれでいいと思ってた、そう思い込もうとしていた。

だから一人暮らしをしている男の子の家へ行くことに躊躇はなかったし、お買い物に付き合ってもらうのも穏やかな日常の風景として受け入れられていたのに……。

やっぱり夕湖ちゃんはすごいな、とため息をつく。


たった一歩、踏み出してみただけで。

いまさらながら、こんなにも不安に駆られてしまう。


じつは地味な家庭料理よりファストフードが食べたいと思っていないだろうか。

本当は断るに断れなくて困っていたりしないだろうか。

たとえばこの前みたいに悠月ちゃんや陽ちゃんが尋ねてきたとき、私が居座ってたらどう考えたってお邪魔なんじゃないだろうか。

そうやって冷静になればなるほど、恋人でもないくせしてしょっちゅう手料理を作りに来るクラスメイトなんてはた迷惑な存在でしかない気がしてきて……。

ふと、夕暮れに染まったふたりの顔が浮かんでくる。

『——これからは私、もうちょっとわがままになってもいいかな？』

自分の気持ちと向き合っていこうって、あんなふうに宣言したくせに。

——わがままって、なんだっけ。

朔くんと出会うまで、私はずっとお母さんの代わりにならなきゃって思ってた。

いままでは家事だって当たり前のようにお父さんや弟と分担してるけど、それ以上になにかを求めたりしているかと聞かれたら、自分では正直ちょっとわからない。

甘えさせてくれないって意味じゃなくて、むしろ朔くんの家から電話をしたとき以来、すごく気にかけてくれている。

ただ、誰かに迷惑をかけないように、と肩肘張っていた期間があまりに長かったせいで。

……わがままの言い方を、忘れちゃったのかな。

無理に我慢しているというよりも、端から選択肢が存在していないというほうが近い。

はあ、ともう一度大きなため息をつく。

とりあえず、好きな音楽でも流しながらご飯を作ろう。

こういう考えごとは、料理中のほうが向いている。

そうしてスマホを手にとった瞬間、

——ヴッヴヴッヴッヴッ。


狙い澄ましたように着信があった。

「ふうぇっ?」

表示されていた名前に、思わずまぬけな声を上げてしまう。

「も、もしもしっ?!」

『……わりぃ、なんか取り込み中だったか?』

朔くんがいつもとなにひとつ変わらない口調で言った。

ついこのあいだまで毎日のように会っていたというのに、なんだかずいぶん久しぶりに話すような気がして、少しだけ緊張してしまう。

「ううん、これからご飯作り始めようかなって思ってたところだよ。どうしたの?」

『そっか、なら手短に済ませる』

「いいよ、のんびりでも」

私が言うと、朔くんがぷっと吹き出した。

『いや、そんなたいそうな話でもないんだけど』

それでようやく、自分が変な反応をしていたことに気づく。

のんびりでもって、知らないうちにうっかり心の声が漏れていた。

恥ずかしくて言い訳しようか流そうか迷っていると、朔くんが続ける。

『そろそろ買い出し行かなきゃって思ってるんだけど、どうする？』

「あ……」

相手からの願ってもない申し出に。

なぜだか私は、つんと酸っぱい切なさを抱いた。

ちょうど躊躇（ちゅうちょ）していたところで朔くんのほうから誘ってくれたんだ。

これまでみたいに迷わずうなずけばいいのに、どうして……。

芽生えた感情の正体が摑（つか）めなくて、とりあえず話を逸（そ）らす。

「そうだよね、今日のご飯は大丈夫？」

『あー、素麺（そうめん）が余ってるからとりあえずそれでしのごうかなって』

「ほんと!?　うちも素麺の予定だよ」

『……なんか美味(おい)しいアレンジない？　正直ちょっと飽きちゃっててさ』

私はくすくすと笑って、予定していたメニューを教える。

朔(さく)くんもあんまり分量とかを気にせず味見しながら好みに整える人だから、ざっくりとした材料を伝えれば大丈夫だろう。

『ああ、それならあるもので作れそう』

案の定、あっさりとイメージを掴(つか)んだみたいだ。

去年から数え切れないほど食卓を囲んできたけれど。

おんなじ晩ご飯だ、とそんな些細(ささい)なことが妙にうれしくなる。

だと、いうのに。

『で、買い出しどうする？　忙しければ普通にひとりで行くんだけど、もし荷物持ちをあてにしてたら困るかなと思って』

「……ふうん」

『え、なにその反応』

「ただの相づちですけど？」

『優空(ゆあ)ちゃんなんか急に機嫌わるい？』

今度はなぜだかむかっとして、思わず口調が冷たくなってしまう。

なにをやってるんだろう、私は。

これじゃ情緒不安定でやっかいな女の子だ。

女の子、と心のなかで繰り返してようやく単純な答えに行き着く。

……そっか、あんなことがあったのに平然としている朔くんが、私は寂しいんだ。


少しぐらいは気まずそうな態度をとってほしい。

関係に変化があったことを確かめられるぎこちなさがほしい。

せめて、はにかむぐらいのかわいげは見せてくれてもいいと思う。


つらつらと浮かんでくる言葉に、私はがっかり自嘲した。

なんて勝手なんだろう、とばつが悪くなって唇を噛む。

あれだけ面倒くさいことを考えてひとりで抱え込んでいた朔くんだ。

呑気に連絡してきたわけじゃないってことぐらいわかる。

だいたい、手を繋いでいようって、自分の恋には自分で責任をもつからって伝えたのは私じゃないか。

ちゃんとその想いを受けとってくれたうえで、できるだけいつもどおりに振る舞おうとしてくれているに決まってる。

人の心はこんなにも複雑だ、と胸に手をやった。

朔くんと夕湖ちゃんのためになら凛と強く在れたのに、その強さはなかなか自分を守るほうには向いてくれない。

やっぱり逃げていたんだと思う。

ふたりのために、って身を引いていれば、こういう感情と向き合わなくてもいいから。

嫌な自分も弱い自分も隠しておけたから。

私が思い描く、あなたにとって都合のいい私のままで過ごせたから。

普通にそばにいられたら、そういうのでいいって。

だけど、

『──違うよ』


夕湖ちゃんが、教えてくれた。

本音と本音で向き合って抱き合える関係。

届かなくても、叶わなくても、なお握りしめたままで美しく茜射す想い。

それから、と私は苦笑する。

仕方ないなって愛おしくなっちゃうわがままも。

沈黙に耐えきれなくなったのか、朔くんが口を開く。

『優空（ゆあ）……？』

「あなたと買い出しには、行きません」

私は頬（ほお）を緩めて続ける。

「その代わり」

だから、きっかけをくれた親友の女の子みたいに、

「——朔くん、私とデートしよ？」

特別になりたいって、願ったんだ。

＊

翌日、私はもじもじしながら朔くんを待っていた。
わざわざ鏡を見るまでもなく、顔は真っ赤になっているだろう。
勢い余って夕湖ちゃんの真似をしてみたのはいいけど、やっぱり自分には向いてない。
朔くんの素で困惑したような反応が蘇ってくる。

『……どうした、優空。なんかあったのか？』

違うのに!!!!!!

思いだしたらあまりに恥ずかしくて、脳内でつっこみを入れずにはいられない。
ちょっと勇気を出して普通に誘ってみただけなのに！
べつになにか悩みを抱えてて相談したいってことを婉曲に表現したわけじゃないのに！

かといってそんなふうに弁解するのも気まずくて、けっこう強引に時間と場所を伝えて電話を切ってしまった。

ちゃんと来てくれるだろうか。

少し不安になりながら、自分の服装を確認する。

デートって口にした以上、あんまりいつもどおりなのも失礼かと思って、私にしては珍しく肌を見せたノースリーブにハートネックのオールインワン。

夕湖ちゃんに似合うって言われて買ったけど、肩まわりがすうすうして落ち着かなくて、結局ほとんど着ていなかった。

なんならこの夏は水着だって見られてるんだから、いまさらなのに……。

張り切りすぎ、とか思われたらどうしよう。

あれだけ家に通って、あろうことか二回も泊まっておきながらなにを、って感じだけれど、普通っていうお守りがないだけでこんなにも意識してしまうものなんだ。

そうして何度も前髪をいじりながら待っていると、マウンテンバイクを立ち漕ぎした朔くんがきょろきょろと走ってくるのが見えた。

途中で目が合ったので、私はためらいがちに小さく手を上げる。

朔くんは近くでブレーキをかけて止まり、そのまま身軽にひょいっと跳んでマウンテンバイクから降りた。

すっかり見慣れている気障(きざ)な仕草に、とくんと小さく胸が弾む。

「わり、待たせたか？　入り口わかんなくて少し回り道した」

申し訳なさそうに朔くんが言う。

「ううん、初めて来るんだから仕方ないよ」

私のほうが早かったとはいえ、約束していた十二時まではまだ十分以上ある。

こう見えて、時間には律儀な人だ。

「それで」

まだ状況がうまく呑(の)み込めていないのだろう。

朔くんが探るように言った。

「今日はデートって聞いてたんだけど……」

覚悟はしていたのに、いきなり核心を突く単語が出てきて思わず否定しそうになる。

自分で言いだしたくせして、朔くんの口から聞くとやけに気まずい。

同時に、そんなふたりの温度差がなんだか無性に居たたまれなくなってしまう。

夕湖ちゃんはいつだって朔くんに「デートしよ」って言ってるし、確か西野(にしの)先輩も「デート行くよー」と教室まで来ていた。

だから私にとっては恥じらいのあるその誘い文句が、あなたにとっては茶目っけのある「遊びに行こう」ぐらいの意味でしかなくて、ほんの少しいじけたくなってしまう。

でも、と短く唇を噛む。

誰かとのデートをそばで見送っているだけなのは、もう嫌だから。

「……えっと、一応、そのつもりです」

なんとか答えると、朔くんが戸惑いがちに口を開く。

「ごめん優空、聞いてもいい？」

そうしてあたりを見回しながら、今度こそ呆れたように笑った。

「なぜに市場？」

「――お願いそれは言わないでっ⁈」

私はあまりの情けなさに両手で顔を覆ってしまう。

言葉の定義うんぬんはいったんさておき、デートに誘ったまではよかった、のに……。

そこで思考がぴたりと止まってしまった。

朔くんと私のデートって、なにをすればいいんだろう。

夕湖ちゃんみたいに洋服を選ぶのに付き合ってもらうって柄じゃないし、悠月ちゃんのようにおしゃれなカフェを知っているわけでもない。だからって陽ちゃんばりに身体を動かせるはずがないし、西野先輩ならともかく、ただ話をするだけじゃいつもと代わり映えしない。

そうしてとっさに出てきた言葉が、

『「ふくい鮮いちば」に明日の十二時集合で！』

って、なんというか……。

私は本当に夕湖ちゃんたちと同じ女子高生なんだろうか。

ここ、「ふくい鮮いちば」はショッピングモールのエルパからほど近い場所に位置する「福井市中央卸売市場」の敷地内。

ようは市場の一角が一般向けに開かれていて、今朝どれの新鮮な魚介類を購入できることはもちろん、それらを味わえる飲食店、惣菜加工店が軒を連ね、お野菜や果物なんかも販売されている場所だ。

前々から、機会があれば訪れてみたいと思っていた。

だからって、と私は声にならない声を舌の上で転がす。

よりにもよって、建前上は初めてのデートでわざわざ選ぶことはないと思う！

ここにいてもすっごい新鮮な魚介の匂いぷんぷん漂ってきてるし！

次の言葉を待たれているような気がして、怖ずおずと口を開く。

「あの、そろそろお魚が食べたいかなって」

朔くんは少しだけ首を傾げたあとで、ぼそりと言った。

「それを俗に買い出しと言うのでは？」

「……きゅいっ」

「ねえちょっと待って理不尽じゃない⁉」

もう、とわざとらしく口を尖らせて私は歩き出す。

こんなはずじゃなかったのに、とこっそり肩を落とした。

もしかして、とっくに手遅れなんだろうか。

この一年間、普通の日常に溶けこみすぎたせいで、その関係に甘えていたせいで、朔くんにとって私は本当にもうひとりの家族みたいな存在で。


『朔くんは、私をそういう女の子として扱ってくれてるんだね』

『それ以外のなんだって言うんだよ』


なんて、状況が状況じゃなければ密かに胸を躍らせていたはずのやりとりだって、振り返ってみればやさしいあなたの気遣いでしかないのかもしれない。

ままならないな、と思う。

ふたりで買い出しをして、ときどきは帰りに缶ジュースを飲みながらお話しして、いっしょにご飯を食べて。

そんなふうに朔くんと積み重ねてきた時間が愛(いと)おしい。

あの日あの屋上で私も気持ちを伝えていたら、きっと同じようには過ごせなかったはずだ。

なかったことにはしたくない、手放したくなんてない。

だけど、いまは。

大切に抱きしめていたはずの日常が足かせになっている。

自分に求められている役割は家族のように気兼ねなくいっしょにいられる存在であって、いまさらになって違う色の感情を持ちだしたって迷惑なんじゃないだろうか。

もしも私が夕湖ちゃんだったら、悠月ちゃんだったら、陽ちゃんだったら、西野先輩だったら——。

今日は、ちゃんとデートが、できたのかな。

「まあ、その、なんだ」

そんなことを考えていたら、隣に並んだ朔くんが照れくさそうに言った。

「こ、こういうデ、デートは、優空と、じゃなきゃ、できない、よな」

「え……？」

私が思わず横顔を盗み見ると、誤魔化すように鼻を擦りながらぼそっと続ける。

「あと、その服も似合ってる」

「――ッッッ」

私は自分の腕で表情を隠しながらとっさに顔を背けた。
わかってる、これは朔くんなりの歩み寄りみたいなものだ。

『あのね、夕湖ちゃん。
きっと朔くんはこう思ってるんだよ。
自分が気軽に女の子を褒めたりしたら、勘違いで惚れさせちゃうかもしれないぜ、って』

私が偉そうにあんなこと言ったから。
浴衣を褒めてもらえなくてへそ曲げたから。
でも、ちょっと、まずいかも。
うっかり普通にうれしくなってどうするの。
それに、と心を落ち着かせるように深呼吸をした。
い、い、い、い、い、い、
私とじゃなきゃできない、か……。

些細(ささい)なひと言が、なぜだかすうっと胸に染み渡る。

朔(さく)くんが、いつものおちゃらけた口調で続けた。

「ま、せっかくおめかししてるのに、ママチャリで市場ってのはちと絵にならないけど」

「──はい今度こそきゅいっ」


そのあたたかな体温を指先で感じながら、思う。

結局のところ、私は私でしかなくて。

無理して他の誰かみたいになろうと焦らなくていいのかもしれない。

ずっと押し殺して、ううん、本当はこっそりと日陰で水をあげながら育んできた想いだ。

こんなふうに浮かれていたら、手のひらからこぼれ落ちてしまうかもしれない。

自分なりの歩幅で、この気持ちと向き合っていこう。


「行こっか、朔くん」

あなたのTシャツを控えめに握り、私は小さな一歩を踏み出した。

＊

そうして市場の入り口に近づいたところで、朔くんが驚いたように口を開く。

「すごいなこれ、なに待ちだ？」

視線の先を追うと、そこには二十人ぐらいの行列ができていた。

新規オープンのお店でもないかぎり、福井ではなかなかお目にかからない光景だ。

並んでいるのは、スーツを着たサラリーマンや大学生らしい人たちのグループ、高校生っぽいカップルまでさまざま。

ちょうど近くの壁に場内マップが張り出されていたので、私はそれを確認しながら言う。

「鷹巣（たかす）網元直営の海鮮処だって」

「へえ？　すごい人気なんだな」

鷹巣というのは福井市の北西部、海水浴場や漁港なんかがある海沿いの地域だ。私もまだお母さんがいたころは、夏になると家族で出かけていた記憶がある。

網元直営ということは、それこそ地元でとれた海の幸を提供しているんだろう。

行列を辿（たど）るように進んでいくと、黒板につらつらと書かれているのはやはり魚介類が中心のメニューだ。

「優空(ゆあ)、お昼食べてきた?」

朔(さく)くんがこっちを見る。

「ううん、まだだけど」

「もしあれなら、ここ並んでみるか?」

「えっ、と……」

私は思わず返答に詰まってしまう。

そうそう頻繁に来る場所じゃないし、この盛況ぶりは確かに気になる。

だけど、と口ごもっていたら、なんでもないことのように朔くんが言った。


「でもまあ、せっかくなら優空に作ってもらったほうがいいか」


まるで他意を感じさせないそのそぶりを見て。

ぱちぱちと、心が線香花火みたいに色めく。

ふたりで買い出しをした日は、朔くんの家に寄ってご飯を作るというのがお決まりの流れになっていた。

もちろんそれを忘れているとまでは思っていなかったけど、行列のできているお店を前にあっさりと私の料理を選んでくれた事実が、じんと胸に刺さる。

もしかしたら、朔くんも。

こういう日常を大切に想ってくれていたんだろうか。

私はほんのちょっとだけ潤みそうになる目尻を下げながら、

「……うんっ！」

堪えきれずに、くしゃっと微笑んだ。


ひとまず私たちは、ぐるっとお店を見て回ることに決めた。

床が緑色の通路を挟んで、鮮魚やお惣菜用のショーケースがずらりと並んでいる。

氷が敷き詰められた発泡スチロールの上には、スーパーではあまり見かけない種類の魚や貝なんかがむき出しの状態で販売されていて、いかにも市場といった雰囲気だ。

「優空、これ任せた」

きょろきょろしていると、朔くんが自分の財布を渡してきた。

「はい、お預かりします」

それを受けとってしっかりとバッグに仕舞う。

人が見たらちょっと驚くかもしれないけど、私たちにとってはいつもの慣れたやりとりだ。

最初の頃はいったんこっちが全額立て替えて、帰ってからレシート片手に細々と計算をしていた。でも毎回やるとけっこうな手間だし、間違ってしまう可能性もあるから、いまはスーパーなんかだと最初からかごを分けてしまう。

私がそれぞれのお財布で別々にお会計して、大容量パックをお裾分けするときはそのぶんだけあとから精算という形に落ち着いた。

だったら個々に支払えばいいのにと言われたらそれはそうなんだけど、物々交換というか、なにをどっちのかごに入れるかで帳尻を合わせることもあるので、まとめて管理を任せてもらっている。

ぽんと無防備にお財布を渡してくれる瞬間が、まるで本当の家族みたいで、いつも少しだけどきっとしてしまうのは内緒の話だ。

「朔くん、ちなみになにか食べたいものってある？」

私が聞くと、うーんと眉をひそめる。

ほとんどの男子高校生がそうなんだと思うけど、基本的に朔くんはお肉や炭水化物中心のメニューが好きだ。

自炊に任せていたら絶対に食べないことが透けて見えるので、私が作るときはときどき魚介類を提案、というかほぼ強制する。

朔くんからは、いままさに浮かべている乗り気じゃない表情で。


「えーっと、刺身？」

「それ私が作ったって言えなくない？」

「まぐろユッケ丼？」

「このあいだも食べたよ」

「なら手巻き寿司とか」

「ぜんぶお刺身の派生なんですけど……」


だいたいこんな感じの回答が返ってくる。

もちろん私だってどれも好きだけど、なんというか料理した感が薄くて、自分の家ならともかく朔くんのところだともう少し手の込んだものが作りたくなってしまう。

なんでもかんでも凝ればいいってものじゃないのはわかってる、でも……。

暮らすための料理と楽しむための料理がある、と思う。

私だって普段は部活や勉強の合間を縫って家族のご飯を作っているから、時短レシピは重宝するし冷食やインスタントでさっと済ませてしまうことも珍しくない。

だけど、それとはべつに。

たとえば昆布やかつお節から出汁をとって、飴色になるまで玉ねぎを炒めて、何時間もかけてお肉を煮込んで……。

そういう手間と時間に浸りたくなるときがある。

ゆっくり考えごとをしたり、ぼんやり無心になったり、あるいは誰かを想ったり。

ましてや今日はわざわざ市場まで足を運んだんだ。

普段は地味な家庭料理が多いから、少しぐらい変わったものに挑戦してみたい。

そんな気持ちとは裏腹に、このあとの流れもお約束。

諦めたように朔くんが言う。

「なるべくシンプルなやつがいいな。普通の塩焼きとか、大根おろしにポン酢や醬油で食べるようなやつ」

「作りがいがないなぁ」

「百歩譲ってさばの味噌煮かぶりの照り焼きかなんかの西京焼き」

「もう何回その譲り方したっけ……」

今度は私のほうから提案をしてみる。

「真鯛のアクアパッツァとか？」

「普通に塩焼きで食べたい」

「白身魚のカルパッチョ」

「んー、醬油とわさび」

「エビチリ」

「嫌いじゃないけど、いまいちご飯には合わないんだよな」

「たこの炊き込みご飯」

「鳥のほうがいい」


「もう！　せっかく市場まで来てるのに！」


ぷりぷりした声を上げると、朔くんがたははとばつの悪そうな笑みを浮かべる。

「や、聞かれたから答えただけで、作ってくれたら基本なんでも食うよ」

私はじとっと目を細めて言った。

「だって朔くん、期待と違ったときあからさまに残念そうな顔するんだもん」

「へ、まじ？」

「ええ、最近だとかれいの煮付け作ったときがそうでしたね」

「あー……」

思い当たるところがあったんだろう。

目を逸らしながら頬をかいている。

いっつもこんな調子だから、お節介だとわかっていてもついつい口うるさくなってしまう。

好き嫌いが激しいわけじゃない。

自分でも言ってたように、出したものはちゃんと残さず食べてくれる。

こういうやりとりだけを切り取るとなんだか古めかしい亭主関白みたいだけど、それは朔くんの家でご飯を作るようになったとき、私が自分から「好き嫌いとか味の感想は気を遣わず素直に教えてほしい」と頼んだからだ。

じゃないと「いまいちだな」って思われている料理をずっと出し続けることになってしまって、本音を呑み込みながらお世辞を言われるほうがつらい。

ただそれはそれとして、どうせなら魚介類も美味しくいただいてほしくて、私もあれこれと試行錯誤中だ。

弟やお父さんを相手にしても似たような感じだし、いつか遠い日、たとえば子どもが生まれてもきっと同じ駆け引きを繰り返すんだろうなと不意に可笑しくなる。

朔くんがどっかり食卓について腕を組みながら、「魚と野菜もちゃんと食べなさい」とか言ってたら変なツボに入っちゃいそうだ。

試しに想像してみただけでくつくつと肩が揺れ始めて、私は口許に手を当てた。

そこにいるのは息子だろうか、娘だろうか。

とくに理由はないけど、なんとなく前者で考えてみる。

朔くん譲りで、ちょっと生意気そうな目つき。

眉毛もきりっとしてて、だけど笑うときはくしゃっと表情を崩す。

言葉を覚えるのがうんと早くて、屁理屈ばっかり上手になるんだろうな。


『えー、お父さんもお魚よりお肉のほうがよかったなって顔してたよ』

『……してない。お母さんに怒られるから、してない』

『怒られなかったらお肉のほうがいいってこと？』

『……とにかく、お魚もピーマンもにんじんも残さないように』

『僕、キャベツの千切りはいっぱい食べてるもん』

『……それはお父さんも食べるから残しておくように』


あ、駄目だ、まずい。

ぼふぼふと吹き出しそうな衝動を堪えながら、ふと思いを馳せる。

朔くんて、あんまり積極的にお野菜食べないくせして、キャベツの千切りだけは余ってればお代わりするぐらいなぞに大好きなんだよね。

はじめて生姜焼きといっしょに出したとき、「スライサー使ったほうが細くなるぞ」って悪気なく言われて、それが悔しくてすっごく練習をした。

細口のマヨネーズをささっと軽くかけてから、ドレッシングは基本的に青じそ。

一時期は私がおすすめした黒酢たまねぎにはまってたけど、大容量が売ってなくてすぐ空になるからって、結局はもとに戻したんだっけ。


じゃ、なくて！


そこまで考えて、はたと冷静になる。

しれっと流れるようになに想像してるの、私。

うっかりキッチンでお茶淹れながら見守ってたし、息子かわいかったし。

恥じ入るように目を伏せて、無意識のうちに両手の指をもじもじと組み替える。

まわりからどう映っているかはわからないけれど、自分はわりと冷めているというか、語弊を恐れずに言えば分をわきまえている人間だと思っていた。

朔くんといるときも、学校で夕湖ちゃんたちと過ごすときも、おのずから一歩下がった場所を歩いているような感覚があって、そういう立ち位置が性に合ってるって、なのに。

「優空……？」

どこか怪訝そうな声に、私は小さく首を振って応じる。

「えっと、なんだっけ」

「なに食べたいかって話だろ？　あれなんかどう？」

朔くんが近くにあったショーケースを指さしながら言う。

見ると、どうやら入り口付近で行列を作っていたお店のお惣菜を販売しているらしい。

「かじきのソースカツだって。ああいうのなら普通にカツ丼感覚で食えそう」

確かに面白い発想だ。

かじきはわりと淡泊で癖がないから、すんなり馴染むと思う。

ちょっと挑戦してみたい気持ちはあるけど、でも。

「朔くんのお家でカツ丼は作りません」

私はつんとそっぽを向く。

「……あの、優空ちゃん。七瀬のカツ丼褒めたことまだ怒ってます？」

「べつに最初から怒ってはいませんけど？」

それは本心だった。

夕湖ちゃんがあんまりお料理をしないからこれまで表面化しなかっただけで、考えてみれば普通にあり得ることだ。

朔（さく）くんにも、もちろん悠月（ゆづき）ちゃんにも、私が口出しする資格なんてどこにもない。

ただ、そうとわかっていながら、話を聞いたときは想像していた以上の寂しさに囚（とら）われてしまったことは事実だ。

きっと自分の家のキッチンと同じように、私の居場所だと勘違いしていたんだと思う。

そこにはふたりで過ごしてきた時間が染みついていて、知らないうちに他の女の子が立ち入っていたことが、ううん、他の女の子も当然のように立ち入る権利をもっているんだってことが、どうしようもなく切なかった。

だからこのやるせない感情はふたりに対する怒りじゃなくて、勝手な思い込みで安心していた自分自身に対する落胆というほうが近い。

もしも、と思う。


朔くんが誰かと恋人同士になったなら。


私はあっさりと、あの場所から立ち退かなきゃいけないんだ。

どこまでも愛（いと）おしい日常を、他の女の子（ひと）に譲らないといけないんだ。

無意識のうちにずっと目を背（そむ）けてきた。

家族みたいな関係という響きに甘えて、恋にはならなくても、近くで見守っていることはできるって、ご飯ぐらいは作ってあげられるって。

仮に夕湖ちゃんが朔くんの彼女になったら。

いつもの調子で「うっちーご飯作りに来てよー」ぐらいは言ってくれるかもしれない。

それが悠月ちゃんだったら。

聡明で気遣いが上手な彼女のことだ。「料理を教えてほしい」と理由をつけて、繋がりぐらいは残してくれるのかもしれない。

でも、そういうのは一時的なおままごとでしかなくて。

日々の暮らしを支えていくのは、私じゃない、誰か。

それでもなお、願うなら。

——普通にそばにいるためには、特別にならなきゃいけない。

ねえ、夕湖ちゃん。

あなたはきっと、もっとずっと前から気づいていたんだね。

だけど、とこっそり胸に手を当てる。

そういう自分の焦りや不安や嫉妬を、押しつけたくはない。

放っておくとすぐにひとりで頑張りすぎるあなたの日常は、できるだけ穏やかなものであってほしいから。

私は気持ちを静めるように口を開く。

「冗談だよ。かじきのソースカツにしてみよっか？」

「いや」

朔くんはどこかぶっきらぼうに、だけど温かい声で言った。

「今日は優空が作ってみたいものにしようか」

本当にそういうところあるよね、と小さく微笑みながら続ける。

「いいの？　大丈夫だよ？」

「食べてみたら普通に好きだったってこともあり得るし。その代わり、あんまり繊細な料理よりはがっつり食えるものだとうれしいな。頼んでもいいか？」

私はその照れくさそうな横顔を見つめながら、

「はい、任されました」

今日はとびきり美味しいご飯を作ろうと思った。

＊

ひととおりのお店を回って、なんとなく買うものを見繕い、私たちは入り口のところから
もう一度同じ順路を歩き始めた。

情報としては知っていたけれど、新鮮な魚介類はもちろん、旬のお野菜や果物、卵、変わった調味料を扱っているお店など、ここだけでもかなりの食材が揃えられそうだ。

スーパーじゃないと買えないものは日を改めるか、荷物の量次第では帰りにちょっとだけ寄らせてもらおう。

そんなことを考えていると、

「お兄ちゃん、お嬢ちゃん、これ食べてきねの」

鮮魚店の表に立っていたご年配の女性が話しかけてきた。

七十代半ばを過ぎているように思えるけど、小柄ながら背筋はしゃんと伸びていて、眼鏡の奥から覗く柔和な目が印象的だ。

どのみちここで買い物しよう思っていたので、朔くんに目配せして近づいていく。

女性が手にしていたトレーには、鮮やかな赤身のお刺身が並んでいた。

「うちのまぐろ、ひってもんに美味しいざ」

勧められるがままに爪楊枝を手に取り、お醤油を少しつけて口に運ぶ。

「んー！」

とろけるような舌触りに、私は思わず声にならない声をあげる。

近所のスーパーで売ってる福井の魚を使ったお刺身もかなり美味しいと思っていたけど、こうして食べてみるとやっぱり鮮度が違うんだろうか。

当然のように生臭さはなく、脂の上品な甘さが際立っている。

朔くんが目をぱちくりさせながらこっちを見た。

「マグロ丼……」

「ちょっと！　気持ちはわかるけど！」

さっき手間暇かけた美味しいご飯を作ろうって意気込んだばっかりなのに！

また振り出しに戻ろうとしてるし！

そのやりとりを見ていた女性が、少し意外そうな顔で口を開く。

「大丈夫やざ、お刺身以外もちゃあんと揃ってるでの。あんたら高校生か？」

私はこくりと頷いて答える。

「はい、晩ご飯の材料買いに来てて」

「なんや、お昼食べに来たついでに歩いてるだけなんかと思ったけど、ほんならもしかしてお嬢ちゃんがご飯作るんか？」

「えっと、そのつもりです」

「はー、その歳でわざわざこんなとこまで買い物来るなんてたいしたもんやわ。お魚やら自分で捌けるんか？」

「はい、一応。って言ってもそんなに上手にはできないですけど」

なぜだか気恥ずかしくなって頬をかく。

女性が私の隣を見て言った。

「このお嬢ちゃん、将来は立派な奥さんになるわ。ちゃんと摑まえておきねの」

「いやっ、そういう」

慌てて割って入ろうとしたところで、さらっと朔くんが口を開く。

「ほやろ、今日が初デートなんやけどの。晩ご飯は腕によりをかけて作ってくれるって言うで楽しみにしてるんやって」

「っっっ――――」

相手の女性に合わせた福井弁。

単なるあいづちなんだろうけど、ほやろって。

「あらー、ほんならサービスしてあげんと。お嬢ちゃん、欲しいもんなんでも言いねの」

私はふたりの顔をまともに見られなくて、

「えっと、じゃあイカと真鯛と……」

うつむきがちにぽつぽつと必要な食材を伝えた。


結局、かなりの値引きをしてくれたうえに、ふたりで食べられる小ぶりなお刺身のパックまでおまけにつけてもらった。

私は隣を歩く朔くんに、どこか懐かしい言葉をかける。

「……詐欺師」

「心外だ。嘘はただのひとつもついてないし、まさかサービスしてくれるなんて思ってなかったんだよ。ただ、一から関係を説明するような場面でもなかっただろ？」

「それはそうだけど」

「きっと、高校生の女の子が自分で料理するために買いに来てくれたってのがうれしかったんだよ。せっかくだから美味しくいただこう」

立派な奥さん、か。

なにげないその言葉がやけに耳に残ったけれど、いまのところ浮かれているという以外の理由は見つからなかった。

＊

調子に乗ってあれもこれもと買い込んでいたら、三つ用意していた大きめのエコバッグがいつのまにかぱんぱんに膨れ上がっていた。

朔くんが軽々とそのうち二つを持ってくれているけど、保冷剤や氷も入っているからけっこう重たいはずだ。

「さすがに買いすぎでは？」

呆れたような声に、私は苦笑いを浮かべる。

「普段はなかなか見ないような食材ばっかりでつい張り切っちゃって。朔くんのお家用に焼くだけでいい干物も買ったから食べてね」

「おお、それは地味に助かる」

そんな会話をしながら市場を出て、自転車のかごにエコバッグを入れた。

朔くんはマウンテンバイクのハンドルに左右ひとつずつかけている。

ふたりとも学校は基本的に徒歩で通ってるけど、さすがにお買い物のときは荷物が多くなるからお互いに自転車を出す。

『ま、せっかくおめかししてるのに、ママチャリで市場ってのはちと絵にならないけど』

　ふと、さっきの台詞と恥ずかしさがこみ上げてきて朔くんのほうを見た。

　視線の意味に気づいたのか、申し訳なさそうにへにゃっと笑う。

「ごめんごめん、ただの軽口だよ。いちいちそんなこと気にしてたら、福井の高校生はろくにデートできないって」

　その言葉にほっとして、私は自転車にまたがる。

「朔くん、近くで寄りたいところがあるんだけどいいかな？」

「もちろん」


　そうして走りだすこと、といっても市場を出てほぼ一分の場所ですぐに自転車をとめた。

「近っ⁉」

　朔くんのつっこみに苦笑して答える。

「だからそう言ったのに」

「まあいいんだけど、ここなに、倉庫、工場……？」

「あれ、朔くん来たことなかった？」

　平べったくて横に長い建物は、たしかに初見だとそんなふうに映るかもしれない。

慣れている私はさらっと続ける。

「アメ横だよ」

その言葉に、おそらく東京の上野を連想したんだろう。

え、と怪訝な表情が返ってきた。

「……笑うとこ？」

「あの、ぼけてるわけじゃないんだけど」

ほら、と私は外壁を指さす。

そこには大きく「アメ横」と書かれた看板が掲げられていた。

朔くんが驚いたように言う。

「アメ横じゃん」

「だからそうなんだってば」

そのまま視線を移動させ、お店の入り口上部に書かれた文字を見ている。

「夢菓子市って……？」

「そ、とりあえず入ろうよ」

私が先導して自動ドアをくぐると、

「うおっ」

朔くんが思わずといった様子で声を上げた。

頻繁にここへ来ている私にとってはその反応が新鮮で、くすくすと肩を揺らす。

柱の他には仕切りがなく、まさに倉庫の一角といった趣の広い店内には、あたり一面に所狭しと色鮮やかなお菓子が並んでいた。

その種類は数百、いや、優に数千はあるんじゃないだろうか。

全体的に親子連れや女性のお客さんが多く見受けられる。

「私も詳しく調べたってわけじゃないんだけど、多分お菓子の問屋さんがやってるお店みたいな感じなのかな？　普通にスーパーで買うより安かったり、大容量パックがあったりして、ときどき家族の分を買いだめしに来るんだ」

とくに弟なんかはやたらお腹が空く年頃なのかすぐに食べきってしまうので、節約のために時間があればなるべくここを利用するようにしている。

朔くんが物珍しそうにあたりを見回しながら口を開く。

「へえ、ぜんぜん知らなかったな」

「朔くん、あんまりお菓子食べないもんね。付き合わせちゃってごめん、なるべくさっと済ませるから」

「いや、なんか遠足の前に駄菓子買い込んでたこと思いだしてテンション上がるよ」

「駄菓子コーナーもあるから見てみよっか？」

「いいね、見るみる」

その顔が少年みたいに無邪気だったので、いっしょに来てよかったと胸をなで下ろす。

駄菓子コーナーに足を運ぶと、朔くんがうれしそうに言った。

「うっわ、めちゃくちゃ懐かしい」

「朔くんは小学生の頃、先生から言われた金額を駄菓子で埋めるタイプだった？」

「そうそう、あの頃は量こそ正義、って言うと少し意味合いが違うか。べつに満腹になりたかったわけじゃなくて、その金額のなかだったらなにを買ってもいいっていう特別感がうれしかったんだろうな。たとえば祭りの前にもらったお小遣いとか、カップを買ったら詰め放題のお菓子みたいに」

はしゃいで弾む声を聞きながら、私も相づちを打つ。

「昔あったね、そういうお菓子コーナー。大きさが違う三種類ぐらいのカップが売っててさ。透明の大きなケースにクッキーとかチョコとか飴玉とかグミとかが並んでて、好きなものを好きな分だけスコップですくって詰めるの」

まるでそんなふうに、と思う。

朔くんはいつだって、心を丁寧にすくいとる。

だからあなたと話していると、ときどきふと、過去の淡い記憶が浮かび上がってくるのかもしれない。

――あれは確か、私が小学三年生のときだったかな。

お母さんと弟と三人でいっしょに、近所のスーパーへ遠足のお菓子を買いに行った。

だけどそこは駄菓子のコーナーがあんまり大きくなくて……。

途中から急に弟が泣き出してしまった。

なんでも学校の友達が袋いっぱいにいろんなお菓子を準備していたのを見て期待していたのに、そのスーパーで選ぼうとすると指定の金額内でたいした数を揃えられなかったからだ。

私がなだめようとしても、ぜんぜん泣き止んでくれなくて、どうしたらいいんだろうって途方に暮れていたとき、

『おかあさんが、お菓子の国に連れて行ってあげる』


そう言って連れて来てくれたのがこの場所だった。

弟はけろっと涙を引っ込めて、『お姉ちゃん、すごいね！』って目をきらきらさせながら、結局は二時間ぐらいかけてふたりでお菓子を選んだことを覚えている。

お母さんは嫌な顔ひとつせずに見守ってくれていた。

それどころか、自分も同じ金額でお菓子を買うって言い始めて、真剣になって私たちと相談

していたんだっけ。

普段はどちらかというと物静かで穏やかな人なのに、あのときは妙にはしゃいじゃって。


『わたし、ヤングドーナツ買おっと』

『あー優空ずるい！　おかあさんも！』

『でもおかねオーバーしちゃうよ？』

『ぼくはうまい棒のテリヤキバーガー味』

『おかあさんもそれ好きだった！　一本とって！』

『だからおかあさん買いすぎだってば』

『大丈夫だいじょうぶ、ちょっとぐらいなら見つからないから』

『そういうのよくないと思う』


なんて、いままでずっと忘れていたな。

確かにあった、幸せな家族の風景。

もしかしたら私は、知らないうちにああいう時間の名残を求めて、理由をつけながらここへ足を運んでいたんだろうか。

弟はすっかり生意気になって、お母さんはいなくなって、代わりにあなたがいる。

私の考えていることなんて露知らず、朔くんがうれしそうにこっちを見た。

「なあ優空、せっかくだから駄菓子買っていかない!?」

くすくすと微笑みながらそれに答える。

「はいはい、五百円までだよ」

「おっけー、ならいっしょに選ぼうぜ」

「うん!」

もしもいつか、と思う。

この人がお父さんになったなら。

きっとこういう風景を、子どもに見せてあげるんだろうな。

叶うならば、隣にいるのが……。

それ以上は考えないようにして、私はヤングドーナツを手にとった。

小さな輪っかが四つ、寄り添ってみんな仲よし。

*

ふたり合わせてきっちり五百円分の駄菓子と、私の家用に大容量パックをいくつか購入してアメ横を出る。

しんみり思い出に浸っていたくせして、いざ選び始めたら夢中になってしまった。

途中で「お互いに五百円分ずつ買うことにしようか？」って提案したのに、朔くんは「それじゃつまらないだろ」って。

だったらもう少し譲ってくれてもいいと思うんだ。

おかげで最後はうまい棒を朔くんが好きなめんたい味にするのか私が好きなやさいサラダ味にするのかで、三回勝負のじゃんけんまでするはめに……。しかも負けたし。

でも、楽しかったな。

上書きって言っちゃうと少し寂しいけれど、遠い日の懐かしい記憶にあなたの色がぽとんと垂らされたみたいで、きっとこれからもう、思いだしても哀しくはない。

すっきりと満足顔の朔くんが言う。

「そういえば優空、最後に買ってたのなに？」

「これのこと？」

私はビニール袋から銀色の包みを取り出す。

「そうそう、あんまり見ないお菓子だなと思って」

「あれだよ」

言いながら、アメ横の看板とは反対側の外壁を指さした。

そこにはこれまた大きく「横井チョコレート」と書かれている。

さっきはアメ横のほうに気を取られて見落としていたんだろう。

朔くんが大げさに驚いてみせる。

「……お、おおう。聞いたことなかったけど、めちゃくちゃアピールしてることは伝わった」

あはは、と調子を合わせながら私は続けた。

「ここで作られてるんだけど、実際、都内とかでも販売されてるぐらい有名らしいよ。クーベルチュールだったかな、なんかそういう国際基準を満たした純チョコで、ちょっと高級なんだけどすっごく美味しいの。夕湖ちゃんが大好きだから今度いっしょに食べようと思って」

「へえ？　てっきりなぞに推しだけは強いご当地商品なのかと」

「こら！　冗談でもお店の前でそういうこと言わないの！」

「ごめんごめん、そんなに美味しいならあとで味見させてよ」

「うん！」

それはそうと、と朔くんが言った。

「これからどうしよっか？」

えっと、と少し考えてから答える。

いつもならこのまま朔くんの家に向かって常備菜と晩ご飯を作る流れだけど……。

「ごめん、もしよかったら今日は先に私の家寄ってもいいかな？　さすがにこの荷物抱えて移動するの大変だし、けっこう魚介類もあるから」

とはいえ、お肉やお魚があるのはいつもの買い出しでも同じだ。

朔くんの冷蔵庫は昔のお家で使っていたというファミリー向けの大きなタイプだから、一時的に私の食材も入れておくことは充分できる。

ただ、と今晩のメニューを思い浮かべた。

わざわざ新しいのを買うと使い切れず無駄になってしまいそうな調味料やスパイスを、ついでに私の家から回収しておきたかった。

朔くんがなぜだか呆れたように肩をすくめる。

「それは全然かまわないんだけどさ」

「あ、今日はお父さんも弟も出かけてるから大丈夫だよ」

「そういう心配をしてるわけでもなくてな」

「え？」

私がきょとんと首を傾けると、わざとらしくため息をつく。

「買い出しの量からなんとなく想定はしてたけど、その、いいのか？　一応これ、デートってことになってるんだろ？」

「……ッッッ」

言われてみれば、と頭を抱えそうになる。

途中からは完全にいつもの買い出し気分だった。

さあてたっぷり新鮮な食材が手に入ったし美味しいご飯作るぞって。

そんなんじゃいつもとなにひとつ変わらないのに。

これだけ買い込んだら、カフェどころかコンビニに立ち寄るのだって一苦労だ。

でも、とふと冷静になる。


それ以上に、いったいなにを求めるんだろう。


ふたり並んでお買い物をして、あの家で朔くんがいつも適当に流すラジオや音楽を聴きながら料理を作る。

ときどきあなたがつまみ食いをしに来たり、ソファで読書やうたた寝してるのをこっそり眺めたり、とりとめもないおしゃべりをしたり……。

そんな時間が、私にとってはどれだけ気の利いたデートにも代えがたいのに。


だから、本当は。

「――うん、そういうのがいい」

朔くんの目を見て、私はへへっと微笑(ほほえ)んだ。

＊

そうして私の家に着くと、形ばかり朔くんに尋ねてみる。

「もしよかったら、片づけてるあいだお茶でも飲んでく？」

返ってくるのは、いつでもおんなじ苦笑いだ。

「いや、遠慮しておくよ。荷物は玄関のところまで運ぶから、あとはここで待ってる」

「そっか、わかった。じゃあなるべく急ぐね」

お父さんや弟がいたら顔を合わせるのが気まずいってのはさすがにわかる。

だけど朔くんは今日に限らず、家族が留守にしているときであっても絶対に玄関から先へ足を踏み入れようとはしない。

最初のうちはこういうことがあると、そこまで身構えなくてもいいのにと思っていた。

でも、いまではそれが彼なりのけじめみたいなものなんだと理解している。

あなたのややこしさは、きっと、やさしさの裏返しだから。

家に入り、何往復かしてエコバッグやビニール袋をリビングに運び込んだ。

まずは自宅用に買った食材を冷蔵庫や冷凍庫におさめていく。

まとめて買った海老や貝は朔くんにお裾分けするぶんをジップロックに入れて、ついでに今日の晩ご飯に必要なスパイスや調味料を百均の容器に移した。

それからまな板を水で軽く洗って包丁を握り、キャベツ、白菜、大根なんかを向こうの家で必要な量だけ切り分ける。

ついでにイカの下処理と真鯛を捌くのもこっちでやってしまおう。

保冷バッグを用意して、溶けかけている氷や保冷剤を入れ替えて……。

すべての作業を終えたときには、なんだかんだで三十分近くが経過していた。

思ったより時間がかかっちゃった、急がないと。

朔くんはいつも、壁にもたれかかって文庫本を読んでいるか、とくにスマホをいじるでもなくぼんやりと空を眺めている。

準備を終えて家から出たとき、その横顔を見る瞬間が好きだった。

そんなことを考えていると、ふと。

——ブルルルウン。

駐車場のほうから、耳慣れたエンジン音が聞こえてきた。

え、うそ、と私は慌てて荷物を手に取る。

お父さんの車だ、いつもよりずっと早い、どうして？

ぱたぱたと玄関に向かいながら、じくじくと焦りを募らせる。

お父さんに朔くんを見られることはべつにかまわない。

去年からずっと話をしてるし、それこそちゃんと説明して外泊の許可をもらったぐらいだ。いっしょに買い出ししてることも、向こうでご飯を作ってることも伝えてるから、いまさらとやかく言ったりはしないだろう。

でも、朔くんは。

クラスメイトの女の子の家で父親と鉢合わせするなんて、どう考えたって避けたいはずだ。

もしもこれで気まずくなって、買い出しに付き合ってくれなくなったら困る。

「朔くんッ！」

玄関を出て、やっぱりぼんやり空を眺めている横顔に言った。

「ごめん、なんかお父さんが帰ってきちゃったみたい。急いで出よ」

朔くんは驚いたようにひくっと眉を上げ、少しだけ考えてから口を開く。

「いや、それは駄目だろ」

「え……？」

「ちゃんとあいさつするよ」

それ以上やりとりを交わす余裕もないままに、

――ばたん、ピッピ。

車のドアを閉め、鍵をかける音が響いた。

かつ、かつ、かつ、と革靴が近づいてくる。

そうして駐車場からお父さんが出てきて、

――はたと、立ち止まった。

私と朔くんを交互に見て、途惑いがちに目尻を下げる。

困ったときは、とりあえず笑顔を浮かべる人だった。

こういうところ、お父さんに似たのかもな。

場違いにふと、そんなことを思う。

どっちも穏やかでにこにこしている夫婦だったけど、お母さんがその奥に芯の強さを隠していたのとは対照的に、お父さんはどこか柳のような人だ。

いや、もしかしたら干したてのお布団みたいな人っていうほうが近いかもしれない。

お母さん、私、弟。

個々の性格や、立場や、置かれている状況に寄り添って、そのときどきでちょうどいい具合に包み込んでくれるような。

って、現実逃避している場合じゃない。

私から紹介しないと、お互い糸口が摑めないよね。

朔くんにお父さんを？

お父さんに朔くんを？

この場合、どっちが先なんだろう。

「えー、っと……」

きっとお父さんそっくりの曖昧な笑みを浮かべながら動揺していると。

「──はじめまして。優空さんのクラスメイトの千歳朔と申します」

ついと、一歩踏み出した朔くんが丁寧に頭を下げた。

「娘さんには、本当にお世話になっています」

いつものへらへらした態度からは想像もつかないほど誠実なその様子に、置かれている状況も忘れてしばし見惚れてしまう。

まったく、あなたって人は。

つくづく、そういうところがある。

お父さんが軽く緩めていたスーツのネクタイをきゅっと締め直して言った。

「はじめまして。優空の父です。一度、私が病院に運ばれたときに電話でお話しさせていただいたことがありましたね。その節も含めて、こちらこそ娘が大変お世話になっているようで」

早くあいだに入って取り持たなきゃとわかっているのに、どうにもこの空気が気恥ずかしくて私は押し黙ってしまう。

まるで心の準備ができていない。

仮にこういう日が訪れるとしても、もっとずっと先のことだと思っていた。

そんな私をよそに、朔くんが大人びた口調で続ける。

「とんでもないです。優空さんのご厚意に甘えさせていただいてばかりで。ご家族に迷惑がかかってなければいいのですが……」

お父さんは慌てたように胸の前で手を振った。

「迷惑だなんて、そんな。お礼を言わなければいけないのはこちらのほうです。千歳くんと出会ってから、娘は変わりました。笑顔が増えて、友達の話をよくするようになった」

そうして穏やかな笑みをたたえながら。

「私のせいで小さい頃から苦労をかけてしまっていたので、優空が、家族が変わるきっかけをくださったことに感謝しています」

「お父さん……」

私は思わずそうつぶやく。
初対面の朔くんにそんな話をするとは思っていなかった。
家族に対してでさえ、必要以上に踏み込んではこない人なのに。
朔くんは、ようやく少しだけ表情を崩して、恐縮したようにはにかんでいる。
お父さんがやわらかい笑みをたたえて口を開く。

「優空の作ったご飯は、美味しいですか?」

「ちょっとお父さん!」

私があわてて遮ろうとすると、朔くんがへへっと笑って迷わず言った。

「はい、大好きです」

「──っ」


もう、そんなのずるい。

まともに顔を見られないよ。

料理の話だってわかってるけど、なにもお父さんの前で堂々と。

気を遣ってくれてるんだとしても、答え方ってものがあると思う。

これじゃまるで、そういうあいさつに来てるみたいな空気に……。

って駄目だ、私がいちばん意識してしまってる。

お父さんはその反応に満足したのか、こくりとうなずいて続けた。

「親ばかと思われるかもしれませんが、優空はしっかりした娘です。妻の代わりになって私たちを支えてくれた。だからこの子が信じた相手に、君たちの関係に、とやかく口を出す気はありません。ただ、叶うならばひとつだけ、千歳くんにお願いしてもいいかな？」

はい、と朔くんが心なしか姿勢を正した。

「なんでしょうか……？」

お父さんがすっと真面目な、いや、哀しげな表情を浮かべる。

「できれば、この子を傷つけないであげてください。
私のせいで、もう充分すぎるほどに傷つけてしまったので」

「――やめてっ！」

今度こそ、私は思わず感情的に叫ぶ。

「気持ちはうれしいけど、うちの事情を朔くんに背負わせないで」

お父さんがはっとした顔でうなだれる。

「優空……。そうだな、悪かった」

その、瞬間。
たしなめるように、朔くんがそっと私の前に腕を出した。
言葉を探すように、ゆっくりと口を開く。

「お約束はできません」

「「え……?」」

どこか優しいまなざしで短く私を見て、言葉を続ける。

「この先、優空さんと関わり続けたいと願う限り。
過ごした時間が長くなればなるほど。
僕の言動が、行動が、決断が。
彼女を傷つけてしまう可能性はどうしたって消せないんだと思います」

ぎゅっと、私の前に差し出されていた拳が握られた。

「本当は傷つけたらそれが癒えるまで償うと言えたらいいんですが……。自分にだけは癒やせない傷があるということを、この夏に知りました。だけど、それと同時に、優空さんが教えてくれたんです。傷つけても傷つけられてもいいと想い合える関係もまた、あるということを」

そこで言葉を句切り、ゆっくりと確かめるように。

「だから、僕は、せめて。優空さんとそんなふうに向き合っていきたいと、考えています」

「──ッッッ」

私はとっさに口許を手で覆う。
つんとこみ上げてくる感情を漏らさないように。
安易な涙に変えてしまわないように。

ねえ、お父さん。

いまはまだ言葉にはできないけど、なんの約束も手元にはないけど、もしかしたら二度とこんな機会は訪れないかもしれないけど。

それでも、いつか胸を張って伝えられる日がきたら。

とびきり幸せな笑顔であなたに紹介したい。

――この人が、私のいちばん大切な人です。

お父さんはただ静かに目を閉じて、

「娘を、よろしくお願いします」

深々と、頭を下げた。

*

半分以上の荷物を置いて少し身軽になった私たちは、コンビニでアイスのカフェラテとほうじ茶ラテを買って、朔くんの家へ向かう途中の河川敷に腰かけた。

時刻はなんだかんだで十六時前ぐらいだろうか。

ゆらゆらと水面に反射する陽射しが心なしかやわらかい。


――つくつくぼうし、つくつくぼうし、つくつくぼうし。

――にーよ、にーよ、にーよ。


あちこちでツクツクボウシが鳴き、虫取り編みを持った少年たちが最後の悪あがきみたいに土手を走り回っている。

ふとしたときに漂ってくる虫除けスプレーの香りも、また来年までお別れだ。

私はぽつりとつぶやく。

「夏が終わるね」

朔くんがこくりと答える。

「ちゃんと、な」

ふと動かした手の小指があなたの小指に触れて、私は言った。

「朔くん、聞いてもいい？」

「んー？」

「さっき、どうしてお父さんにあいさつしてくれたの？」

「そんなに不思議なことか？」

「普通なら慌ててあの場を離れようとすると思うけど……」

「なにも娘さんに悪さしてるわけじゃあるまいし」

「……そうかな？」

「えっ!?」

「ふふ、冗談だよ」

「背筋がひえっとするからやめてくれ」

「後ろめたいことでもあるの？」

「二回も泊めてるわけだから、ないと言えば嘘になるけど」

「あー、それに関しては私のほうが後ろめたいかも」

「どういう意味だ？」

「なーいしょ」

そんなやりとりを交わしていると、朔くんがどさっと脚を投げ出して寝転んだ。

小指と小指が離れて、ちょっとだけ寂しい気持ちになる。

「もともと、機会を見つけてあいさつしなきゃとは思っていたんだ。結局、先送りにしたまま一年も経っちゃったけど」

「どうして?」

「そりゃそうだろ。大切な娘が見ず知らずの男の家にしょっちゅうご飯を作りに行ってたら、普通は心配でたまらないよ」

「お父さん、わりとすんなり理解してくれたけど?」

「優空への気遣いと信頼だよ。去年、ああいうことがあったから、なるべく好きにさせてあげたいって。うちの娘が気を許してる相手ならきっと大丈夫だって」

「そうなのかな……」

「えっと、これは変な意味に捉えないでほしいんだけどさ。優空のお父さんも結果として離婚してるわけだろ? どうしたって娘の男女関係には敏感になるよ。ありていに言ってしまえば、変な男に騙されてるんじゃないかって。繰り返しになるけど、優空のお母さんがそうだったって言ってるわけじゃないからな」

「わざわざ前置きしてくれなくても、ちゃんとわかってるよ。それはそれとして、考えすぎだと思うけど」

「優空、気づいてたか?」

「気づいてたかって、なにが？」

朔くんがこっちを見て、どこか困ったような笑みを浮かべた。

「ネクタイを結び直すお父さんの指先、震えてた」

「うそ……？」


私もその瞬間は見ていたはずなのに、ぜんぜん気づかなかった。

お母さんがいなくなってから、ずっと。

お父さんは抜け殻みたいになってしまったと思っていた。

私たちにうるさく干渉しないのは、もしかして無気力の裏返しなんじゃないかって。

怒ったり泣いたり迷ったり不安になったりする心を、あの日に置き忘れてきちゃったんじゃないかって。

だけど、もしかしたら。

なにひとつ私たちには触れさせないよう、ただじっと、見守っていてくれたんだろうか。

だから、と朔くんが続ける。

「その場かぎりで取り繕ったお行儀のいい美辞麗句じゃなくて、なるべく本当の気持ちを口にしようとした。最後のはもちろんだし、ご飯のくだりも買い出しや食卓を囲む時間含めて、みたいな意味なんだけど。ちゃんと伝わったかな?」

ゆらゆらと照れくさそうな瞳に、吸い込まれてしまいそうだ。
どうしてそんなふうに、誰かの心を見つけて、すくいあげてくれるんだろう。
今日だけは、と思う。
あなたの誠実な言葉を拝借して、

「うん、私も大好き」

どこまでもいたずらな嘘つきになりたかった。

*

朔くんの家に着き、私はリビングの窓を開けた。
川沿いにあるこの部屋は、季節の変わり目が風の匂いでわかる。

夏から秋、秋から冬、冬から春、春から夏。

ちょうど一年分の移ろいをここで見送ってきた。

そしてまた、夏から秋へ。

チボリオーディオからは、ロードオブメジャーの『親愛なるあなたへ…』が流れていた。

なんだかんだで気疲れしていたのかもしれない。

さっそくソファにぐでんと寝転がり目をつむった朔くんの前髪がさらさらと揺れ、その身体(からだ)の上でベランダに干してあったTシャツの影もひらひらと踊っている。

放っておいたらこのままくうくうお昼寝を始めそうだ。

その傍らにしゃがみ込んで、こっそり顔を覗(のぞ)き込んでいると、

「そういえば、けっきょく今日の晩ご飯はなに？」

むにゃむにゃと寝ぼけた子どもみたいに朔くんが言う。

私は吹き出しそうになるのを堪(こら)えながらそれに答えた。

「美味(おい)しそうな真鯛があったから、それを使ったパエリアにしようと思って」

「あーいいね、ご飯多めにしてくれるか？」

「はいはい」

「なにか手伝えることはある？」

「あとでムール貝の下処理だけお願いしようかな。足糸(そくし)を抜くの、ちょっと力がいるから」

「了解、よき頃合いで呼んで」

「ねえ朔くん」

「んー？」

「ご家族と連絡とってる？」

その言葉に、がばっと身体を起こしてこっちを見る。

「なんだよ、やぶからぼうに」

「ごめんね、聞かれたくなかった？」

「いや、そういうわけじゃないけど……」

私はためらいがちに朔くんの手をとった。

「さっきの話、覚えてる？」

「どの話だ？」

「『大切な娘が見ず知らずの男の家にしょっちゅうご飯を作りに行ってたら、普通は心配でたまらないよ』ってやつ」

「ああ……」

「それって、朔くんのご両親も同じなんじゃないかな？　大切な息子の家に見ず知らずの女がしょっちゅう上がり込んでたら、普通は心配でたまらないと思うんだけど。私のこととか、ちゃんと伝えてる？」

自分が言われて初めて気づいたことだった。

もしも遠い未来、私に息子や娘ができたとして。

たとえば大学で一人暮らしを始めた家に異性の友人が入り浸っていたら、やっぱり少しは不安になっちゃうんじゃないかと思う。

いや、と朔くんは首を横に振った。

「うちは放任主義だから」

「また誤魔化そうとする」

「本当にそうなんだよ」

「私も思ってたよ、お父さんはなにも気にしてないだろうって」

「……まあ、な」

「さすがに紹介してなんて押しつけがましいことは言わない。でも、連絡をとる機会があったら、話ぐらいはしてくれないかな？」

こんなことを言いだす私は面倒な女の子だろうか、と思う。

だけど、あなたは人のことばかり気にかけるくせして、自分のことを気にかけるのはてんで苦手だから。

朔くんが冗談めかして言う。

「話したところで、『へえ』でおしまいだと思うけどな」

「それならそれで構わないよ」

「もしも万が一うちの両親か、それとも……。とにかく、じかに会って紹介しなさい、なんて言いだしたらどうする？」

「そのときは」

私は足を揃えて座り、姿勢を正して、

「謹んでご挨拶させていただきます」

はっきりと告げた。

だって、あなたが私のためにそうしてくれたから。

そうしてくれたことが、こんなにもうれしかったから。

朔くんはきょとんとした表情を浮かべ、それからくしゃっと笑った。

「今日は変な優空だな」

「変な朔くんを見たからだよ」

「ありがとう」

「こちらこそ」

それじゃあ、と私は立ち上がった。

「少し早いけど、ご飯作り始めてもいい？」

「うん、正直もうお腹（なか）ぺこぺこだ」


ぱさりとエプロンを着けて、キッチンに立つ。

チボリオーディオから流れてくる音楽。

ソファで文庫本を読みふけるあなたの横顔。

それからワークトップの上には、ふたりで買ってきた食材。

見慣れたこの家の風景だった。

カウンターに軽く腰を預けながら、スマホを手に取る。

パエリアのレシピをいくつか検索し、ざっと目をとおした。

ずいぶんと前に一度作っただけだから、さすがにちょっとうろ覚えだ。

だいたいの工程を頭に入れて、私は口を開く。

「ごめん、さっそくなんだけどムール貝の下処理お願いしてもいいかな？」

「あいよ」

朔くんがソファから立ち上がって隣に来る。

「足糸っていうこのひげみたいなのを全部引っこ抜いてから、表面をたわしで丁寧めに洗ってくれる？　足糸は口が開くほうに向けて引っ張るときれいにとれるから」

「了解」

そっちの作業は任せて、私はお鍋に水を張って火にかけた。

ニンニクと玉ねぎをみじん切りに、パプリカはほどよい幅の細切りにする。

つまようじでエビの背わたをとり、下処理済みのイカ、捌いた真鯛の切り身を取り出す。

鉄フライパンを空のまま熱し、白い煙が出てきたらオリーブオイルを多めに入れて軽く回すようになじませる。

そこにエビとイカと真鯛を並べると、じう、と魚介のいい香りが広がった。

しばらく両面を焼いているうちに、沸騰したお湯へ市販の固形ブイヨンとコンソメを入れて味を整える。朔くんが下処理してくれたムール貝を投入し、殻が開いたら取り出す。火を止め、アルミホイルに包みオーブンで軽く熱したサフランをぱらぱらと浮かべた。

エビとイカと真鯛が充分に焼けたら、今度はニンニクと玉ねぎをじっくり炒める。

ある程度透き通ってきたのを確認し、ホール缶のトマトを加えて木べらで潰した。

そこにお米を入れて、これも軽く炒めたら先に作っていたスープを注いで……。

よし、とようやく私はひと息ついた。

あとはお米の炊け具合を確認しながらスープを煮詰め、必要に応じて塩や胡椒で軽く味を整えたら、頃合いを見計らって魚介類とパプリカを上に並べるだけだ。

なんとも食欲をそそる匂いの湯気がほわほわと立ち昇っていた。

慣れない料理を作るときはいつも、不安と期待が入り交じった不思議な昂揚がある。

ちゃんとできているだろうか、美味しく食べてくれるだろうか。


……いつまで、こうしていられるだろうか。


なぜだか急に、しくしくと心の奥が寂しくなる。

この家の、このキッチンで。

あと何回、朔くんのために料理を作れるんだろう。

唐突な終わりが訪れるのは明日かもしれない、明後日かもしれない。

ずっと、愛おしい日常が続いていけばいいのに。

すがるようにふと振り返ると、朔くんの姿が見当たらない。

とっくにムール貝の下処理を終えているし、てっきりソファで読書か居眠りしていると思っていたけれど。

ばたばたと集中していたから、シャワーを浴びにいったことに気づかなかったのだろうか。

そんなことを考えていたら、

「――優空」


リビングに繋がる寝室のほうから、朔くんが上半身をひょっこり覗かせていた。

「あれ、どうしたの？　そっちで寝てた？」

私が聞くと、なんだか落ち着かない様子で目線を彷徨わせている。

「いや、そうじゃなくてだな」

「じゃあなに……？」

呼んでみただけ、なんて言う人でもないし。

お父さんの前でさえ堂々としていたのに、珍しくはっきりとしない態度だ。

ごほん、とわざとらしい咳払いをして、ようやく朔くんが口を開く。

「その、なんだ、よかったらこれ座るか？」

そうして目を逸らしがちに寝室から取り出してきたのは、

——木製のアンティークなスツールだった。

「え……？」

状況が理解できず固まっている私をよそに、朔くんが続ける。

「優空にはいつも料理を作ってもらってるのに、お返しらしいお返しができてないしさ。今回、夕湖との一件でもすごく迷惑かけちゃっただろ？　だから、その、お礼っていうか感謝の証っていうか」

くしゃくしゃと、まどろっこしそうに頭をかきながら。

「でもあんなことがあった後だし、女の子にプレゼントっていうのも違うかなって。それで、優空が煮込み料理とか作ってるときに、ずっと立ちっぱなしで鍋を見てたこと思いだしたんだ。いつも申し訳ないなって感じてたから、その……」

ようやく、朔くんが私の目を見て、

「これ、うちのキッチン用に買った椅子だからよかったら座ってくれ」

はにかむようにくしゃっと笑った。

その、無防備なまなざしに。

じんと、おへそのあたりが苦しくなる。

うそ、それって、つまり……。

さらっと、なんでもないことのように朔くんが言う。

「――まあ、つまりは優空用の椅子ってことだな」

ほろり。

ぽろ、ぽろ、ぽろぽろぽろぽろぽろ。

あれ、私。

「え、ちょ、優空⁉」

気づいたら、涙を止められなくなっていた。
動揺する朔くんに気を遣う余裕さえなく、次から次に溢れていく。
もしかしたら空回りしてるんじゃないかと思ってた。
私がどれほど大切に想っていたとしてもそれはただの一方通行で。
いつかこの日常はあっさり壊れちゃうんじゃないかと恐れてた。

まるでお母さんみたいに。
ある日ふらっと、離れていっちゃうんじゃないかって。

うれしい、うれしい、うれしい、と胸のあたりをぎゅっと握りしめる。
もちろん、椅子を用意してくれたぐらいでなにかが変わるわけじゃない。
私が抱えていた不安は不安のまま残っているけど、それでも。
あなたが優空用だと言ってくれた。
私のことを考えて、私のために選んでくれた。

まだしばらくは、これまでのふたりのままでって。
ここにいていいんだよって。
ご飯を作ってくれるの待ってるからって。
――この家に、私の居場所をくれたんだ。

あのね、朔(さく)くん。
そんなに多くは望まないから。
あなたに迷惑もかけないから。
たとえばこの家に入るとき。
心のなかでだけ、こっそり「ただいま」って言うような。
それぐらいのわがままは、許してくれますか。

必死に涙をかきわけながら、ずびずびと鼻をすすりながら、震える声で言う。

「ありがとう、朔くん、ありがとう。
ずっとずっと、大切にするから」

朔くんはやさしく目尻を下げて、

「大事にしなくていいから、当たり前のように使ってくれよ」

ぽんと、頭を撫でるように言った。

「うん、うんっ――――」

ねえ、お母さん、私にも。

譲れないものができました。
帰れる場所が増えました。
普通じゃ嫌なんだと気づきました。
やっぱり一番を選ぼうと決めました。
お父さんとはもう、顔合わせをしちゃったよ。

だから、いつかまた、会える日がきたら。

——あなたに紹介したい人ができた夏でした。

四章 かかげた両手に花束を

並んで汗かくペットボトルにふたりの面影を映して、できればずっとこのままで、なんて願ってみたところで、どうしようもなく空は遠ざかっていく。

入道雲の代わりに気の早いうろこ雲が浮かび、凍らせたポカリの凍っている時間はだんだんと長くなってきて、先に溶け出した甘いところばっかりが唇を湿らせる。体育館に刻むスキール音は乾いた空気に澄み渡り、寝転んでもじとっとしていた床がいつのまにか、火照(ほて)った身体(からだ)にひんやりと気持ちいい。


——一歩、一歩、今年もまた。

ちゃんと始まった夏がちゃんと終わろうとしていて、私にはそれが少しだけ寂しかった。


多分、心のどこかで、ふたりのものだと思っていたんだ。

あいつとたどり着いた季節だって、そんなふうに。

だからあっさり秋に追いつかれてしまったら、バトンタッチで自分は役目を終えて、あとは走り去っていく誰かの背中を見送ることしかできないのかな、なんて。

部室の片隅でぺこんと凹(へこ)んだバスケットボールみたいに、らしくないことを考えてみる。

私も、あいつも、それからみんなも。

ひと夏を超えて、確かになにかが変わった。

きっともう、青臭い少女のままではいられないんだろうって予感がある。

だけど私は慣れない私をまだ持て余していて、どこかぽっかりと行き先を見失い宙ぶらりんになっているようで。

胸の奥にくすぶっている熱だけが、早く、速くと次を急かしてくる。

わかってるんだ、ぐずぐずしてたらすぐ置いてけぼりになってしまうこと。

気づいてるんだ、まだなにひとつ成し遂げてなんていないこと。

それでも、やっぱり、このままもう少しだけ。


——あいつと私の。

夏が終わらなければいいのにと願った。

＊

八月も残すところ一週間を切ったある日の午後。

昼食を挟んで朝から続いていた練習が終わって部室に引き上げようとしていた私は、

「ウミ、ちょっといいか？」

顧問の美咲ちゃんこと美咲先生に呼び止められた。

「えっと、はい……？」

その声に私は自然と首を傾げながら応える。

美咲ちゃんは練習後のミーティングをしたらさっさと職員室に引き上げてしまうことが多いから、こんなふうに片付けが終わるまで待ってることは珍しい。

私やナナが個人的に呼び出されるときは、調子が悪い部員についての相談というか状況の確認だったり、あるいはぬるい雰囲気で練習してしまった日に軽く活を入れられたり、という場合だけど、どっちもあんまり心当たりはない。

七月の芦高戦以来、明らかにチームのモチベーションは高まっていた。

次こそは頂点を獲る。

口先だけじゃなく、確かにみんながその目標に向けて一丸となれているように思う。

どっちかっていえば、ぽつんと中途半端なのは……。

そんなことを考えながら、くいくいと手招きされるがままに近づいていくと、パイプ椅子に腰かけていた美咲ちゃんは眉間にきゅっと力を込めて静かに言った。

「確認したいことがある」

どこか重々しい口調に、思わずはっと姿勢を正す。

……もしかしたら、見抜かれているのかもしれない。

浅く唇を噛み、そのまま伏し目がちに続きを待っていると、小さくため息を吐いてからゆっくりと美咲ちゃんが切り出した。

「ウミ、その、なんだ……」

いつだってぱきっと的確に指示を飛ばすこの人が口ごもるのは珍しい。

それだけ私の状況がよくないってことなんだろうか。

言葉を選ぶように、怖ずおずと美咲ちゃんが続ける。

「そろそろ夏休みの宿題を終わらせる目処が立ってたりは……しない、よな？　いやすまんいまのは私が悪かった忘れてくれ」

「ちょっと待ってどういう意味?!」

そうしてようやく耳に飛び込んできたぜんぜん予想と違う言葉に、私は敬語も忘れてつっこんでしまった。

美咲ちゃんはそっと目を逸らして申し訳なさそうに続ける。

「確認するだけはしてみようと思ったんだが、途中からだんだんと『そろそろ結婚の目処が立ってたりは……しない、よな？』って、わかってるくせして会うたび聞いてくる友達の顔思いだして自己嫌悪に陥った」

「そりゃ本当にどういう意味だ美咲ちゃんごらぁっ！」

「あいつ申し訳なさそうな顔しながら結婚指輪ちらちらさせるんだよなぁ」

「…………」

「おいなにか言え、ウミ」

「…………えっ、と。そういう話は相談所とかでいだいッ?!」

わりと強めにお尻を叩かれて私は大げさに叫んだ。

美咲ちゃんは学校の生徒にクールビューティーで厳しい先生みたいな印象をもたれていると思う。実際それは正しくて、どっかの担任みたいに日頃からちゃらちゃらふざけたりしないし、部や学校の規則を守らないときっちり叱られる。

でも慣れてくると意外にこういうお茶目な部分もあって、だからこそどれだけきつい練習や指導をしても、チームメイトみんなから「美咲ちゃん」って慕われてるんだろう。

ときどき素が漏れてるって面も普通にあると思うけど、この人がこういうふうに振る舞うときって、たいていは誰かが落ち込んでたり、悩んだり迷ったりしてるときだから。

私は呆れたようにわざとらしく肩を落としてから口を開く。

「宿題、終わってますけど?」

「…………!?」

「言葉呑み込みながら顔だけでしゃべるのやめてくれません?」

「そうか、ウミ。お前もそうやって抜け駆けしていくのか」

「結婚の話と混ぜるのもやめて？」

言いながら、ふたりで顔を見合わせてぷっと吹き出す。

まあ、美咲ちゃんの気持ちもわかる。ぶっちゃけ去年は夏休みの最終日になってから悠月に泣きついて手伝ってもらったし、中学までもだいたい似たような感じだった。今年は夏勉が思ったより捗ったのと、そのあとなにも手に着かない期間があったから、とりあえず瞑想みたいに宿題やって時間を潰してたらたまたま早く終わったというだけの話だ。

冗談はさておき、と美咲ちゃんが切り出した。

「なら、明日も出てこられたりするか？」

「え、でも部活休みにするんじゃ……？」

前々から決まっていたスケジュールだ。それこそまだ宿題が終わってない人もいるだろうから、しっかり片づけるように、と。

「ああ、伝えたとおり部活は休みだ」

意図がわからず黙って先をうながすと、パイプ椅子から立ち上がった美咲ちゃんが心なしかうれしそうに続けた。

「ケイが顔出すって言ってるんだよ」

「えっ、ケイさんが!?」

ケイさんは私の先代、つまり六月のインターハイ予選で芦高に負けるまでキャプテンを務めていた人だ。ポジションはパワーフォワード。一七〇センチオーバーの長身を活かしたガッツ溢れるプレーでチームを引っ張ってくれる頼もしい先輩だった。まあ部活が終わった瞬間に、いや、ときには部活中でも気を抜くといろいろ残念になるところはあったけど……。私がキャプテンになりたてだった頃は、よく相談に乗ってもらっていたものだ。

でも、と私は疑問を口にする。

「なんでわざわざ夏休みの、それも部活がない日に？　卒業したわけじゃないんだし、普通に学校始まってから放課後とか覗きに来てくれたらいいのに」

美咲ちゃんは苦笑しながら軽く手を振った。

「いや、言い方が悪かった。ケイも来るんだがケイが主賓じゃないというか」

「うん……？」

「あいつが一年だったときの三年、つまりうちの部のＯＧふたりが久しぶりに会いたいって言ってくれてるらしくてな」

「えっ!?!?!?」

その言葉に、つい声を上げて一歩踏み出す。

「それって、私たちが入学する前の年の三年生ってことですか!?」

まるでその反応を待ってたとでもいうように、美咲ちゃんがにやりと口の端を上げた。

「ああ、その年のキャプテンとエースだよ」

「――ッ」

いまでも覚えている。

私がまだ中三で進路に迷っていた時期に見たインターハイ予選。

福井の女バスではもう何年も芦葉(あしば)高校の天下が続いていて、そこに友愛(ゆうあい)女子高校や北陸商業高校が絡んで優勝争いをするというのがお馴染(なじ)みの光景だった。藤志(ふじ)高校も決して弱くはなかったけど、いわゆる強豪校には一歩及ばない。それが大方の印象だったと思う。

だけどあの年、藤志高は準決勝で友愛を下して決勝の舞台に立った。

そのニュースを聞いたときは正直、まあスポーツの世界だとたまにこういうこともあるよね、ってぐらいの感想だったことを覚えている。つまり地力では何枚も劣っているチームが、理屈では説明できない流れを引き寄せて勝ち上がっていくということが。

とはいえ、野球やサッカーみたいに「一点を守る」戦い方ができるスポーツと違って、どうしたって「点の取り合い」になるバスケではそもそもジャイアントキリングが起こりにくい。

実際にはそんなにうまくいかないんだろうし、誓って舐(な)めてるわけじゃないけど、単純に仕組みの問題として。

たとえば野球だったら、千歳(ちとせ)がホームランを打ってピッチャーの上村(うえむら)が無失点で切り抜ければ、理屈上はふたりで勝つこともできる。バッティングもすごいピッチャーであればひとりだ。

サッカーなら相手のミスでも飛び抜けたエースストライカーの活躍でもなんでもいいから先

制点だけもぎ取って、あとはひたすらゴール前を固めてパス回しで時間を稼ぐ、なんて戦い方も現実的かはさておきできなくはないんだろう。

でもバスケには決められた秒数以内にシュートを打たなきゃいけないルールをはじめとした細かな時間制限がたくさんあるから、どうしたって試合は動くし勝つためには全員で攻めて得点を積み重ねるしかない。

ようするに、チームの総合力がそのまま結果に繋がりやすいってことだ。

そういう世界において予選は勝って当然、全国でも常に上位を狙ってる名門校ってのは運や勢い任せでどうにかできるほど甘い相手じゃない。だから当時のチームメイトたちと決勝を見に行こうって話になったときも、けっきょく最後は芦高だろうと思っていた、なのに……。

接戦の果て、インハイへの切符をもぎ取ったのは藤志高だった。

いま思いだしてみても、胸の奥に真っ赤な熱が蘇ってくる。会場の九割が芦高の勝利を信じて疑わない空気のなか、藤志高のメンバーは一人ひとりが魂を振り絞るように走り、跳び、全国から集まった名門校の選手と対等に渡り合っていた。

確かに運も勢いもあったと思う。だけどそれ以上に、積み重ねてきた地道な練習の成果が、その時間に対する自信がひしひしと伝わってくるようなプレーだった。

そんな藤志高を牽引していたのが、まるで天井からコートを俯瞰してるんじゃないかと疑いたくなるほどの正確なパスを出すポイントガードと、それを受けとって野生の狼みたいなドライブでゴールを落とすスモールフォワードのふたりだ。

──ああ、そっか。公立の進学校にだって、こんなにも本気でバスケと向き合って上を目指している人たちがいるんだ。

将来を見据えて藤志高に行ってほしいと言う両親と、芦高に入って全国を舞台に戦ってみたいという気持ちのあいだで揺れていた私が進路を決めた瞬間だった。

以来、自分にとってあの先輩たちはちょっとした伝説というか、憧れの対象なのだ。

だって、普通の公立校が並み居る強豪を倒して優勝するなんて、スポーツをやってる人間なら誰でも一度は夢見るシンデレラストーリーみたいなものだから。

懐かしい思い出に浸っていると、美咲ちゃんが話を続けた。

「ふたりともいまは関東の同じ強豪大学に進んで、レギュラーとしてインカレで優勝争いをしてる。練習が休みで帰省するからってケイに連絡があったそうなんだが、どうせならここにも顔出したいそうだ」

「あのっ、美咲ちゃんっ」

私がその先を口にするより早く、にやりと意味ありげな笑みが返ってくる。

「興味あるか？」

ふんすふんすと、迷わず頷いてから尋ねる。

「ちなみに体育館って使えるんですか？」

美咲ちゃんは口許に手を当てて、可笑しそうにくっくと肩を揺らした。

「そう言うと思って確認しておいたよ。明日は他の部の練習も入ってない」

「先輩たちって、その、動ける格好とか……」

「まあ、ここ来るのにバッシュを置いてくるようなやつらじゃないからな」

どくん、どくんと、心臓が高鳴っている。

憧れの先輩に会えるからってのは当然あるけど、もしかしたら……。

このところずっと私にまとわりついていた、どっちつかずの、すかすかとしたもやもや。

そいつを振り切って、またらしく生きられるんじゃないかって。

ちゃんと今年の夏を終わらせて、次の夏に向かって走り出せるんじゃないかって。

なぜだか、そんな予感がしたから。

「そうだ、ナナっ」

相棒にも教えてあげなきゃ、と部室に向かおうとしたところで美咲ちゃんにとんとんと肩を叩かれた。

「さっき時間があったからあいつにも話したんだけど、外せない予定を入れてしまっていたらしい。私も会いたかったって残念がってたよ」

「そっか……」

ポイントガードとスモールフォワード。プレースタイルも私たちと似てるから、絶対いい刺激になると思ったんだけどな。

……そのとき、ふと。

いつのまにかすっかりと見慣れたあいつの顔が頭に浮かんだ。

「あの、ひとり連れて来たいやつがいるんですけどいいですか？」

口ぶりから、それがチームメイトじゃないってことは伝わっただろう。

だけど美咲ちゃんはなにも聞かずにふっと短く息を吐いて、

「あまり浮かれすぎるなよ」

どこかからかうように、こつんと胸を叩いてきた。

ううん、浮かれたいんだよ、と私はこっそり思う。

大好きなバスケ、憧れの先輩、いつか肩を並べたい相手。

これだけ揃って（そろ）てまだくすぶってたら無理矢理にでも叩き起こしてやるからな。

――ちゃんと火を点（つ）けてよ、私のハート。

＊

そうして迎えた翌日。

ケイさんたちとは十六時に約束をしているらしい。

私は先にコートの準備をして、アップがてら自主練をしようと十五時少し前に学校へと来た。昨日、美咲ちゃんに許可をとって持ち帰った部室の鍵がエナメルバッグに入っていることを確認して体育館のほうに向かうと、

——キキュッ、ダダンッ、キッ。


小気味のいい響きが耳に届いてくる。

いつだったかナナに話して「ほんとかよ」って笑われたことがあるけど、こういう音を聞いてるだけでボールを操ってる人のレベルはけっこうわかる。足運びや切り返しの鋭さ、ドリブルのキレ、シュートの精度……。なにより上手いやつのプレーにはそれぞれに独特な呼吸というかリズムみたいなものがあって、ナナぐらい慣れた相手だったら普通に耳だけで判別できると思うぐらいだ。

そこまで考えて、まったく、と私はため息をついた。

嫌んなるぐらいにいい音鳴らしちゃってさ。

呆れた笑みを浮かべながら体育館に足を踏み入れたその瞬間、一七五センチはあろうかという長身が、体重を感じさせないほど静かにすいと飛ぶのが目に入った。

さっぱり短い髪がなびくのとは対称的に、体幹は一本の芯が通って揺るぎない。

やがて最高到達点に到達したしなやかな指先から放たれたボールは、

――サパンッ。


ほんのわずかにネットを揺らしながらゴールに吸い込まれた。

だん、だん、たんたんたんと転がってきたボールを拾うと、こっちの存在に気づいた相手がいたずらっぽい声で言った。

「あれ、遅刻だ？」

もうそれなりに身体があったまってるみたいで、首筋がうっすらと汗ばんでいる。

私は片手でボールを戻しながら答えた。

「いや、約束は十六時だし。なんで部外者が私より先に入ってんの、舞」

そう言うと、舞はまるで悪びれていない様子で口を開く。

「施錠されてるならともかく、夏休みの学校なんて練習着で堂々としてれば誰にもばれないよ。前に来てるから場所とか雰囲気はなんとなくわかるし、普通に校門から入ってきて普通にここ借りてた。ボールは自前」

「肝据わりすぎだから。てか侵入経路聞いてるんじゃなくて理由のほう」

両手でボールを抱えながら、きょとん、とした反応が返ってくる。

「だって、陽が早めに来るって」

「付き合えなんて言ってないっしょ」

「私には愛の告白されてるように聞こえたけど？」

「ったく」

がしがしと頭をかきながら、私は堪えきれずに口の端を上げてしまう。

確かに付き合ってとは言わなかった。だけど自主練することを伝えていたとき、その裏で、もしかしたらこうなるかもなって期待していたのは事実だ。

ロッカーにこっそりラブレターを忍ばせたってよりは、机の上に果たし状を置いといたみたいなニュアンスのほうが近いけど。


――東堂舞。一年の頃からシューティングガードとして活躍している芦高のエースだ。ミニバスの時代から何度も公式戦で当たってきたけど、舞のいるチームには一度も勝てたことがない。惜しいところまで競った七月の練習試合も、結局最後は押し切られてしまった。

でも、それまではずっと私が一方的にライバル視してるだけだったのに、妙に気に入られたみたいで、最近はしょっちゅう連絡を取り合っている。

だから昨日美咲ちゃんの話を聞いたときも、ナナが来られないなら声をかけてみようかなと思ってLINEしたのだ。

案の定、秒で「デートのお誘いだ？」と電話がかかってきた。

藤志高が芦高を下した決勝戦は舞も現地で見ていたそうだ。それまで進路は芦高一択だったのに、やっぱり私とおんなじように藤志高とのあいだで揺れたらしい。


『まあ、学力的に余裕で無理だったから諦めたけどね』

『気持ちはわかる』

『てか陽が普通に藤志高行けてるのおかしくない？』

『……気持ちはわかる』


なんてやりとりを交わしたけど、ほんとになんで合格できたんだろうね。

あのときはとにかく藤志高入って芦高倒すってことしか考えてなくて、バスケに捧げるのと同じぐらいの熱量を勉強に捧げていた。やればできるじゃん私って思ったのに、入学が決まった瞬間あっさり燃え尽きて高校での成績はずっと下から数えたほうが早い。練習がきついからってことにしたいけど、悠月なんかは上位をキープしてるから言い訳もできないや。

そういえば、舞はこんなことも言っていた。

『陽(はる)と相方のポイントガード、悠月(ゆづき)だっけ？　一年の準々決勝で当たったとき、ちょっとだけうらやましかったんだよね。まるであのふたりみたいだ？　って』

『ぼこぼこにぶっ飛ばしておいてよく言うよ』

『むかついたから』

『あんたって意外と嫉妬(しっと)深いタイプ？』

『じゃなかったら惚(ほ)れた男(バスケ)にここまで人生賭けないでしょ』

『そりゃそうだ』


ナナみたいに表面上はクールなタイプなのかと思ってたのにわりとぐいぐい来るからうざいときもあるけど、こういう話をしてると繫(つな)がってるんだなって安心する。

なんていうか、自分とおんなじぐらい本気で、自分とおんなじぐらいばかで、笑っちゃうぐらい自分よりすごいやつがこんな近くにいるんだって。

もちろん相棒(ナナ)とプレーしてるときだって感じるけど、いまはちょっと、私の胸につっかえてるもやもやの端っこにあの子もいるから。

脇目も振らずにバスケのことだけ考えてるやつの熱に触れたくて、きっと無意識のうちに舞(まい)を誘っていたんだと思う。

部室で着替えて戻ってくると、私から体育館倉庫の鍵を奪ってった舞が勝手にボールやらスコアボードやらを出して準備を始めていた。本当に物怖じしないというか、コートがあればどこでもホームみたいに思っているのかもしれない。

「陽、アップから？」

「うん、この時期なら軽いジョグとストレッチでいいや」

「オッケー、付き合う」

冬だともう少し入念に準備するけど、いくら夏の終わりとはいえまだまだ身体が冷えて硬くなるような気温じゃない。

並んで走り始めた舞に私は話しかける。

「そういや芦高っていつも何時まで練習してんの？」

「んー、普通。一時間ぐらい朝練して、あとは放課後に三時間ぐらい？　土日、長期休み、それから自主練は別腹でみっちりやるけどね」

「えっ、まじ!?」

「へえ？　練習できる時間の差、とか思ってたんだ？」

「――ッ」

思いきり図星を突かれて言葉に詰まる。

考えてみれば芦高だってうちと同じ公立校だから当たり前なんだけど、名門強豪校のイメージだけで、なんとなく自分たちよりも長く練習できる環境にいる気がしていた。私たちは進学校で縛りがあるから、そのなかで必死こいてやってるんだって。

確かに世の中にはそうやって練習時間を長くとってる私立高校なんかも存在する。でも芦高が自分たちと変わらないって聞かされたらぐうの音も出ない。

こんなところでも言い訳の余地がないんだな、と思う。

「じゃあ、どんな練習してんの？」

私は話を続けながら、ふと足下に目をやる。

舞の歩幅が狭く、ジョグとはいえちょっと窮屈そうだ。見上げると身長差はちょうど頭一個分ぐらい。そりゃ脚の長さも違うよね。

さりげなくスピードを上げると、くすっと笑って舞が答えた。

「わりと地味だよ。トミーって基礎トレーニングをめちゃくちゃ大事にしててさ、毎日朝からハードなサーキット。バーベルかついでスクワットとか」

「うげ……」

トミーっていうのは顧問の冨永先生だ。美咲ちゃんとは古い付き合いらしくて、試合のときはいつも親しげな感じで話している。

そんでサーキットは筋トレと有酸素運動を組み合わせた練習。簡単にいえば超しんどい障害物競走みたいなものだ。体育館のあちこちにハードルとか重いメディシンボールとか、いくつかのトレーニングスポットを作って、それを走りながらぐるぐるとこなしていく。夏場にやるとだいたい一年生が何人かぶっ倒れるぐらいきついメニューだ。

うちでも試合の入ってない休日とか長期休暇には取り入れるけど、毎朝って……。

私の反応がお気に召したんだろう。

舞はどこかふふんと得意げな顔して続ける。

「あとうちはよく走るよ。山の学校だからさ、近くの地獄坂って呼ばれてるところで延々とダッシュさせられたりとか」

後半になっても全然ばてない理由はそれか、とつい顔をしかめながら答える。

「正直、ちょっと意外だった。芦高ってもっとテクニカルな練習とか実戦形式に力入れてるのかと思ってたから」

「もちろんそういうのもやるけどね。トミーの信条って『テクニックは手に余る剣だ。まずはそれを自在に振り回して走り続けられる身体を作らないとなんの役にも立たない』だから」

「がちがちの脳筋理論じゃん……」

「ちなみに口癖は『お前たちは女じゃない、戦士だ』」

「まじか」

舐めてたな、と自嘲する。

芦高みたいな名門はもっとスマートで洗練された練習をしているものだと勘違いしてた。

そこにこそ付け入る隙があるって。

個々の能力や戦術の習熟度では分が悪いかもしれないけど、地道な基礎練習を積み重ねて、最後まで走り負けなかったら私たちにも勝機が見える、そんなふうに。

だけど、舞たちもおんなじなんだ。全国から集まってきた上手いやつらが、勝って当たり前と思われているチームでその当たり前を貫くために泥臭く毎日をあがいてる。

そりゃ強いわけだよ。

ちょっとやそっとの努力で破れる壁じゃないぞ、これ。

ひとりで焦りを募らせていると、そんなこと気にもとめていないように舞が口を開く。

「そういえば、あの男は来ないんだ?」

「男って……」

「ほら、朔」

「おい下の名前で呼ぶな」

私だっていまだに名字なのに。

そういうのってちょっと憧れたりもするけど、一年のときからずっと名字で呼んでたし、付き合い始めたとかわかりやすい理由がないとなんかむずがゆい。

「てか、なんであんた千歳(ちとせ)の話にそんな食いつくの」

舞と連絡を取り始めるようになったとき、真っ先に聞かれたのが「練習試合見に来てたあの男って陽(はる)の彼氏？」だった。

違うよって伝えて終わらせようとしたのに全然引かなくて、私自身もちょっと浮かれてたせいで結局あれこれ打ち明けてしまったことを少し後悔してる。

なんでもないことのように舞が答えた。

「だって、うち恋愛禁止だから」

「え……？」

「言ったでしょ？　私たちは女じゃなくて戦士なんだ。少なくとも芦高でバスケやってる三年間は、ね」

風の噂(うわさ)では耳にしていた。本格的な寮を構えているようなスポーツの名門校にはそういうルールを設けてるところがあるって。

そのときは「まあ本気で競技に集中したいなら当然っちゃ当然だよね」って軽く流してた。

だって私にとって恋愛なんて完全に他人事で、バスケのためならあっさり切り捨てられる程度の価値しかなかったから。

だけど、いまは……。

どうしてそんな古くさいルールを作る必要があるのか、痛いほどにわかってしまう。

浮ついて、揺れて、迷って、傷ついて。

いまの私が一〇〇パーセント純粋にバスケのことだけ考えて生きてるかって聞かれたら、真っ直ぐにはいと頷くことはできない。

舞はすべてを受け入れているように淡々と続ける。

「髪型は全員ショートカット。朝練の前はご飯を丼で二杯食べてから来いって指導されてるし、学校ではスマホも禁止。できれば解約しろって言われてて実際そうしてる子もいるけど、私はＮＢＡの試合見たり自分のプレーを動画で撮ってチェックするのに便利だから残してる。端からバスケ以外のゲームとかやってる時間なんてないしね」

「そこまで……」

そこまで、ありったけを捧げてるのか。

時間も、生活も、ささやかな娯楽も、女子高生として当たり前の青春さえ――――。

本気で上を目指すってこういうことなんだ。

誰にも負けたくないってこういうことなんだ。

そんな芦高でさえまだ手が届かないほど、全国の頂点は遠いんだ。

私は舞に気づかれないようにぐっと唇を噛む。

このままじゃ、一生、追いつけっこない。

本当はずっと気づいてた。

自分のなかにあるもやもやの正体。

あの日あの瞬間まで、私はバスケのためだけに生きていた。

芦高みたいなルールで縛ってたわけじゃないけど、自分の全部を賭けてたって意味では引けを取ってなかったと思う。


――だけど私は、恋を知ってしまったから。


ふとしたとき、千歳(ちとせ)のことを考えている瞬間が多くなった。

好きになってもらうにはどうしたらいいかって、美容とかファッションを覚えるために時間を割くようになった。

いまあいつにご飯とか誘われたら、平気で自主練を後回しにしちゃうと思う。


――だから、私は、きっと弱くなった。

芦高との練習試合で熱戦を繰り広げて、そのまま勢いで告白して。

あれからずっと、燃え尽きて抜け殻になってしまったような感覚があった。

間違ってもバスケがどうでもよくなったわけじゃないし、舞とのマッチアップで確かに掴みかけた感覚を手繰りよせようとあがいてる、はずなのに……。

ハートを捧げたい男がふたりになってしまって、私はそのあいだを文字通り浮気してるみたいに漂っている。

バスケはバスケ、恋は恋ってすっぱり割り切れたらいいけど、どうやら私には無理っぽい。

たとえばこれまでは「打倒芦高」「目指せインターハイ優勝」しか頭になかったのに、ついその先の未来を考えてみたりする。

私は大学でも本気のバスケを続けるの？

社会人になったら？

少なくともずっとこの道を走り続けるなら、どこかであいつから離れなきゃいけなくなる日はくるだろう。

だけどもし高校で完全燃焼してけじめをつけるなら、もしかしたら大学ぐらいはいっしょなところに行ける可能性がある。

……なんて、ただでさえチビっていうでかいハンデを背負ってる私がこんなありさまじゃ、芦高を倒すどころか舞をライバル視する資格さえもってないのかもしれない。

選ばなきゃ、いけないいんだろうか。

バスケとあいつ、どっちを愛するのかってこと。

一番大切なもののために、二番目に大切なものを諦めなきゃ手に入らないのかな。

わざとなのか天然なのか、舞は呑気に続ける。

「だから聞きたいんだよ。好きな人がいるって、恋するってどんな感じなのかなって」

私にはそれがまるでバスケ一筋になれていない自分を責められているように聞こえて、うつむきながら黙ってペースを上げた。

*

アップを終えて、軽いシュート練や1　on　1をこなしていると、ドアのほうから私を呼ぶ声がした。

「ウーミーっ！」

そちらに目をやると、先代キャプテンのケイさんがぶんぶんと手を振っている。隣には美咲ちゃんと、脳裏に刻みつけられていたふたりの先輩。みんな練習着だ。

「ケイさんっ！」

私が駆け寄ると、大げさに手を広げて抱きついてくる。

「やーん久しぶりー。相変わらずちっちゃいなぁ」

「ケイさんは相変わらずスキンシップ鬱陶(うっとう)しいっすね」

「あれ、でもなんかちょっと女っぽくなったような……？」

「そのまま胸触ったらぶっ飛ばしますよ」

一通り再会のあいさつを終えてから、私は舞(まい)を手招きした。

「えっと、こいつは……」

「東堂(とうどう)舞っ⁉」

ケイさんは思わず一歩後ずさりながら驚きの声を上げる。

インハイ予選でこてんぱんにやられた記憶がまだ残ってるんだろう。

舞がどこか愉快そうに口を開いた。

「あの暑苦しかったパワーフォワードの人だ？」

「芦高でもそんな扱いっ⁉」

ケイさんはいつものテンションでそれに応じる。

意外と舞って他のチームの選手も覚えてるんだよね。この体育館で初めて会ったときは、県内の選手なんて眼中にないのかと思ってたけど……。

『それでもプレーは焼きついてるもんさ』

結局、千歳の言ってることが正しかったな。

って、またあいつのこと考えてるし。

私はがしがしと頭をかいて美咲ちゃんのほうに目をやる。

ときどき舞といっしょに練習してることは伝えてたから、なんとなく見当はついてたんだろう。あんまり驚いてはいないみたいだ。

「いいよね、美咲ちゃん」

「もちろん、歓迎する」

舞が口を挟む。

「トミーがたっぷりしごかれてこいって」

「あいつがそれを言うか」

その言葉に苦笑しながら、美咲ちゃんは「紹介する」と先輩たちのほうを見た。

「背の低いほうが当時キャプテンでポイントガードのアキ。高いほうがうちのエースだったスモールフォワードのスズ。アキ、スズ、こいつが話していたウミだ。そっちがいまの芦高でエースを張ってる東堂舞。よろしく頼む」

「「よろしくお願いします」」

私たちはふたりでいっしょに頭を下げる。基本的に誰に対してもフランクな舞だけど、なんだかんだで体育会系だからか、こういうあいさつはしっかりするらしい。

パーマのかかったショートボブを明るい茶色に染め、細いヘッドバンドをつけているアキさんが一歩前に出た。くりんと丸い目が興味津々といった感じでこっちを見ている。

「よろしく、ウミ、舞。美咲ちゃんから話は聞いてたけどほんとにちっちゃいねー。私も大学だとよく小さいって言われるほうなのに」

アキさんの身長はナナより少し低い一六〇センチぐらいだろうか。確かにバスケの一線で活躍している人のなかでは高いほうじゃないけど、それでも私には充分うらやましい。

憧れてた人との対面に、柄にもなく少し緊張しながら口を開く。

「あの、芦高との決勝見に行きました！　おふたりに憧れて藤志高行こうって決めたんです」

「あ、そうだったんだ？　確かにあんときのうちら最高にキレッキレだったしねー。残念ながらケイは関係ないってさ」

「ちょっとアキさん⁉」

話を振られたケイさんが思わずつっこむ。確かに一年からレギュラーだったこの人も試合に出ていて、ガッツあるなーって感じたことを覚えている。

私は苦笑しながら調子を合わせた。

「いや、関係ないってこともあれっちゃあれなんですけど。アキさんとスズさんのプレーが印象的すぎて……」

「雑にあれで誤魔化さないで⁈」

つい吹き出しながら、それにしても、と思う。

アキさんは試合で見ていたときとぜんぜん印象が違う。

ピンチでも表情ひとつ変えず真冬のつららみたいに鋭いパスを出していたのに、コートの外ではこんなに気さくな人だったんだ。

ささやかな驚きをじんわり噛みしめていると、バッシュのつま先で床をとんとんと叩きながら、アキさんがどこか不思議そうに口を開く。

「でも、芦高のエースなんかと仲よくしてていいの？　私たちのときは本気で勝ちたいって思ってたからもっとバチバチだったけどなあ」

「――ッ」

ちくりと、釘を刺されたような気がした。

倒すべき相手と仲よしこよしなんて温いねって。

その程度なんだね、って。

思わず言葉に詰まっていると、代わりに舞が反応する。

「へえ？　そういうポーズとってないと戦えないタイプだ？」

「ちょっ、舞！」

挑発するような言い方に私が慌てると、アキさんはさらりと受け流すように口の端を上げた。

「いいねいいねー、さすが芦高のエース様。うちらのときもそういう自信満々な鼻っ柱へし折ってやりたかったの思いだしたよ」

するとそのやりとりを黙って見守っていたスズさんが、静かに一歩踏み出す。

身長は一七〇ぐらいだろうか、全身が無駄なく引き締まっている。切れ長の目にすっと通った鼻筋は彫刻みたいで、舞よりもさらに短いベリーショートヘアが驚くほどよく似合ってた。

かっこいい人だな、と思わず見惚れていると、スズさんが表情を変えることなく口を開く。

「時間の無駄」

「え……？」

温度の感じられないような声に、一瞬、聞き違いかと思った。言葉の内容もそうだけど、コート上でのスズさんは闘志をむき出しにした野性味のあるプレーをしていたから、なんというか、もっと熱い人を想像していたのだ。

もしかしたら相方のアキさんをたしなめただけかなと期待したけど、その冷たい目は間違いなく私と舞に向けられていた。

「私たち、限られた短い休みを使って久しぶりに指導受けようと思って来たんだ。悪いけど高校生と遊びに来たわけじゃないから」

「あの、その……」

ショックで言葉がうまく出てこない。

スズさんたちの立場からすればもっともな話だ。そのためにあえて部活がない日を選んだのかもしれないし、相手の都合を考えず割り込んだのは私のほう。

自分のバスケに対して真摯だからこそ苛立っているってのもわかる。

でも、なんていうか、勝手だけど、せっかくずっと憧れてた人たちと会えたのに、こんなのって……。

うつむく私を横目に、舞が口を開いた。

「お遊びで負けちゃったら格好つかないもんね、センパイ？」

それを聞いたスズさんが目を細める。

「芦高が強いのも、いまの藤志高に勢いがあるのも知ってる。でも私たちとはレベルが違う」

舞は飄々としながらも引くつもりはないみたいだ。

「うちは男子とも大学生とも試合することあるけど普通に勝つよ？」

「そんじょそこらの大学ならともかく、私たちはインカレで優勝争いしてるチーム。だいたい、その芦高に勝ってインハイ行ったんだけど？」

「私のいない芦高でしょ？」

ぴりぴりとしていく空気に、私は思わず美咲ちゃんとケイさんを見る。

だけどふたりとも口を挟む気はないみたいで、黙って成り行きを見守っていた。

ぱちんと、アキさんが手を叩く。

「まあまあ、いいじゃんスズ。かわいい後輩なんだし、ちょっとだけ付き合ってあげようよ。

ウミも一応インハイ目指してるみたいだし。口げんかしてるよりもプレーでわからせたほうが早いって」

スズさんが諦めたようにため息を吐いたのを見て、すかさず舞が言った。

「ケイと美咲は動けるの？」

苦笑しながらケイさんが答える。

「まあ、現役のときほどじゃないけどトレーニングは続けてるよ」

美咲ちゃんは腕を組んだまま不敵に微笑む。

「まだ尻の青いＪＫやＪＤに遅れはとらん」

オーケー、と舞が続けた。

「やろうよ、オールコートの三対三。うちは練習のときドリブルなしでやったりするけど、今回は普通にありで。人数が少ないこと以外は基本普通のルールといっしょ。ノックアウトもなしの十分休憩挟んで二クォーター分。どう？」

ガチンコでやり合おう。

簡単に言ってしまえば舞の提案はそういう内容だった。

国際的な３×３のルールだとハーフコートで試合時間は一クォーターに相当する十分。どちらかのチームが二十一点以上とった時点で勝ちになるノックアウト制を採用している。

舞はそういう縛りを全部取っ払ってシンプルに三対三でのバスケをしようと言っているの

だ。人数が少なくなった分、当然のように一人ひとりの運動量は多くなる。さらっと流してたけど、芦高がやっているというドリブルなしでパスオンリーなんて想像しただけでもハードな練習だと思う。

　ぱちんと、アキさんがもう一度手を叩いた。

「ならそれでいこう。美咲ちゃんはこっち側でいいよ」

「おいアキ、しなっと（※さりげなく）私をハンデ扱いするな。慣れたメンバーで組んだほうがいいだろう。ケイがそっち、私はウミ側でいい」

「……その歳でほんとに走れるの？」

「ほう？　大学でずいぶんと調子に乗ってるみたいだから久々にしごいてやる」

　スズさんが、どこか退屈そうに告げる。

「三十分だけ。もう無理だと思ったら早めにギブアップしなよ」

　まるで自分を置いてけぼりにして進んでいくような展開を、私はどこか煮え切らない想いで眺めていた。

＊

　先輩たちのアップが終わるのを待って、私たちはセンターサークルに集まった。

こっちのチームは私、舞（まい）、美咲（みさき）ちゃん。

向こうがアキさん、スズさん、ケイさんだ。

これから憧（あこが）れの人たちと試合ができるっていうのに、私の心はまだくすぶったまま。

さっき舞から聞かされた話も相まって、やっぱりバスケに対して中途半端なのかな、ってもやもやが渦巻いている。

ボールを持ったアキさんが、まるで気負っていない様子で話しかけてきた。

「ウミも舞もワンハンドなんだ、生意気～」

シュート練してるところを見ていたんだろう。

ワンハンドっていうのは片手で打つシュートフォームのことだ。日本の女子、とくに高校だと一般的にツーハンドの選手が多いけど、身近なところだと私とナナ、舞は男子と同じワンハンド。ケイさんも含めて先輩たちはみんなツーハンドだ。

「えっと、ミニバスのときの監督がそういう方針だったので……」

そう答えると、舞が続く。

「私も昔からだけど、うちは入部するとみんなワンハンドに矯正されるよ。ツーハンドはぶれやすいしね」

言われてみれば芦高はそうだったな、と思う。

女子でツーハンドが主流なのは男子と比べて力不足、という理由が大きい。単純に、片手よりも両手で打ったほうが距離を出しやすいからだ。結果としてモーションがコンパクトになるというメリットもある。

一方で、舞が言っていたようにツーハンドは狙いを定めにくい。片手でコントロールするワンハンドと違って、左右どちらかの力加減やタッチが悪かったりすると簡単にぶれてしまう。同様に、ワンハンドは多少無茶な体勢からでも打てるけど、ツーハンドはゴールに正対して綺麗なフォームで打たないとシュートが乱れやすいから、実戦のなかだと応用が利きにくい。

ようするに、無理せずワンハンドで届くならワンハンドのほうがいい、ってのが最近の女バスにおける考え方だと思う。

実際、日本ではまだツーハンドが多いけど、芦高みたいにワンハンドを採用するチームも増えてきている。海外の女子選手なんかだとほとんどワンハンドだ。

アキさんが冗談めかして口を尖らせた。

「ふーん、なんか遅れてるって言われてるみたいでやーな感じ」

舞はあくまで挑戦的だ。

「時代も芦高も変わってる、ってことを教えてあげるよ」

私がなにか弁解しようとする間もなく、「じゃあ」とアキさんが言った。

「やろうか。美咲ちゃんボール上げてくれる？　タイマーはケイがスタートして。いちいち止めてられないから余裕見てざっくり十三分ぐらいで。スコアボードは両方のゴールに用意したから入れられたほうが自分でめくる。その他細かいことはセルフジャッジで揉めたら美咲ちゃんに判断を委ねるってことで」

私たちはこくりと頷く。

向こうのジャンパーは長身のスズさん、こっちはもちろん舞だ。

ふたりがセンターサークルの中で向き合うと、アキさんが告げた。

「――さあ、ハートに火を点けようか」

瞬間、しんと短い静寂が訪れる。

それまで内心はどうあれ表面上にこにこしていたアキさんの顔から感情が抜け落ち、くりんと愛らしかった目が薄氷みたいに鋭くなった。

対称的に、終始無表情だったスズさんは眉間にきりきりとしわを刻んで歯を噛みしめ、全身に力をみなぎらせていく。

ぞくりと、背筋が寒くなった。

いつかの決勝戦で見たふたりの姿が脳裏に蘇ってくる。

ああ、なにひとつ変わっていない。

やっぱりそっちが本領なんだ。

舞もなにかを感じとったのか、軽く手脚をほぐしてから自然体で腰を落とす。

ちりちりと空気が張り詰めていく。

アキさんも、スズさんも、舞も――――。

それぞれタイプは違えど、目の前の一戦に向けて集中していくのがわかる。

じゃあ、私は？。

身体は動く、シュートの調子もドリブルのキレも上々だ。

だけど、心だけが。

いつまでも行き先を見失ったまま、どうしても付いてきてはくれなかった。

くそッ、と私は心臓のあたりに拳を叩きつける。

望んで今日ここに来たんじゃないのか。

あの人たちみたいになりたくて藤志高へ入ったんじゃないのか。

舞をぶっ倒してインハイで頂点摑むんじゃないのか。

ちゃんと燃えろよ、私のハート。

あんたの取り柄なんてそれぐらいだろ。

無理矢理にでも自分を鼓舞しようとしている私をよそに、美咲ちゃんがボールを構える。

とにもかくにも、まずは先輩たちに一発かましてやる。

大丈夫、ゲームが始まればきっと本能が目を覚ます。

重心を低くして構えると、ふわりボールが上がった。

スズさんと舞(まい)が同時に跳ぶ。


――バヂッ。


ボールが最高到達点に達して、ともに敵陣側へと押し出そうとしたふたりの手がほとんど同時にボールを擦(こす)った。

高いッ、と思わず息を呑(の)む。

舞が飛べるのは知ってたけど、身長でやや劣るスズさんもまったく引けを取っていない。

拮抗(きっこう)した力に弾かれて、私寄りにボールがこぼれてきた。

よし、いける。

そうして一歩踏み出した瞬間、

――キキュッ。


鋭いスキール音とともに俊敏な影が私の前を横切った。

「遅いよ、後輩」

短くそう言って、ボールを奪ったアキさんがそのまま走り出している。

「くっ、そ」

間髪入れずにその背中を追いかけた。

私だってスピードには自信がある。

ドリブルしてる相手にならなら多少出遅れたって追いつけ――。

「え？」

アキさんに肩を並べたとき、もうボールはその手元になかった。

パス？　いつのまに？

「舞ッ！」

反射的にそう叫ぶ。

ケイさんはコートから外れてタイマーをスタートさせていて、美咲（みさき）ちゃんは戻ってくるのを待つみたいだから、いまプレーに参加しているのは四人だけ。

アキさんがパスを出す相手はひとりしかいないし、舞も当然チェックしているはずだ。

「っしゃあッ！」

しかし返ってきたのはスズさんの気迫に満ちた声だった。

受けとったボールをゴールに向かって一直線に運んでいる。まるで全身を躍動させるような
ドリブルはさっきまでのクールな態度からは想像できないほど力強い。

もちろん舞もきっちりディフェンスについていた。

あれだけ身長が高いくせしてきっちり腰を落としながら張りついてくるからやっかい極まりないってことは身をもって体感している、はずなのに。

スズさんはまるで意に介していないように切り込んでいく。

余裕なのか信頼なのか、アキさんはひとまずこの一対一を見守ることに決めたみたいで、パスを出したあとはほとんど動いていない。

スリーポイントラインの付近で、スズさんが一度止まって間を取った。

すかさず舞はゴールと相手の直線上に入って手を広げる。

あのまま突っ込んでもゴールを狙えたように思うけど、もしかしたらスズさんもあえて仕切り直したのかもしれない。

舞の体勢が整ったのを確認してゆっくり腰を落とす。

「シッッッ」

お約束程度の軽いフェイントを左に入れ、スズさんがいっきに右からドライブを仕掛ける。

当然それだけで抜き去れるほど舞も甘くはないが、

――ドダンッ。

――ふぁすっ。

「うそ……!?」

目の前で繰り広げられた信じられない光景に、思わず私は声を漏らした。

予想どおりフェイントには惑わされずきっちりコースを潰しにいった舞が、ゴ、ゴ、ゴール前の攻防で、

吹っ、吹っ飛ばされて尻餅をついていい、いる。

もちろんその後で悠々とレイアップを決められた。

私が慌てて駆け寄り手を差し伸べると、

「ッチ」

苦々しげに表情を歪めながら立ち上がる。

それもそのはずだ。

小さい頃から何度も試合で当たってきたけど、東堂舞のこんな姿は私も初めて目にした。

だってぱっと見は華奢なのに実際マッチアップしてみると驚くほど体幹が鍛えられていて、

ちょっとやそっとで押し負けるようなやつじゃない。

毎朝丼で二杯ご飯を食べてるって話もあっさり信じられたぐらいだ。

ボールを回収したスズさんがからかうようにつぶやいた。

「ディフェンスは苦手かい？　重心の置き方が甘いなァ」

スイッチが入ってるせいか、さっきまでとは打って変わってしゃべり方までどこか荒っぽくなっている。

舞が口の端をひくっとさせてからぞんざいに答えた。

「そりゃどうも、センパイ」

ボールを受けとり、私にだけ聞こえる声でぼそっと言う。

「……手が巧い」

ああ、やっぱりそういうことか。

舞が試合を再開させようとすると、スズさんがくいと親指を立ててもう一度口を開く。

「スコア、めくんなよ。入れられたんだから自分でな」

「っ、はいはいオーケー」

不服そうに得点を追加すると、すぐ私にボールを入れてきた。

相手チームは全員自陣に戻っている。

先制は許したけど、ケイさんと美咲ちゃんも加わってここからが本番だ。

三対三だと五人のときほど明確なポジションはない。人数が少なくなる分、個々がいろんな役割を担う必要がある。

いったんボールを真ん中の美咲ちゃんに渡し、私は右サイドに、舞が左サイドに散った。

ハーフラインを越えたところですかさずアキさんがマークについてくる。舞にはスズさんが、美咲ちゃんにはケイさんがマンツーマンで当たるみたいだ。三人じゃゾーンできっちり守るのも難しいからここまでは想定内。

よし、こっちもまずは一本。

私はアキさんが舞の位置を確認したほんの一瞬を突いてマークを外す。

そこに美咲ちゃんから狙い澄ましたようなパスがきた。

「っし」

さっきはアキさんにしてやられたけど、私の本領はこっち（オフェンス）だ。

走りながらパスを受けとり、そのままの勢いで前傾気味にドリブルを仕掛ける。

あわよくばそのままシュートに持ち込みたかったけど、さすがにきっちりと張りついてきて容易に突破はできなさそうだ。

私は美咲ちゃんと舞の動きをちらりと確認する。

いったん速度を緩め、仕切り直しとばかりにもう一度ドライブで切り込み――。

アキさんの脚がつられて動くのを確認して、
キキュッ。

二歩目で鋭く床を踏みしめブレーキをかけて止まる。

多少体勢に無理はあるけど、構わずに跳んでシュートモーションに入った。

やっぱりこの程度じゃ振り切れず、相手もブロックにくる。

けどっ、

「──本命はこっち」

乾いたアキさんの声とほとんど同時に、バチィッという音が響く。

舞に通そうとしていたパスが、完璧にコースを塞いでいた相手の腕に当たって弾かれる。

くそっ、読まれてた。

「パス出す相手見すぎ、シュートする気ないのばればれ」

言いながらアキさんはもう走り出している。

「んにゃろぉッ！」

こうなりゃとことん纏わりついてっ。

そう、腹をくくった瞬間には、もう。

ボールはケイさんに移っていた。

そこからすかさず舞のマークを外したスズさんへ。

瞬く間に、またあっさりと二本目を決められてしまった。

ヘッドバンドの位置を調整しながらアキさんが言う。

「ドリブルとスピードに自信があるのはわかる。チビの取り柄だもんね。だけどそれに固執しすぎだよ。パスは行き詰まったあとの逃げ道じゃない」

「……っ、はい」

　私はうつむきがちに答えた。

　試合モードということもあってかアキさんの言い方は少し冷たいけど、それは間違いなく後輩に向けた助言で、なおかつ的を射ていた。

　最初の舞とスズさんの一対一は例外として、あの日見た決勝戦やいまの短い攻防だけでもわかるように、アキさんたちは異様に球離れがいい。つまり、個々がボールを持っている時間が短く、パスの連続で運んでいく。

　わざわざ確かめるまでもなく、ドリブルで相手を交わしながら走る選手とパスだったら後者のほうが圧倒的に速い。

　もちろん、実戦でここまでスムーズに繋ぐことは口で言うほどかんたんじゃないし、そこはアキさんたちが培ってきた信頼関係や連携にかけた時間の賜物なんだろう。

　いまの藤志高はどうしても試合のコントロールをナナに任せっきりで、私を含めた他のチームメイト間でのパスワークが甘くなりがちだという自覚はあった。

　性分、っていうのもあると思う。

　アキさんの言うとおり、ドリブルで切り込んでゴールを沈めるのが取り柄だって信じているし、だからこそずっとこだわってきた。もちろん、パスのひとつも出さずになんでもかんでも突っ込もうとするほど傲慢じゃないつもりだけど、どんな場面でもまずは自分で決められるかどうかを第一に考えてしまう。

くそ、私には足りないものばっかりだ。

——けっきょく反撃のきっかけを摑むことができないまま、タイマーは六分を経過した。

スコアは十三対七で、試合開始から一度もリードを奪えていない。

こっちの得点はスリーを含めた舞の三本。

積極的にゴールを狙わずサポートに回っている美咲ちゃんはともかく、完全に私が足を引っ張ってしまっている。

そんなことを考えていると、プレーが切れたタイミングを見計らい、舞が右手の親指と人差し指を立てて、くいくいと回しながら近づいてきた。

マークをチェンジしようってことだろう。

「陽もあれ体感しといたほうがいい。私はこっち」

言いながら舞はアキさんにつく。

私はケイさんが入れたボールを受けとったスズさんのもとへ走る。

ポジションは同じスモールフォワード。身長は全然違うけど、がつがつゴールを狙っていくスタイルにはあの頃から親近感を抱いていた。

「勉強させてもらいます」

その言葉に、スズさんは短くふんと鼻を鳴らす。

「あんたがエースじゃチームも苦労するだろうね」

「っ、それって身長のことですか？」

「そんな小さい話はしてないよ」

言い終わるか終わらないかのうちに、私の頭上からアキさんにあっさりパスを出す。

こればっかりは仕方ないと割り切って、スズさんの動きを追った。

スリーポイントラインのあたりでアキさんからのリターンを受け取り、緩急をつけたドリブルで仕掛けるタイミングを見計らってくる。

私はゴールへのコースを潰して、左右どちらでもついていけるように構えた。

期せずして、いや、もしかしたらこの人の思惑どおりに、先ほどの舞と同じ構図になる。

キキュッ。

目線と重心だけでシンプルなフェイクを入れて、スズさんが私の左側から抜きにきた。

この身長差じゃ少しでも離れた瞬間にジャンプシュート一発でおしまいだ。

そう思ってべったり食らいつこうするが……。

「――ッ」

ある一定の距離から内側に入らせてもらえない。

右手でボールを操るスズさんの左手が私の動きをことごとく妨害してくる。

もちろんオフェンスファウルにはならない絶妙な案配で、近づこうとすればガードされ、ボールを奪おうとしてもかいくぐられて、多少強引な展開に持ち込もうとしてもすいっと流されてしまう。まるで自分の身体(からだ)をコントロールされているみたいだ。

「こっ、のぉッ！」

私が体勢を立て直そうと半歩引いたその一瞬を突いて、

「シッ」

逆にスズさんが大きく一歩踏み込んできた。

置き去りにされた半歩分をすぐに振り返って取り戻そうとしたけど、ちょうど私の腰のあたりに構えられている相手の腕が邪魔で思うように反応できない。強引に押し通そうとしたら間違いなくこっちのファウル(ディフェンス)だ。


ダダンッ、ぱしゅ。

バランスを崩してたたらを踏んでるあいだに、そのままあっさりと決められてしまった。

『……手が巧い』


舞の言葉を思いだしながら、これか、と確信した。

オフェンスがドライブで相手を抜くとき、オフハンドの使い方が重要だと言われている。

ようするにドリブルをしていないほうの手、より正確に言えば腕でいかにディフェンスの動きを制御できるかというテクニックだ。

当然のように私や舞だって取り入れてるけど、スズさんはそれが抜群に巧い。

オフハンドのポピュラーな例のひとつは、ドリブルしている手とディフェンスの間にもう片方の腕を入れて、それを壁とか柵に見立てる感じでボールを守るという使い方だ。けっこう直感的なプレーで、力対力みたいなのがわかりやすくて私は気に入ってる。

スズさんはこれに加えて、なんというか柔らかいオフハンドの使い方が多い。

ときどき、審判の目を盗んでファウルすれすれの荒っぽいプレーをする選手もいるけど、そういうのとはまったく違う。

私の腕や身体をいなすというか、こっちの力をうまく流してる感じ。

さっき舞が尻餅をついていたのも、重心が偏ってる瞬間を狙われたんだろう。

自分とスタイルが似ているなんてとんだ勘違いだ。

迫力のあるプレーに惑わされそうになるけど、この人、めちゃくちゃ巧い。

ボールを拾ってスコアをめくっていると、スズさんがあからさまなため息をついた。

「なあ、お前ほんとにキャプテンか？」

「え……？」

「そんなざまでファイティングガールズ背負ってるのかって聞いてんだよ」

「それって、どういう」

ぐっと拳を固めながら聞き返すと、つまらなそうな声が返ってくる。

「さあね。でもいまのままじゃあの舞ってやつになんて一生届かないぜ。さっきから喰らってやろうって気満々の面してる」

それだけ言うと、スズさんはあっさりと離れていく。

エンドラインの外側からコートを眺めていると、ぽつん、と胸の奥で音がした。

この体育館でひとりぼっちだ、私。

猛る身体に心がついてこないのか、逸る心に身体がついてこないのか、その両方か。

とにかくなにかが嚙み合わずに、さっきからずっと空回りをしている。

ねえ、千歳。

あんたならこういうとき、どうするの？

なんて、試合中にまで男にすがろうとしている自分がつくづく嫌になって、私はバスケットボールをぎゅっと抱きしめた。

＊

前半の十三分が終わってスコアは二十三対十五。負けているのはこっちだ。

完全に私の責任だった。

美咲ちゃんが先輩たちをからかうように決めたスリーを除けば、あとは全部舞の得点。

私はまだ一本もゴールを落とせていない。

あのあとも練習だからって何回かマークを交換したけど、アキさんにもスズさんにもいいようにあしらわれていた。

一方で、舞はさすがとしか言いようがない。

最初はやっぱり翻弄されていたはずなのに、途中からどんどん順応してきて、終盤は互角に近い攻防を繰り広げているように見えた。

私は体育館の壁にもたれかかりながら座ってぐでんと脚を伸ばす。

まだ半分ぐらい凍っているポカリを目のあたりに押し当てて、深くため息をついた。

ペットボトルのかいた汗が、悔し涙みたいに頬を伝っていく。

あーあ、どうしちゃったんだろ、私。

いくらメンタルが万全じゃないとはいえ、ここまで調子が悪いのは初めてだ。

コートに立てば、目の前に抜くべき相手がいれば、いつだって魂が奮い立っていたのに。
誰と戦ってるんだろう、なにを欲しがってるんだろう。
まるで明け方の覚束(おぼつか)ない夢を彷徨(さまよ)っているように、私は私がわからない。

ねえ、こんなふうになっちゃうなら。

知らなきゃよかったよ、恋なんて。

出会うんじゃなかったよ、あんたとなんて。

…………。
ううんごめん待ったいまのはうそ！
それはやだ、絶対やだ。
お願い神さま、聞かなかったことにして。

じゃ！　ないだろ！

ああ、もうっ。

私はくしゃりとペットボトルを握る。

いまの自分が、本当に嫌んなっちゃいそう。

コートに余計なもの持ち込んでんじゃねえよ。

でも、だけど、だって。

うじうじとそんなことを考えていると、

「らしくないんだ?」

スポーツタオルを首にかけた舞がすとんと隣に座った。

私は情けない顔を見られたくなくて、ぐいっと目許を拭う。慣れないファンデがリストバンドについて、また言いようのない後ろめたさがこみ上げてくる。

「やっぱ、そう見えるよね」

「うん、今日の陽はつまんないよ」

「だよね、ごめん……」

舞はなぜだか面白そうにそう答えた。

「だからスマホ貸して」

「は?」

「さっき持ってきてたでしょ、ロックも外して」

確かに練習が終わったら先輩たちといっしょに写真撮ってもらおう、なんて浮かれて用意はしてたけど……。意図がわからないまま、私は近くに置いてあった帆布のトートバッグからスマホを取り出して渡す。

舞がなにやらディスプレイをタッチしていると、やがて、

トゥルルルルルルル、トゥルルルルルルル。


スピーカーにしたスマホから電話の呼び出し音が響いた。

「は？　ちょっと舞、誰にかけてんの!?」

慌てて取り返そうとする私の手を、スズさんのオフハンドばりに防ぎながら舞が言う。

「おまじないでもかけてもらおうかと思って。あの日の陽に戻れるように、ね」

あの日って、もしかして……。

私がなにか言うよりも早く、相手が電話に出てしまったみたいだ。

『よう、どうした？』

「――ッッッ」

スピーカーから響いてきたのは、いま誰よりも話を聞いてほしくて、だけどいま誰よりも頼りたくはないと思っていた人の声だった。

舞は私の動揺なんて素知らぬふりで勝手に話し始める。

「あ、朔？　東堂舞だけど」

『……は⁉』

「芦高が誇る美人でスタイル抜群のスーパーエース」

『いや、そりゃまあ、覚えてるけど』

「へえ？　朔もそう思ってたってことだ？」

『……げふん、それでなんの用だ？』

おいちょっと待て千歳、なんだいまの間は。

はいはいあんたショートカットで美人な西野先輩にでれでれしてたもんね。

子どもっぽいポニーテールのちんちくりんですいませんでした、ふんっ。

なんかちょっと嬉しそうに肩を揺らしてる舞が続ける。

「朔と話してみたかったんだ」

『なんだってんだ今日は。つーかこれ陽のスマホだろ』

「まあまあ、いまは他の女のことなんか忘れてさ。私のこと、どう思う？」

『聞いてた以上にめんどくさそうだなと思ってるところだよ』

「なら、もっと知ってよ。私のめんどくさいとこ」

「いつまでもなにやってんだーーー!!!!!!!!!!!!」

とうとう我慢しきれなくなって私は叫んだ。

『陽!?』

スピーカーになっているとは思わなかったのだろう。

千歳が驚いたような声を上げる。

「あんたもあんたでさっさと切り上げろ! 鼻の下伸ばすな!」

『そっちからかけてきたのに理不尽だろ……』

あーあ、と隣で残念そうにつぶやいてから舞が続けた。

「いま陽と組んで憧れのOG相手に練習試合やってるんだけど、なんか調子悪いみたいなんだ。あのときみたいに愛の言葉でもささやいてくんない、朔」

「ちょッ、舞」

私が慌てると、自分の役目は終わったとでもいうように涼しい顔でスマホを押しつけてくる。

「その、あの、違くて……」

なにか言わなきゃ、できればなんでもないって誤魔化さなきゃと思うのに、しょぼしょぼと上手く言葉が出てこない。

いま口を開いたら、絶対に弱音がこぼれちゃう。

それで慰められたりなんかしたら、またあんたに依存して、私の心がコートから遠ざかってしまう。なんだって恋愛禁止の芦高にいる舞がこんなこと……。

『なあ、陽』

なにかを察したのか、千歳がいつもよりやさしい声で私の名前を呼んだ。

『いま、笑ってるか?』

「へ……?」

想像していなかった台詞に思わずまぬけな反応をすると、スマホの向こう側でくすくすとやわらかい吐息がこぼれた。

『なんだよ、あのとき陽が俺に言ってくれたんだぞ。

笑え、って。

辛気くさい顔しててんじゃねえ、って』

きゅんと、喉元が締めつけられるように甘酸っぱくなった。

そっか、あのときの言葉、ちゃんと届いてたんだ。

ひとりで戦ってるあんたの背中を、ちゃんと支えてあげられてたんだ。

へっ、とかっこつけるみたいに笑って千歳が続ける。

『憧れの先輩が目の前にいて、隣には最強のライバルがいるんだろ？　そんなにオイシイ場面でいつまでもくすぶってる女だったか？　俺の相棒は』

……まったく、この男は。

そうやって欲しいときに欲しい言葉くれちゃってさ。

さっきから何度自分に活入れようとしても駄目だったのに、どうしてあんたに言われるとすっと身体が軽くなるんだろう。

千歳は少しだけ押し黙ったあと、どこか照れくさそうに言った。

『それに、なんだ……。

俺も楽しそうにバスケしてる陽のほうが好、いや、いいと思うぞ』

「ばッッッ――――」


ぶちっと、思わず通話を切ってしまった。

あとで謝んなきゃとかお礼も言わなきゃとか、そんなの全部すっ飛ばして。

どくん、どくんと、心臓が高鳴っている。

全身を血液が駆け巡り、かあっと火照ってきた。

なにこれ、なんなのもう。

さっきまでどうやったってテンション振り切ってくれなかったのに。

隣でにやにやしながら私の様子を見守っていた舞がおかしそうに言った。

「へえ？　それが恋なんだ？」

「うっさいばか、こっち見んな」

落ち着け、落ち着け。

なんか一瞬「す」って言いかけてた気がするけど、そういう意味じゃないのはわかってるし。

ああもうほら、こうなるから話したくなかったんだよ。

いまはまだ試合中なのに、私のなかがあいつでいっぱいに……。

「──おままごとかよ」


気づくと、スズさんが醒めた目で見下ろしていた。

「試合中に男と電話って、そりゃあプレーにも身が入らないわけだ」

「すいませんっ、これはちょっと……」

私の言葉を遮るように、隣のアキさんが会話に割って入る。

「舞じゃないけど、確かに時代と藤志高は変わったみたいだね～。私たちは三年間バスケのことしか考えてなかったから、そういう浮ついたのとは無縁だったけど」

休憩中だからか、またにこにこと笑みをたたえているけど、その瞳はどこか乾いている。

そっか、やっぱり先輩たちも……。

千歳と話して浮かれていた心が、またしぼみ始めていく。

なにも言い返せずにうつむいていると、スズさんが嘲るように続けた。

「ま、後輩の色恋にまで口出すつもりはないけど、せめて相手ぐらいは選べよ？　笑え？　楽しそうにバスケしろ？　なんだそのアドバイスはくだらねえ。温いバスケやってる女は、惚れる男も温いんだな」

「え……？」

いま、なんて言った？

「そういうのは、なにかに魂賭けて本気になったことがないやつの台詞だ」

おい、ちょっと、待てよ。

「もう休憩は充分だろ？　美咲ちゃん、さっさと終わらせようぜ」

センターサークルのほうに向かっていく先輩たちの背中を見送りながら。

ぷちんと、なにかが切れる音がした。

私が叱られたり呆れられたりするのはいい。
そうなって仕方のないプレーを見せてしまった自覚はあるし、反省もしてる。
温いバスケだって思われるのも当然だ。

だけど、だけどっ。

――あいつの生き様を、ふたりでたどり着いた夏を馬鹿にされるいわれはねえよッッ!!!!!!


瞬間、身体中の細胞が覚醒したような痺れが走った。

指の先から足の先まで、迸るような力がみなぎっていく。

私は首にかけていたスポーツタオルをばさっと投げ捨てて立ち上がった。

固く拳を握りしめて、真っ直ぐに先輩たちを睨みつける。

「ひゅう」

舞がどこか楽しげな声を出す。

わかってる、悪いのはスズさんたちじゃない。

ふがいない醜態さらした自分のせいだ。

あのとき誓ったじゃないか。

中途半端に途絶えちゃったあんたの夢を、私が未来まで持っていって一番高いところに飾ってやるって。

確かにいまの私は浮ついてるのかもしれない、バスケと恋のあいだで揺れてどっちも一途になれていないのかもしれない。

そんな自分が先輩たちや舞（まい）を相手に渡り合おうなんて舐（な）めてるのかもしれないけど、甘いのかもしれないけど、まだぜんぜん整理なんてできてないけど、それでも——。

楽しそうに野球をするあんたが好きだ、逆境に立たされて笑うあんたが好きだ、最後の最後まで諦（あきら）めずに泥臭くあがくあんたが大好きだ。

だったら私が証明してみせる。

届けてくれた熱は、確かにこの胸のなかで息づいてるってことを。

私の太陽は、不器用な生き様を照らしてくれたんだってことを。

「舞ッ！」

言いながら、拳（こぶし）を心臓のあたりに叩（たた）きつけた。

「あいつらは憧（あこが）れの先輩じゃない、目の前に立ちはだかる敵だ。まとめてぶっ飛ばすよ」

舞はうれしそうに口の端を上げる。

「オーケーそうこなくっちゃ。そうだ、あれやろうよ、藤志高の円陣」

そういえば、気に入ったから教えてくれってせがまれたっけ。

私は舞と中腰気味に向かい合って、互いの両肩に手を置く。

ダンッ、と床を踏んで叫んだ。

「愛してるかい？」

「愛してるッ！」

舞もズダンッ、と力強く床を踏む。

「その愛は本物かい？」

「骨の髄まで愛してるッ！」

「だったらハートに火を点けろッ!!」

「待ってるだけの女じゃない!!」

「欲しい男は」

「抱き寄せろ」

「振り向かないなら」

「撃ち落とせ」

「ウィーアー」

「「ファイティングガールズ!!」」

ズダダダダンッ、と士気を鼓舞する陣太鼓のように床を踏み鳴らす。

それからバヂンとハイタッチを交わして、私たちもセンターサークルのほうに向かった。

スローインを美咲ちゃんに任せて散ると、こっちのマークについたアキさんがどこか懐かしそうにつぶやく。

「円陣のかけ声、変わってないんだ」

「好きなんすよ、これ」

「美咲ちゃんが考えたんだよ」

「え、そうだったんですか？」

私が入部したときにはもうこのかけ声だったから知らなかった。

熱くて、クサくて、ぜんぜん美咲ちゃんのイメージと違うからけっこう意外だ。

アキさんはすっと声の温度を下げながら続ける。

「私からケイへ、ケイからウミへ。芦高みたいな名門ってわけじゃないけど、そんなに軽くないよ。あの人の期待を、このチーム背負うってことは」

さっきスズさんにも似たような釘刺されたっけ。

わかってるつもり、だったんだけどな。

この人はどんなキャプテンだったんだろう。

どんなふうにチームを引っ張っていたんだろう。

「アキさんって試合中は表情消すんですね」

私が言うと、眉ひとつ動かさずに答えが返ってきた。

「余計な情報を与えたくないからね」

まあ、それはそれで理解できる。

確かにプレー中のアキさんは表情や目線から考えを読み取ることができない。

でも、と私は脚に力を込める。


「――私の尊敬する選手は笑うんすよ」


にっ、と歯を見せてから床を蹴った。

「美咲ちゃんッ！」

マークを外してボールを受けとる。

すぐ張りついてくるアキさんをロールで躱しながら、一瞬、舞の位置を確認して走り出す。

「っしゃあっ！」

ぼこぼこにやられた前半だけど、私だってなにも考えてなかったわけじゃない。

先輩たちのプレーはしっかりと目に焼き付けている。


キュッ。

　私はアキさんに並ばれたタイミングで鋭くブレーキをかけ、前方でマークを外していた舞にパスを出す。

「いまのは自然で悪くない。またドリブルで突っ込んでくるように見えた」

「そりゃどうもっ」

　アキさんの言葉に反応しながらもすぐに走り出す。

　舞がすぐ美咲ちゃんに戻し、美咲ちゃんから再び私へ。

　スリーポイントラインの内側でアキさんと一対一になった。

　ここは私が得意としているエリアだ。

　迷わずドライブを仕掛けるけど易々とは突破できない。

　ボールをキープしながら数秒を稼ぎ、半歩下がってシュートモーションに入る。

　アキさんも迷わずブロックに跳んだ。

　前半といっしょな展開、だけど――。

　私はそのままノ、ノ、ノールック、で、ボールを後ろに、ト、トスした。

「なっ」

　アキさんが驚いたように目を見開くのと同時に、

「いいね、上出来」

ボールを受けとったのであろう舞(まい)の声が背中越しに聞こえる。

よし、成功した。

この手のパスはナナやアキさんみたいな選手の専売特許で、上から俯瞰(ふかん)できるような能力というか、十人が入り乱れたコートの状況を正確に把握する視野の広さやセンスが必要だと思っていた。もちろんそういう部分も大きいことは否定しないし、普通より人数が少ない三対三でこんなプレーがひとつ成功したぐらいで自分にもできるなんて勘違いするつもりはない。

だけどアキさんを見てひとつだけ気づいたことは、自分の手元にボールが来る前から敵味方の位置関係を常にチェックしているということだ。

ここから先は私の想像だけど、その地図を常に更新していれば、よく知るチームメイトが状況ごとにどう動くかもある程度は予測できる。

だからこそアキさんはボールを受けとった瞬間にはもう、ドリブルで運ぶのかすぐにパスを回すのかという判断を下せているんだと思う。

さらに地図と予測があれば、なにも毎度お行儀よくパス相手を目で追う必要はない。

どちらかというとぼんやりと広く全体を眺めながら、視界の端にある情報を拾う感じ。

いまのはドライブに行き詰まった時点で舞がヘルプに来てるのがわかったから、あとはタイミングを合わせて落とした。

一発でこんなに上手(うま)く決まるとは思ってなかったけど……。

やっぱり楽しいな、バスケ。

小学校からやってるのに、まだまだ足りないものがたくさんある。

そいつをかき集めれば、私はもっともっと上に行けるはずだ。

慣れない木製バットの扱い方を覚えてはしゃいでたあんたみたいに、ね。


私のパスを受けた舞はそのままシュートに持ち込んだけど、マークについていたスズさんの指先にかすってたみたいでリングに弾かれてしまう。

リバウンドを美咲ちゃんが拾って私に出してきた。

けっきょく試合が始まってからまだ一度もきれいにアキさんを抜けてない。

私はゴール下でポジション争いをしている舞を見る。

スズさんを制して前に出たタイミングでパスのモーションに入り――。

それをカットしようとアキさんの腰が浮いた一瞬を突いて逆側にドライブを仕掛けた。

「くッ」

相手の舌打ちを置き去りにして私は駆ける。

『パスは行き詰まったあとの逃げ道じゃない』

アキさんの言葉が脳裏に蘇ってきた。

言葉どおりに捉えれば、苦し紛れに出すんじゃなくてちゃんと連携して繋げ、ってことだと思うけど、きっと伝えようとしてくれていたのはそれだけじゃない。

私みたいに一対一が主戦場の人間にとって、パスはロールとかレッグスルーみたいなテクニックとおんなじだ。

つまり、それ自体が相手を抜くために必要な武器のひとつになる。

基本的にドライブだけを警戒しておけばいい選手と、加えて得点に直結する鋭いパスも出せる選手だったら、言うまでもなく圧倒的にディフェンスしづらいのは後者だ。

理由はごく単純で、両方を警戒しながら守る必要が出てくる。

いまのだって、先に二本のパスを通していたからこそ、アキさんもあっさりとフェイクに釣られてくれた。


ふぁす。


そのままアキさんを振り切り、ようやく私は一本目のシュートを決めた。

パスも悪くないけど、やっぱり。

相手を抜き去ってゴールを沈めるこの瞬間が、私はたまらなく気持ちいい。

「っっっっし！」

　思わず小さくガッツポーズをすると、終始無表情を貫いていたアキさんがふと、かすかに口許を緩める。

「ハートに火は点いた？」

「はいっ！」

　いつのまにか胸のなかに渦巻いていたもやもやはきれいに晴れていた。

　こっちのほうがいいって、あんたが言ってくれたから。

　ごちゃごちゃしたことは、まず目の前にいる強敵を倒してから考える。


　――後半が折り返しを過ぎてスコアは三十対二十五。

　舞はどんどん調子を上げ、私のシュートも決まるようになり、ほんの少しだけど差が縮まってきた。

　でも、まだ遠い。

　一歩近づくたびにまた一歩突き放されている。

　このへんで追いついておかないと、最後までずるずるいってしまいそうだ。

　そんなことを考えていたら、向こうの得点後にアキさんとスイッチして私のマークについたスズさんが短く鼻を鳴らした。

「ちったぁマシな面構えになった。男に励ましてもらってやる気になったってか?」

私はへっと笑ってそれに答える。

「昔、相棒が言ってたんですよ。『私は男の力も借りられない女に負けたくない』って。いまはちょっとだけ、その気持ちがわかります」

スズさんが軽くひざを曲げながらベリーショートの髪をかき上げた。

「ふん、男が温けりゃ相棒も温い」

私は笑みを崩さないまま、だけどはっきりと告げる。


「訂正してもらいますよ、さっきのも、いまのも。

──あんたをぶち抜いたあとで」


美咲ちゃんが舞にボールを入れると、それを合図にして私たちはいっせいに走り出す。

スズさんのスピードはアキさんほどじゃない。

私が先行し、舞からのパスを受けとる。

スリーポイントラインの付近までいっきにボールを運び、そこでいったん止まってドリブルしながら体勢を整えた。

当然、スズさんはゴールとの間に入って腰を落とす。

「舐めてんのか後輩、そのままいけただろ」

「お互いさまでしょ、先輩」

私は緩急をつけてボールを操りながら、不敵に口を開く。

「さあ、わかりやすくいこう」

「かかってきな」

この局面だけはパスも小細工もなし。

女のプライドをかけた一騎打ちだ。

真っ正面から正々堂々沈めてみせる。

私はすっと身体の力を抜いた。

思いだせ、舞と勝負したあのときの感覚。

ゆらゆらと揺れながらバットを構えていた千歳、日本舞踊みたいに優雅な動き。

私はさっきのスズさんに倣って目線と重心だけでシンプルなフェイクを入れる。

緩やかな動から、
キュッ。

すべての力を一瞬に叩きこむような動ヘッッッ――。

私は右手でボールを操り、オフハンドを盾のように構えながらドライブを仕掛けた。

当然のようにそれを読んでいたスズさんも反応してきて、互いの身体が接触する。美咲ちゃんからのストップ（ファウル）はない。

「ぐッ」

オフハンドに力を入れながら、やっぱり強い、と思う。

私もフィジカルには自信があるほうだけど、同じように鍛えている相手でこれだけ身長差があるとどうしたってこっちが押し負けてしまう。

だから、もしかしたら、本当は……。

私は自分の身体にまだ残っているスズさんの腕の感触を呼び起こす。

もっと深く、もっと鋭く、もっと繊細に。


――研ぎ澄ませ、研ぎ澄ませ、研ぎ澄ませ。


瞬間、コート上から音が消え、まわりがスローモーションに見えるような感覚がやってきた。

右手でドリブルしているボールの位置、構えたオフハンドにかかっているプレッシャー、絶妙にコースを防いでいるスズさんの腕。

そのすべてが手に取るようにわかる。
スズさんがプレーを通して教えてくれた。
私はまるで水の中へ潜るように限界まで姿勢を低くする。
デカい相手に真っ向からせめぎ合うんじゃなくて、

しゅるり。

その力を流す――。

自分のオフハンドで道を作りながら、スズさんの腕をくぐるようなイメージですり抜けた。

「ざっ、けんなっ」

やっぱりだ、チビで小回りのきく私にはこっちのほうが向いている。

『あんたがエースじゃチームも苦労するだろうね』

いまならわかる。

あのときスズさんは、私の「勉強させてもらいます」って言葉が引っかかったんだと思う。

敵を目の前にして、最初からそんなにへりくだっていいのかって。

エース張ってるなら、相手が誰だろうとぶっ潰すぐらいの気概を見せろって。

自分の態度を思い返してみればぐうの音も出ない。

だけど、こういう勉強なら。

相手を丸ごと呑み込んで糧にするなら。

ありっすよね、先輩。


サパッ。


私はそのままレイアップを決めてスズさんを指さした。

「まず一本」

これでスコアは三十対二十七、射程圏内だ。

はッ、と肉食獣みたいに獰猛な笑みが返ってくる。

「いいぜ、ウミ。きっちり上下関係叩きこんでやるから覚悟しな」

ぞくりと駆け上がる昂揚に身を委ねていたら、大きな手が後ろからぽんと私の背中を叩く。

「ようやく抜けたな、ウミ」

「美咲ちゃん……」

その言葉には、単純にスズさんを抜いたという以上の意味が込められている気がした。

これまで裏方に徹していた美咲ちゃんがいたずらっぽい笑みで言う。

「さあて、ここからは総力戦だ。きっちり上下関係叩きこんでやらないとなあ？」

少し離れたところにいたアキさんがどこか嬉しそうに反応する。

「年甲斐もなくはしゃぎすぎないようにね」

「ほう？　東堂、スイッチだ。私がアキにつく」

「オーケー、美咲」

そうしてすれ違いざま、美咲ちゃんは舞になにかをぼそっと伝えた。

準備が整ったのを確認して、ケイさんがボールを入れる。

それを受けとったアキさんは振り向きざまにすぐドリブルで速攻を仕掛けてきた。

相変わらず速いけど、それにぴったり付いていく美咲ちゃんも半端じゃない。

私はスズさんをマークしながら左サイドを走る。

隙あらばスティールを狙う美咲ちゃんのディフェンスを嫌ったのか、アキさんは一度スピードを落として間を取り、ビビュッ。

空気がわずかに弛緩した一瞬を狙い、腕を後ろに回して背中側から通すビハインドパスをノールックで出した。

ボールが向かう先は右サイドでフリーになっているケイさんだ。

絶妙、と私は息を呑んだけど、美咲ちゃんは口の端をにやりと上げる。

「狙いどおりだ？」

バシッ、と舞がパスをカットする音が響いた。

すぐに攻守を切り替えながら美咲ちゃんが言う。

「アキはノールックや創造性の高いパスにこだわりすぎだ」

「――ッ」

「あとケイはシンプルになまってる」

「ひどいッ?!」

その短いやりとりだけで、美咲ちゃんが舞になにを伝えていたのかが推測できた。

多分、あえてケイさんをフリーにしてスズさんの視界に入らない位置からカットを狙え、みたいな内容だったんだろう。

舞のスピードとセンスだったら即興で充分に対応できるってのは見てのとおりだ。

なるほど、こういう落とし穴もあるのか。

たしかにいまの状況だったら、無理にノールックで出す必要はない。

そのまま舞がレイアップを決めてスコアは三十対二十九。

よし、ここで決める。

静かに闘志を燃やしていると、

「ウミ、スイッチだ」

美咲ちゃんがこっちに向かってきた。

先輩たちの指導も兼ねているからか、今度はスズさんとマッチアップするつもりなんだろう。

私はこくりと頷(うなず)いてアキさんのマークにつく。

「ケイ、よこせっ！」

やる気満々といった様子でボールを受けとったスズさんは、オフハンドを巧みに使いながら速攻を仕掛けようとするが、

バヂッ。


ほんの数メートルで美咲ちゃんがスティールを決めてボールを奪った。

「小手先(オフハンド)に夢中で肝心のハンドリングが甘い。その癖、まだ抜けてないのか」

「っくしょ」

簡単に言ってくれる、と私はまるでスズさんの気持ちを代弁するように思う。

確かにオフハンドっていうのは一歩間違えればオフェンスファウルになりかねないし、あくまでドライブにおける副次的な技術だ。そっちに気を取られてボールのコントロールが甘くなったら本末転倒だけど、だからって言うほど粗探しできるようなドリブルじゃなかったぞ。

再び攻守が入れ替わり、美咲ちゃんはマークを外していた舞にパスを出してそのままゴール下に向かった。

スズさんがそれを追いながら叫ぶ。

「アキ、ヘルプに行って中を固めろ。ウミはそこ、から、じゃ、なにも、でき、ない」

それを聞いたアキさんがすかさず舞のもとへ向かう。

この短い時間で見抜かれてる、と私は唇を噛んだ。

いま自分がいるのはスリーポイントラインの外。もしナナや舞だったら待ってましたとばかりにゴールを射貫く場面だけど……。

外からのシュートを持っていない私がここでボールをもらったところで、ディフェンスがひしめいてるインサイドに戻すか突っ込んでいくかの二択しかない。

本当なら、チビだからこそガードとしてのパスやスリーが生きる道なのに、ずっと意固地になってドライブばっかりにこだわってた。

左サイドでは舞がケイさんとアキさんの二枚を相手に驚異的なハンドリングでボールをキープしている。

本当に、泣けてくるぐらいオールラウンダーだ。

身長に恵まれてるあの子でさえ、上を目指すためにいろんな可能性を追求してる。

舞がまだ余裕を残した表情で言う。

「このまま私が決めてもいいいんだけどね」

くるりとロールしながら下がり、

「——魅せてやるって顔だ?」


その勢いを利用して私にパスを出してきた。

私はスリーポイントラインの外でボールを受けとる。

ったく、隠してたはずなのにあんたってやつは。


「はッ、苦し紛れかよ」

スズさんの声が体育館に響く。

先輩たちに見透かされていたように、私はまだまだ未熟だ。

バスケと恋のあいだで揺れたり、そのせいで一途に熱くなれなかったり、みんな（チーム）を焚（た）きつけたくせしてひとりで迷ったり落ち込んだり。

未来（さき）のことなんか全然見えなくて、昨日と今日で別の私になっちゃったりして、胸張って誇れるような勲章なんてひとつもないけど、それでもッ。


——愛してる男に、嘘（うそ）だけはつきたくないんだ。


私は両手でボールを持ってひざを曲げる。

ふと、いつか見た千歳（ちとせ）のホームランが頭をよぎった。

あのとき思ったっけ。

そんなに遠いところまで行っちゃ、やだよ。

ううん、だけどいまは違う。

あんたはあんたらしく、どこまでだって高く羽ばたいていけばいい。

必ず追いついて、肩を並べてみせるから。

私は脚に力を溜めて、真っ直（ます）ぐに飛ぶ。

指先の感覚に神経を集中させて、リングを見据える。

スリ、ー、ポイ、ン、ト、ラ、イ、ン、の、外、から、そのままシュートを打った。

だから、高く、弧を描け。

真昼の月みたいに、真夏の太陽みたいに。

いまはまだ、どっちも片想いかもしんないけど。

心まで、届くように。

愛してるよ、バスケット。
愛してるよ、ダーリン。
まるで空に虹を架けるようなアーチをなぞって、ボールがリングをくぐる。

サシュッ。

そのままノータッチでネットに抱かれて、静かに落ちた。

「よっ、しゃあッッッッッ!!」


私は思わず拳(こぶし)を突き上げて叫ぶ。

芦高との一戦から、ずっと密かに練習していたツーハンドでのスリーポイント。

私だって、ただ燃え尽きて立ち止まっていたわけじゃない。

さっきのパスといっしょだ。中だけを警戒すればいいフォワードと外からも打てるフォワードじゃ、相手にとってどっちが脅威かなんて考えるまでもないだろう。

さすがにナナみたいなシャープシューターほどの精度はないし、ワンハンドだとまだ充分に距離が出ないけど。

それでも「外がある」って思わせるだけで、オフェンスの自由度は格段に上がる。

ずっと前から頭ではわかっていたけど、どうしても心が拒否していた。

自分の身長じゃ真っ向勝負できないことを認めてしまうみたいで。

インサイド(戦場)から逃げ出してしまうみたいで。

だけど、きっと、私があんたなら。

自分のなかにまだ強くなれる可能性があれば、迷わず手を伸ばすはずだよね。

舞がなぜだかうっとりした瞳でこっちを見る。

「わお、秘密兵器だ？」

「公式戦で芦高ぶっ飛ばすときまで秘密にしたかったんだけどね」

「陽ならそんときまでに別の奥の手も用意してくれるでしょ？」

「愛が重いんだよ」

そのやりとりを眺めていたスズさんが可笑しそうにお腹を抱えた。

「いいねぇ、やっぱりファイティングガールズはこうじゃねえと。ウミ、これぐらいで勝ったなんて思ってないだろうな」

「当然、前言撤回するまで泣いても許さないっすよ」

「ッは、上等上等。そんじゃま、いっちょ」


「「――熱くいこうか」」


そうして私たちはまたいっせいに走り出す。

世代もチームも立場も超えて。

体育館に色とりどりのスキール音を響かせながら。

ああ、やっぱり、いつまでも。

コートの上で生きていられたらいいと、真っ赤なハートに願った。

＊

結局、試合は四十二対三十七で負けてしまった。

私たちも奮闘したけど、最後は経験というか地力の差で押し切られてしまった感じだ。

インカレの一線で戦ってるチームには、こんな人たちがごろごろいるのかな。

センターラインを挟んで互いに礼をすると、途端、アキさんがふにゃっと表情を崩し、くりんとした目に温かい色が戻った。

私の手を包み込むようにして握りながら、なぜだか申し訳なさそうに口を開く。

「ウミ、舞、ほんっっっとにごめんね〜。うちら、めっちゃヤな感じだったでしょ？」

「えと……あはは」

「否定してくれない?!　もう、それもこれも美咲(みさき)ちゃんのせいだよ！　かわいい後輩に嫌われちゃったらどうするの!?」

これまでとは全然違う態度に面食らっていると、美咲ちゃんが呆(あき)れたように笑う。

「私はこいつがなにか行き詰まってるみたいだから活を入れてやってくれと頼んだだけだ。大根役者の猿芝居を見せろと言った覚えはない」

「ちょっと言い方！」

少しずつ状況が理解できてきた。

やっぱり美咲ちゃんは私が揺れていることに気づいていて、先輩たちに協力を頼んでくれた、ってことなんだろう。

アキさんはわざとらしく頬を膨らませて続ける。

「だいたいうちらみたいな体育会系が、初対面の後輩の悩みをうまく引き出して相談に乗ってあげるとか器用なことできるわけないじゃん」

くっくと肩を揺らしながらスズさんが口を開く。

「そうそう。だからとりあえず適当に挑発かまして溜まってるもん発散させればすっきりするんじゃね？　って」

「うわぁ……」

ものすごく体育会系っぽい雑なやり方に思わず引いてしまう。

いやわかるけどね、実際まんまと乗せられてるし。

アキさんがくるくると笑いながら自分の相方を指さす。

「そんで、スズが無理して悪役ぶった結果、最初のほうはナゾのクールキャラに」

がしがしと頭をかきながらスズさんが応じる。

「だって下手に口開くとぼろが出そうだし、最低限の会話だけにしようって」

「試合始まったら完全に演技忘れて素に戻ってたけどね」

あ、やっぱりあっちのほうがいつもの姿なんだ。

美咲ちゃんがふたりの会話に割って入る。

「アキの腹黒そうな女は妙にハマってたけどな」

「おいこら美咲ちゃんせっかく協力したのにどういう意味だ」

ふと、私は気になっていたことを口にした。

「じゃあ、プレー中のアキさんも演技だったんですか？」

それにはスズさんが答えてくれる。

「いや、こいつは昔っから試合始まるとあんな感じ。普段は頭軽そうなのに」

「私がクールでいないと熱くなってまわり見えなくなる人ばっかりだったので～」

なんかいいな、と思う。

もし私とナナがおんなじ大学に進んだら、こんなふうにずっと相方でいられるんだろうか。

なんて、まだ自分の行き先も見えてないのにね。

「にしても」

アキさんが大げさにため息を吐いて肩を落とした。

「疲れた～～～～」

スズさんもどさっと床に座り込む。

「ほんとにな。誰だよ、アップがてら軽く遊んでやろうって言ってたの」

「いやあんただし」

言いながら、アキさんが苦笑する。

「美咲ちゃんもいじわるだよね～。こんなスーパー高校生ふたりも連れてくるんなら言っといてよ。本気で負けるかと思ったんですけど？」

話を向けられた美咲ちゃんがいたずらっぽく言う。

「大学で浮かれて練習を怠ってないか心配でな。よしんばお前たちが負けたとしても、それはそれでいい薬だ」

「美咲ちゃんてほんとそういうとこあるよね」

「実際、ふたりとも私が口を酸っぱくして指摘してた欠点が直ってなかったが？」

「後輩相手だからちょっといいとこ見せたかったんです～！　普段はちゃんと言いつけ守ってプレーしてるよ」

「ならいい」

それはそうと、とアキさんは舞の肩に腕を回した。

「えぐいね～、舞。確かに時代も芦高も変わってる。うちらの代のエースより格段にスケールがでかいよ。ただ、美咲ちゃんに叱られたばっかの私が言うことじゃないけど、ちょっとお遊びが多い、かな？」

そうそう、とスズさんが楽しそうに割って入る。

「むきになってアホほど一対一仕掛けてきやがって。こういうタイプはやっかいなんだよ。勝つまでやめないから」

舞がどこか怪しい色気を漂わせながら口を開く。

「そういうアキもスズもさすがだったよ。もうちょっと、遊んでほしいな？」

勘弁してよ〜、とアキさんがこっちに逃げてきた。

ひとしきりはしゃいでから、ふと、瞳にやさしい色を浮かべる。

「ウミ」

こつんと、アキさんの拳が私の胸に重ねられた。

「最初はちょっと心配だったけど、吹っ切れたあとは舞にも引けをとってなかった。私たちの魂がちゃんと受け継がれてるの、確かに見せてもらったよ。あんたはもっと上手くなる。顔を上げて走り続けろ、ハートに点いた火を絶やすな」

スズさんも立ち上がり、私の肩を抱く。

「パスもオフハンドもそうだけど、最後のスリーは驚いた。
それでいいんだよ、自分で自分に枷をはめるな。
身長のハンデなんて鼻かんでゴミ箱に捨てちまえ。
ドライブにこだわるからこそ、喰らえるものは全部喰らって血肉にしろ。
そんで立ちはだかるやつ全員ぶち抜けば、嫌でもお前が頂点だ」

私は腹の底からこみ上げてくる嬉しさを、潤みそうな視界を嚙みしめながら、

「──はいッッッ！」

ありったけの感謝を込めてそう答えた。
アキさんとスズさんが目を見合わせてぷっと吹き出す。
上手くて、熱くて、優しくて。
憧れの先輩たちは、やっぱり憧れの先輩たちだった。
スズさんが思いついたように口を開く。
「ウミ、舞、そういや進路はもう決まってるのか？」
私はぽりぽりと頰をかきながら言う。

「えっと、大学でもバスケ続けられたらいいなとは思ってますけど、具体的なイメージとかはまだ全然……」

　舞がそれに続く。

「私も顧問からいくつかお勧めはされてるけど、あんまりちゃんと考えてないな」

「なら、ふたりともうち来いよ。そしたら一緒にプレーできる」

　にっ、とスズさんが笑った。

「え……？」

　アキさんがぱちんと手を叩いた。

「それいいじゃ～ん。私、ウミと舞にパス出してみたいな」

　考えたこともなかった。

　言われてみれば大学は四年制だから、もし同じところに進学したら、この人たちと一緒なチームでプレーできるんだ。

　それから、舞とも。

　私の反応を見ながら、スズさんが続ける。

「うちのチームからは実業団に進む選手も多い。そうすれば大学を卒業しても、ずっとバスケを続けられる。オリンピックを目指す、なんてのもただの夢物語じゃないんだぜ」

　日本の女子にはプロがない。

だから社会人になっても本気のバスケがしたかったら実業団、ってことになるのはもちろん知ってたけど。

……オリンピック、か。

ほんの一瞬、想像してしまった。

日本代表のユニフォームを着てコートに立つ一五二センチのフォワード。

海外のばかみたいにデカい相手をドライブでぶち抜く爽快感。

まわりを見渡せばナナが、舞が、アキさんが、スズさんが。

なんて、さすがにそんなに上手くはいかないだろうけど、それでも人生賭けて手を伸ばすに相応しい太陽だと思う。

どくん、どくんと高鳴る鼓動を感じていると、舞が口を開いた。

「まんざらじゃないって顔だ?」

「まあ、ね……」

熱くなる心とは裏腹に、私は思わず煮え切らない反応をしてしまう。

頭をよぎったのは、やっぱりあの男の顔だった。

挑んでみたい、どこまでいけるのか試してみたい、卒業してもまだ夢を見ていたい。

だけど、そこを見据えてしまったら。

やっぱりもう、恋なんかにうつつを抜かしてる場合じゃ……。

「そういえば」

　私がまたうじうじ考えていると、思いだしたようにスズさんが言った。

「負けたわけじゃねえけど、訂正するよ、さっきの言葉」

「え……？」

「ほら、あんたの男と相棒ばかにしちまっただろ？」

　途中からは勝負に夢中ですっかり忘れてたけど。

　言われてみれば熱くなったきっかけはそれだった。

　私は苦笑して答える。

「いや、でもあれは挑発するためにわざと」

　その言葉にスズさんはついっと目を逸らす。

　ん…………？

　短い沈黙のあと、スズさんが申し訳なさそうに、そして恥ずかしそうに言った。

「なんつーか、その、発言の内容はともかくいらっとしたのはマジというか……」

　最後は消え入りそうな声に思わずつっこむ。

「そうなんすかッ!?」

　スズさんはがしがしと頭をかいてからにかっと笑った。

「でもまあ、そのあとのプレーみてたらわかった。あんだけ情熱的な女が選んだ相手だ。温いなんて言って悪かったよ」

「あの、そのッ……」

私はTシャツの裾を握りしめながら、勇気を振り絞って尋ねる。

「——先輩たちって高校三年間ずっと彼氏いなかったんですか!?」

しいんと、場が静まりかえった。

なぜだか美咲ちゃんが口許に手を当てて下を向きながら必死に笑いを堪えている。

ふと目をやると、固く握りしめたスズさんの拳がぷるぷると震えていた。

「おいアキ、いまなんか聞こえたか?」

話を向けられたアキさんは、薄い笑みを貼りつけながらぞっとするほど冷たい声を出す。

「ん〜? ちょっと耳が受け入れを拒んだからもっかい言ってほしいかも〜」

ごほんと、咳払いをしてから仕切り直そうとすると、

「いや、だから先輩たちって高校三年間」

「——言い直すんじゃねえよッッッ!!」

めちゃくちゃ理不尽に怒られた。

「おいアキ、私たちが甘かった。このクソ生意気な後輩ここで潰しとこうぜ」

「賛成～、ウミの彼氏が試合見に来たりして怒りでパスが乱れたら困るし」

ずいずいと詰め寄ってくる先輩たちに、

「いや、そうじゃなくてッ」

私は真剣な口調で続ける。

冗談でも挑発してるわけでもないことを察してくれたのだろう。

ふたりとも、どこかきょとんとした顔で私を見た。

「その、さっきアキさんが『三年間バスケのことしか考えてなかったから、そういう浮ついたのとは無縁だった』って。それに、舞から聞いたんですけど芦高の女バスも恋愛禁止みたいで、だから……」

うまく言葉にならなくて押し黙ってしまうと、

「「――ぶふッッッッ」」

なぜだかアキさんとスズさんが同時に吹き出す。

とうとう美咲ちゃんまで堪えきれなくなったみたいで、三人してお腹を抱えている。

「え、ちょっと、真面目な話……」

私が混乱しながら言うと、ひいひいと息を荒げながらスズさんが口を開いた。

「どうすんだよアキ。お前が話盛るからウミが勘違いしてんじゃねーか」

「いや盛ってないし！　解釈の問題だし！」

アキさんは大げさに涙を拭うような仕草をしてからこっちを見る。

「ごめんごめん、ウミ。ノリでああいう言い方しちゃったけど、うちらは芦高みたいに恋愛禁止にしてたわけじゃないから。誠に遺憾ながら、シンプルに彼氏できなかっただけ」

「えっと、本気でバスケするために不要なものを切り捨てたわけじゃ……？」

たはっ、とスズさんが豪快に笑う。

「なんだそれ、武士かよ。私たちだって部室では普通に恋バナしてたし、好きな人もいたし、まあ女子力なさすぎて視界にも入ってなかったけど。なあケイ？」

今日は先輩たちを立てているのか、口数控えめだったケイさんがじとっと目を細める。

「あのね、ウミ。私があんなに恋バナに敏感だったのって完全にこの人たちのせいだから。気を抜いてたら同じような三年間辿って、彼氏持ちの後輩にめちゃくちゃうざ絡みして卒業してくことになると思ったからだから。いや絶賛同じ道辿ってるけどね⁉」

そのやりとりをにやにやと見守っていた美咲ちゃんが隣に来て、ぐいっと私の肩に腕を回してきた。

「芦高の方針を否定するつもりはない。実際、色恋で駄目になる人間ってのはいるし、バスケに専念させるために禁止っていう理屈もまあわかる」

ただな、と言葉が続いた。

「私はお前たちの可能性を、バスケに対する想いを信じてる」

「え……？」

美咲ちゃんは私から離れて、アキさん、スズさん、ケイさんを順に見た。

すう、と短く息を吸ってから口を開く。

「アキ、欲しい男は」

「抱き寄せろ」

「スズ、振り向かないなら」

「撃ち落とせ」

「ウィーアー」

「「「ファイティングガールズ!!」」」

先輩たちの声を聞きながら、美咲ちゃんがにっと笑った。

「いいかウミ、これが私なりの答えだ。
恋心も友情も、成功も失敗も、葛藤や後悔やもどかしさも。
それから、愛する男も。
全部抱き寄せて強くなれ。
そのすべてを込めてゴールを撃ち落とせ」

「あ……」

私の肩を力強く抱いて、

「――お前たちは戦士じゃない、戦う女たちだ」

瞬間、あの日のラムネみたいにしゅわしゅわと心が弾けた。

からんからんと転がるビー玉は、まるで教会の鐘の音だ。

胸の奥にかかっていた重い暗幕が、ウエディングベールのように白く透き通っていく。

なんて、らしくない浮かれ方を歯がゆく思いながらも、どうせならこのまま月とか太陽のあるところまで浮かれていっちゃえばいいのにって、ちぐはぐであやふやな想いが踊ってる。

気を抜いたらにやけそうな口許に力を入れて、じんじん火照っていく頰を感じていると、

「へえ？　気づいてなかったんだ？」

舞が唇の端を上げながら面白がるように目を細めた。

ふと気づくと、アキさんも、スズさんも、ケイさんも、それから美咲ちゃんも。

それぞれ表情は微妙に違えど、なんか生温かい感じでこっちを見ている。

私の顔を覗き込むように舞が続けた。

「七月の練習試合も、今日も。陽が絶頂するのって必ず朔と絡んでるときじゃん」

「ばッ――」

確かにあんとき熱くなりすぎて自分で口にした言葉だけど。

ぶはっ、とスズさんが吹き出す。

「まさかの自覚なしかよ。前半は雨に降られる捨て猫みたいにしょぼくれてたくせして、男の

こと馬鹿にされたとたん牙むき出しにして喉笛食いちぎりにきたくせに」

「それはスズさんが挑発するから……」

アキさんが続く。

「ハーフタイムに彼氏と電話とか、ちょ～っとむかついちゃったから本気で止めにいったんだけどな」

「か、彼氏じゃないですッ！」

私の弁解を無視して、ケイさんがふと大人びた表情を浮かべる。

「絶対に譲れないもの、ができたんだね、ウミ」

「ケイさん……」

いつか、そんな会話を交わしたことがあった。

あのときはナナに対して、って文脈だったけど。

本当に言ってたとおりになっちゃったな。

「だからだよ」

もう一度、舞が口を開いた。

「だから陽に朔とのことをいろいろ聞いたんだ。これまで興味なかったけど、恋を知ったら私ももっと強くなれるのかな、って」

まったく、あんたってやつは。

惚れちゃいそうなぐらい一途な女だね。

だけど、と堪えきれなくなって口の端を上げた。

「あいつはやんないよ。私の男だから」

「お恵みはいらないよ。欲しい男は抱き寄せろ、振り向かないなら撃ち落とせ、でしょ?」

「ばーか」

ったく、まさか本気じゃないだろうな?

バスケならアガる展開だけど、恋愛のライバルはもう勘弁だぞ。

そんなことを考えていると、美咲ちゃんがバチンと私たちの背中を叩いた。


「──青春短し、恋せよ乙女」

………。

ちいん、と短い沈黙のあと。

「「美咲ちゃんに言われてもなぁー」」

先輩たち三人の声が重なった。

それに舞が続く。

「そういえば忘れてた、トミーから美咲に伝言だよ。

そろそろ結婚の目処が立ってたりは……しない、よな？」

あー、友達ってそういう。

私が呆れたように目を細めると、美咲ちゃんが眉間にぴきりとしわを寄せた。

「ようしわかった、今日はお前ら徹底的にしごいてやるから覚悟しろ。

あと東堂、ちょっと冨永呼べ」

アキさんが嬉しそうにドリブルを始める。

「どうせならチーム変えようよ。私ウミにパス出したいからケイあげる」

ぐいっと腕を伸ばしながらスズさんが言った。

「舞とコンビ組んで攻めるってのも面白そうだ。ケイやるから」

「私いらない子⁉」

懐かしいケイさんのつっこみを聞きながら、私はそっと目を閉じた。

あれだけうるさかったセミの鳴き声はどこか弱々しく、二階の窓から射し込んでくる気の早い西日がコートに反射してまぶた越しでも眩しい。

開けっぱなしにしたドアを通り抜ける風は、もう夕暮れの匂いがした。

外で練習している野球部が打ったボールの音が、放課後のチャイムみたいに響いている。


どうしようもなく夏が終わっていく。

どうしようもなく私が変わっていく。


だけど、とゆっくり目を開けた。

揺れて、迷って、悩んで立ち止まって傷ついても。

それでいいんだって言ってくれる人たちがいるから。

こんなに情けない自分のありったけで向き合って、戦える舞台があるから。

だから、私は。

キュッ、とコートを蹴ってまた新しい一歩を踏み出す。


——ばいばい、私を変えてくれたふたりの夏。

来年もまた、この場所で会おう。

あとがき

お久しぶりです、裕夢です。

今回はお知らせと謝辞で埋まってしまいそうな予感がしています。僕のTwitterを追っかけてくれている人にはいまさらかもしれませんが、そうでない方もいるのでご容赦を。

まずはなんと言っても、「このライトノベルがすごい！２０２２」において、『千歳くんはラムネ瓶のなか』が昨年に引き続き一位をいただき、デビュー作としては史上初となる二連覇を達成しました!!

昨年は想像もしていなかった一位だったのですが、今年は最初から一位を目指そうと腹をくくっていました。より正確に言うと、前回はぎりぎり投票期間から外れてしまった四巻に加えて、五巻、六巻を自分で納得できるものに仕上げられたら、きっと二連覇を狙えるはずだと信じて書き上げた、というのが近いです。

なので、結果を聞いたときは心からほっとしました（ちなみに担当編集の岩浅さんは電話で『裕夢さん、残念ながら……』みたいな切り出し方をしやがりました許すまじ）。

なにはともあれ、ご投票いただいた読者のみなさま、本当にありがとうございます！

この結果を受けて、チラムネに関する多種多様な試みが始まっています（実際には結果を聞く前から動き出していたものもありますが、まあ細かいことはさておき）。

全ヒロイン分のフルボイスPV公開、このラノ二連覇記念グッズや待望のraemzさん描き下ろしチラムネLINEスタンプ制作などなど……!!

なにより大きな動きとして、作品の舞台となっている福井県福井市さんの全面的な協力のもと、さまざまなコラボ企画が進行しています！

いったん箇条書きにしてみますね。

○舞台を巡るオンラインツアーの開催決定！（ちょうどこの巻の発売直後である三月二十一日十四時～十五時半にリアルタイム配信を予定。無料で見られます）
○チラムネ×福井市コラボポスター制作＆掲示
○チラムネ聖地巡礼マップ配布
○キャラクター等身大パネル設置＆キーワードラリー開催
○チラムネ×福井オリジナルグッズ販売
○チラムネ登場店舗とのコラボ企画開催

……いやあらためて並べてみると冗談みたいにすごいな。

本当はそれぞれ詳細をお伝えしたいところですが（期限が迫っているものもあるので）、圧倒的にページが足りないので、気になる方はガガガ文庫の公式サイトから二連覇記念特設サイトに飛ぶか、「福井市　チラムネ」とかで検索すればすぐに見つけられると思います。

また、それとは別に、一巻の舞台としてお馴染みショッピングモール「エルパ」さんとのコラボ（チラムネラッピングバス、外壁に超巨大看板、オリジナルカードや缶バッジなど、これも語り尽くせねえ……）や、FBCラジオさんの「放課後☆LIVE」という番組内にチラムネコーナーが誕生したりと、僕の地元でもある福井の熱量がとんでもないことになっています。

大変ありがたいことに、そして驚くべきことに、これら一連のコラボに関して裕夢や小学館側から話を持ちかけたものはひとつもありません。

それこそ四巻のキャッチだった「熱よ、届け。」のごとく、福井にいる読者の方の熱意が次々に伝播していき、作者の手を離れたところでどんどんチラムネが広がっていく光景は、いまだにちょっと現実感が湧いてこないです。

それでは謝辞に移ります。

まずはチラムネ×福井市をはじめとしたコラボを実現させるためにご尽力しただいている関係者の方々、快くご協力してくださっているみなさま、言葉にはできないほど感謝しています。まさかこれほど大規模な企画ができるとは夢にも思っていませんでした。

また、今回の六・五巻を執筆するにあたり、取材に時間を割いていただいたURALAさん、HOSHIDOさん、本当にありがとうございました！　なお、ここで断りを入れておきますが、それぞれで聞かせていただいたお話をもとに、大部分を裕夢のほうでフィクションとして再構成させていただいておりますので、あくまでもチラムネ世界のURALAさん、HOSHIDOさんとしてお楽しみください。万が一ご意見などがあれば僕のほうまで！

ついでにもうひとつお伝えしておくと、福井市さんとコラボしているからといって、「代わりにどこどこを舞台として出してくださいよ～」という大人の裏取り引きみたいなものはいっさいありません（笑）。この巻も含めて、作中に登場するのはあくまでチラムネの登場人物たちが自らの意志で訪れる場所だったり、食べたものだったりするので、これからも変に勘ぐらず安心して読んでください！（コラボ関係ないときから福井ネタ出しまくってたしね。笑）

raemzさん、カバーや口絵、モノクロはもちろんですが、最高の描き下ろしLINEスタンプをありがとうございます！　知り合い全員に送りつける所存です！　それからraemzさんはこのラノのイラストレーター部門で2位に選出されました!!　いっしょに走り抜けてきた仲間として、そしてもちろん大ファンとして、心からうれしく思います。おめでとうございます！

担当編集の岩浅さん、一巻からの念願だった福井の蟹をようやく食べられた夜に体調最悪でまったく味わえなかったそうなのでまたリベンジしましょう（笑）。

そのほか、宣伝、校正など、チラムネに関わってくださったすべての方々、なにより二連覇という結果をプレゼントしてくれた読者のみなさまに心から感謝を。

夏がくるたびにふと思いだすような物語をお届けできたなら幸いです。

裕夢

GAGAGAGAGAGAGAGAGAGAG

弱キャラ友崎くん Lv.1

著／屋久ユウキ

イラスト／フライ
定価：本体 630 円＋税

人生はクソゲー。俺はこの言葉を信条に生きている……はずだった。
生まれついての強キャラ、学園のパーフェクトヒロイン・日南葵と会うまでは！
リアル弱キャラが挑む人生攻略論ただし美少女指南つき！

GAGAGA

ガガガ文庫

千歳くんはラムネ瓶のなか6.5

裕夢

発行　2022年3月23日　初版第1刷発行

発行人　鳥光 裕

編集人　星野博規

編集　岩浅健太郎

発行所　株式会社小学館
〒101-8001 東京都千代田区一ツ橋2-3-1
[編集]03-3230-9343 [販売]03-5281-3556

カバー印刷　株式会社美松堂

印刷・製本　図書印刷株式会社

Printed in Japan ISBN978-4-09-453060-5

第17回小学館ライトノベル大賞
応募要項!!!!!!!!!!!!!!!!!!!!!!!!!!!!!!

ゲスト審査員は武内 崇氏!!!!!!!!!!!!!!

大賞:200万円&デビュー確約
ガガガ賞:100万円&デビュー確約
優秀賞:50万円&デビュー確約
審査員特別賞:50万円&デビュー確約

第一次審査通過者全員に、評価シート&寸評をお送りします

内容 ビジュアルが付くことを意識した、エンターテインメント小説であること。ファンタジー、ミステリー、恋愛、SFなどジャンルは不問。商業的に未発表作品であること。
(同人誌や営利目的でない個人のWEB上での作品掲載は可。その場合は同人誌名またはサイト名を明記のこと)

選考 ガガガ文庫編集部＋ゲスト審査員 武内 崇

資格 プロ・アマ・年齢不問

原稿枚数 ワープロ原稿の規定書式【1枚に42字×34行、縦書きで印刷のこと】で、70〜150枚。
※手書き原稿での応募は不可。

応募方法 次の3点を番号順に重ね合わせ、右上をクリップ等(※紐は不可)で綴じて送ってください。
① 作品タイトル、原稿枚数、郵便番号、住所、氏名(本名、ペンネーム使用の場合はペンネームも併記)、年齢、略歴、電話番号の順に明記した紙
② 800字以内であらすじ
③ 応募作品(必ずページ順に番号をふること)

応募先 〒101-8001 東京都千代田区一ツ橋 2-3-1
小学館　第四コミック局　ライトノベル大賞係

Webでの応募　GAGAGA WIREの小学館ライトノベル大賞ページから専用の作品投稿フォームにアクセス、必要情報を入力の上、ご応募ください。
※データ形式は、テキスト(txt)、ワード(doc、docx)のみとなります。
※Webと郵送で同一作品の応募はしないようにしてください。
※同一回の応募において、改稿版を含め同じ作品は一度しか投稿できません。よく推敲の上、アップロードください。

締め切り 2022年9月末日(当日消印有効)
※Web投稿は日付変更までにアップロード完了。

発表 2023年3月刊『ガ報』、及びガガガ文庫公式WEBサイトGAGAGAWIREにて

注意 ○応募作品は返却致しません。○選考に関するお問い合わせには応じられません。○二重投稿作品はいっさい受け付けません。○受賞作品の出版権及び映像化、コミック化、ゲーム化などの二次使用権はすべて小学館に帰属します。別途、規定の印税をお支払いいたします。○応募された方の個人情報は、本大賞以外の目的に利用することはありません。○事故防止の観点から、追跡サービス等が可能な配送方法を利用されることをおすすめします。○作品を複数応募する場合は、一作品ごとに別々の封筒に入れてご応募ください。